続きと始まり

柴崎友香

集英社

目次

続きと始まり

1　二〇二〇年三月　石原優子（いしはらゆうこ）

九年前のあのときは、今日よりも寒かったような気がする。

石原優子は、対向車線で信号待ちをする白いＢＭＷになんとなく視線を向けながら思った。

九年前の今日。

できたばかりで妙にぴかぴかしたセレモニーホールでの祖母の葬儀の光景はよく覚えているが、寒いと思ったのは生地の薄い喪服のせいだったかもしれない。

昨日、空いたところが目立つスーパーの棚を見て、あのときを思い出した。東京に住む妹や友人から携帯に届いた画像。たしか、妹には電池を買って送った。近所の店をいくつか回って、単一、単二、と種類ごとに何パックか。それから、東京に戻る自分の荷物を用意した。結局それは無駄になってしまったが。

あのときはペーパードライバーだった。こんなふうに毎日どこに行くのも車の生活をするなんて、想像もしていなかった。今住んでいるこのあたりは道路はまっすぐだし、たいていの時間は車も少なくて、反射神経が鈍い自分でも運転できるようになった。大阪の実家近くの、ごちゃごちゃして交通量の多い道は、今でも苦手だ。

　三月に入り、退勤する午後五時過ぎでも、空はだいぶ明るくなった。東側の山のほうから灰色の雲が広がってきている。

　雨になるのかもしれない。

「ありがとねー」

　後部座席の河田さんの声で、優子のとりとめのない連想は霧消した。

　河田さんは、メッセージをやりとりしていた携帯からやっと顔を上げて、

「ほんと、助かったよー、ありがとう」

　と、繰り返した。

　いえいえ、と明るめの声を出して、優子は車を発進させた。

「だいじょうぶです、ちょうど通り道やから」

「えー、二丁目やねんから遠回りになるやろ?」

「それぐらい、全然ですよー」

　いつもは河田さんも車で通勤しているが、今日は同居している母親が通院のためにその車を使い、帰りに乗るつもりだった三十分に一本のバスを逃してしまったのだった。

「……あの車を売る会社で働いてたことあるねん」

　そう言った河田さんは、すれ違ったＢＭＷを窓越しに見送っていた。

「そうなんですか?」

　河田さんが神戸の短大に通ったあと二十代の半ばまで三宮や元町のあたりで働いていたというのは、前に聞いたことがあった。

「うん、外車の販売店。三年ぐらいやけど」

「なんか、意外な……」

「えーっ、そんな高級感ないって？」

「いやいや、そういうのではなくて、車というか、鉄？　金属？　硬くて重いものが意外やったというか……」

「石原さんは、おもしろい表現するよね」

「いや、すいません……」

謝らんでも、と河田さんは笑った。

優子の運転するメタリックブルーの軽自動車は、橋にさしかかった。広い川幅のほとんどは河川敷で、優子はここを通るたびに、それが見晴らしがよくて心地よい風景に見えるか、寄る辺なくてさびしく見えるかで、自分の体調を判断する。今日はどちらかというとさびしいほうに寄っていた。

河田さんも、川下のほうを眺めていた。その先にある大きな湖は、ここからは見えない。

「あの仕事、変わった人がちょこちょこ来ておもしろかったなー。まったくそんなふうには見えへんけどめちゃめちゃお金持ってはるおじいちゃんとか」

「あー、神戸はそういう人いてそうですねえ」

「そうそう。せや、一回試乗したお客さんでさあ、ビリケンさんによう似たおばちゃんがいてはって」

「ビリケンさん？」

「顔がっていうより、ああいう感じで常ににこにこしてるの。自分で編んだカーディガン着てはって、なんかキャラクターっぽいっていうか、絵本に出てきそうな。試乗して山のほうまでちょっと行ってもいいかって。お得意さんやったんか、社長の知り合いかなんかでご要望はなんでも聞くことになってて、そのドライブにつきあうことになってんやん。それで、なぜか六甲山牧場行って、あ、運転はすごい上手やったわ、あんな滑らかでふわっとした車乗ったことない。いい天気の日で、羊とか馬とか眺めて、その人の人生をダイジェストで聞いてん。終戦直後にお母さんに手を引かれて満州から帰ってきて死にかけてたけどお母さんがすごい美人やったから敦賀で元米問屋の旦那に助けられて、とか、落語みたいな話し方しはるからどこまでほんまなんかわからんかったけど。お母さんは早くに亡くなって大阪に出て、最初に結婚した人には騙されたんやけど、三回目に結婚した人の遺産で悠々自適で暮らしてるって」

「そんな人もいてはるんですねえ」

「どうやろなあ。話としてはおもしろかったけど、ようできすぎっていうか」

〝ビリケンさん〟とのドライブは冬の終わりの穏やかな青空の日だった。日当たりのいいベンチに腰掛けて一時間は話を聞いたあと、その人はこう言ったそうだ。

「お嬢ちゃん、ありがとう、困ったことがあったら、助けたるからな、困ったことっちゅうても、もう人生がここまでやっていうような、手立てが尽きてなんもかもどうしようもないときやで、そのときが来たら連絡してきてや、って」

「そういうこと言うてもろたら、心強いですね。ほんまかどうかわからんでも」

「まあ、今のとこ、そこまでのことはないからなあ。どうもならへんわ、って思うようなときも、結局はなんとかなってきたから」

河田さんについては、自分と同じく結婚を機に滋賀に移ってきて子供が二人、というくらいしか、優子はまだ知らなかった。

一呼吸置いて、河田さんは言った。

「それって、わたしはまあまあ幸運やってことなんかな」

「たぶん、そうやと思います」

優子はバックミラーに目をやったが、河田さんの顔は見えなかった。

「わたしも、なんとかなってきたなって、思います」

「石原さんは、東京に住んでたことあるんやんな」

「そうですね。七年ぐらい」

「そのほうが意外やわー」

「そんなしゅっとした感じには見えへんと」

「ちゃうって、いい意味で……、あっ、あれ、うちの子やわ。上の子」

先の信号を渡る自転車を、河田さんは指した。

職場の先輩である河田さんは、年は優子より四つ上なだけだが、子供は二人とも高校生だ。長男は来月から京都の大学へ行くことが決まっているが自宅待機になるかもしれない、と昨日のお昼休みに話していた。

信号の手前を右折するとすぐ河田さんの家だった。白い壁に、南欧(なんおう)風のタイル。同じ時期に販売されたこの一帯の十五軒ほどは、どの家もこのスタイルだ。

河田さんは車から降り、自転車を停(と)めようとしていた長男に声をかけた。河田さんよりも背の高い彼は、優子に向かって軽く頭を下げた。テレビドラマで見る若いタレントみたい、と優子は思って、それから自分の子供があんなに大きくなるなんてまだ想像できない、とも思う。

通りに戻って、車を走らせる。暮れ始めるとあっという間に暗くなる。いつまでも薄ぼんやりと明るかった実家の周りと違うこの感覚にも、すっかり慣れた。

新しい建て売り住宅が整然と並ぶ区画と昔からの集落がパッチワークになったみたいな街並みで、夫の実家はその境目にあった。黒い瓦屋根の二階建て。夫が高校生まで過ごしていた二階の部屋はほとんどそのまま残っている。

「すいませーん、ありがとうございますー」

玄関で声をかけると、どたどたどた、と足音が響いて、子供たちが走ってきた。七歳の未緒(みお)と三歳の樹(いつき)と。

突然休校になると聞いたときには慌てたが、こうして夫の両親の家に預けられて、今日は保育園に樹の迎えにも行ってもらえることになって、ほんとうに恵まれていると思う。倉庫のパートの人で、子供の預け先が見つからず休んだまま結局辞めてしまった人もいる。

「ああ、優子ちゃん。会社の人は、無事に送っていけたん？」

居間のほうから義母の明子(あきこ)の声がする。

少し遅くなります、と職場を出るときにメッセージを送っていたのだった。

居間の床には、子供たちが散らかしたカラフルなブロックがあちこちに転がっていた。外から見ると古びた日本家屋だが、五年ほど前に一階はリフォームして、フローリングに白い壁紙のシンプルな部屋になっている。

夫の両親はともに六十歳を過ぎたばかりで、優子の両親よりだいぶ若い。実際の年齢もそうだし、たとえば車でかける音楽もサザンオールスターズや松任谷由実(まつとうやゆみ)だったり、たまにジャズのコンサートに行ったりもしている。直也(なおや)とつきあい始めてしばらくしてこの家を初めて訪れたとき、直也が両親に観に行った映画やいっしょに遊んだ友達の話をごく当たり前にしているのを間近に見て、最初は戸惑った。それまでにも、女友達で買い物はいつもお母さんといっしょという子もいたが、なぜかそれは自分と関係のないことだと思い込んでいた。自分は違う。両親に自分の個人的なことを話すことはめったにない。聞かれたらできる限り短く答える。

「おかあさーん、今日ね、本買ってもらった！」

未緒が、熊の絵が描かれた本を見せに来た。優子も読んだことがある、懐かしい表紙だった。義母が、

「大型スーパーへ買い物に連れてって、お昼も面倒やからそこでたこ焼き食べてきたんよ」

と言えば、

「宿題は帰ってきてからちゃんとやったで」

と未緒が言う。

なんやろう、この感じ。

と、未緒の頭を撫でながら、優子は思う。

前にも同じことを経験した錯覚にも似ていたし、夢の中でこれは夢だと気づいてしまったときにも似ている気がした。

今日から倉庫の作業をしてほしい、と出勤してから社長に告げられた。

優子ともう一人、Tシャツオーダーの担当の長谷川（はせがわ）さんは、やりかけていた仕事をどうするかの話もされないまま追い立てられるように移動し、倉庫でのピッキング作業にとりかかった。

「それやったらそれで、せめて昨日には言うてくれないとやんなあ。倉庫、めっちゃ冷えるし、防

寒してとなあかんやん」

「そうですよねえ。急に事情が変わるのはわかるけど」

「なんや、張り切ってるよねえ」

社長、と言っても、河田さんと同い年、おととし父親のあとを継いだばかりの三代目で、五年以上勤めている長谷川さんや河田さんのほうがこの職場では先輩になる。

百八十センチを超える長身に茶色い髪、作業服店のではないブランドのつなぎを着ていたりラフなジャケットを羽織っていたりで、「社長」という雰囲気ではない。地元の高校時代は野球部で活躍したらしく、あれは若いときにモテてた人の態度やな、とパート従業員の間では褒めるのではないニュアンスで話している。自宅が裏手にあって子供のころから会社に出入りしていたようで、先代から長く勤める専務や経理部長に対して妙に態度が大きい。

「先代さんと親しかった業者のつてで消毒液とかマスクとか入ってくるって言うてたけど、騙されてないやろか」

「ありえるなあ」

倉庫のヘルプには今までも何度か入ったことがあったので要領はわかるが、このところ急激に取り扱いが増えた日用品のせいで、倉庫内は段ボール箱が積み上がり、棚も変更になったりして混乱していた。

元は鞄やら財布やらと衣料雑貨を卸していた会社だったが、十年ほど前から通販サイトに出店して日用品も一般向けに取り扱っている。二年前に先代の社長が急死して、東京に住んでいた長男が戻ってきて三代目の社長になった。二人いる役員と四人いる役職ありの正社員は男性、事務や通販対応と倉庫の作業で十二、三人いるパートは全員女性という構成の会社である。

優子は事務との兼務で、社長が自分の趣味を兼ねてやっているオリジナルTシャツ製作部門で、主にデザインの仕事を担当していた。注文のほとんどは、地元のスポーツサークルや事業所が揃い(そろ)で作るTシャツで、ロゴやゆるキャラ的なイラストは決まっていることも多く、そのデータを調整して、シルクスクリーンの版を作る。

作業場で仕事をすることも多く、夏場は暑くて大変だが、ものを作ることは楽しいというか、黙々と作業するのも好きなので、仕事内容だけでいえば関西に戻ってから転々としてきたその場つなぎのような職場の中ではおもしろさを感じられる仕事だった。

ただ、新型コロナウイルスによる活動の制限でこの時期多いはずの学校関係のキャンセルが続いて、優子や長谷川さんは手持ち無沙汰になって、先週は事務所の整理と大掃除をやっていたのだった。

「思いつきであれこれ言わんといてほしいよねえ」
「通販も注文受けすぎやからクレーム来てるねんけど」

全員が地元の主婦でパートタイマーである同僚たちと言い合いながら、不安定に積まれた段ボール箱の間を行ったり来たりする。

作業に慣れてくると、優子の頭にはまた、九年前のことが断片的に浮かんできた。

——ニュース見たよね？

携帯電話の向こうの声を、今もはっきりと覚えている。

そのあいだも次々に届くメール。テレビはいくつかの映像をいつまでも繰り返し流していた。

——水元(みずもと)さんも、東京に戻りたくないでしょう。

電話の向こうの妙に同情するような声は、勤めていたデザイン事務所の上司であるクリエイティプディレクター。

——しばらくご実家のことを手伝ったほうがいいんじゃないかなあ。ご両親もお疲れだろうから。ほら、今、こっちもかなり混乱してるから。原発ももっとひどいことになりそうだって。

今仕事から離れると、もう戻れなくなる。

取ってつけたような理由を並べる上司の声から、優子にはそれがわかった。

——ご心配いただいてありがとうございます。葬儀も終わりましたし、こちらは問題ありませんから、すぐ戻って出社できます。

期限が迫っている案件を、優子は説明した。

——だいじょうぶだいじょうぶ、あれは、山辺（やまべ）さんが引き継ぐから。元々、山辺さんのルートだったんだし。

上司は、早く話を終わらせたいようだった。

——とにかく心配しないで。それじゃ。

優子の返事を聞かないで、電話は切れた。

それでも、二週間後に東京に戻った。意地だった、と今は思う。結局、それから職場にいたのは二か月ほどだった。

あの時期、東京の夜は暗かった。街頭ビジョンが消えた交差点は静かで、大勢の人の足音だけがやたらと聞こえた。

——これくらいでちょうどいいと思わへん？

四月になってから、三週間ぶりに会った妹は言った。渋谷の交差点を見下ろすカフェだった。

——普段うるさすぎるから、今ぐらいでよくない？

　妹の顔は、なんだか少し楽しそうにも見えた。

　自分がなんて答えたのかは覚えていない。妹と別れた後、一人で地下鉄に乗った。すぐ横に自分と同じくらいの年齢の勤め帰りらしい女の人が立っていて、メールをやりとりする携帯の画面が見えた。相手は母親のようだった。

〈放射能が東京まで来てるんでしょう？　早く帰ってきなさい。〉

〈だいじょうぶだよ（笑）。みんな普通に仕事してるって。心配しすぎ（笑）。〉

　ちらっと見えたその人の顔には、（笑）などかけらもなかった。車両の中の誰もがどこか不安で緊張していると、優子は感じていた。そして、（笑）を二つもつけた彼女に、わかります、すごくわかります、と心の中で声をかけた。

「石原さん、今、なんか別のこと考えてたやろ」

　スチールの棚の向こうから、河田さんに声をかけられた。

「あ、はい。わたしはいつも自分のことばっかり考えてるからあかんな、と思って」

「なにー？　なんなん？　反省？　突然の反省？」

　河田さんは、丸い目をさらに見開いて、優子を凝視していた。

「いや……、まあ、そうですね。急に、昔のこといろいろ思い出して。そういうことってないですか？」

「あるあるー。あるに決まってるやん」

　棚の向こうでなく隣にいたら、河田さんは優子の肩か背中を漫才のつっこみのように叩（たた）いていただろう。

「あるけど、反省ってなんかわかったような気ぃするだけやで。次どうしようか、って考えて、そのときにちゃんとやったらそれでええねん。そこで負けへんかったらいいの」

「河田さん、そうやってなんでもすぐ勝ち負けで言うからなあ」

向こうの通路にいる別の同僚が笑った。

「ちゃうやん。勝たんでもええけど、負けたらあかんねん。誰かと比べるんちゃうで。自分に。気持ち的に。だいじなんはそこやで」

プラスチックのコンテナケースの隙間から見える河田さんの顔は、いたって真剣だった。

「そうですねえ。わたし、そういう気持ちが足らへんのかも」

「また反省してる！　反省禁止！」

河田さんの声と同僚たちの笑い声が、倉庫の天井に反響した。

そこに社長が入ってきた。

「もう集荷来る時間やけど、今日の出荷分終わったんですか？」

嫌味な言い方で、従業員たちを見回したあと、忙しいのに、忙しいのわかってるんですか、などと同じような言葉を繰り返してから出ていった。

「張り切ってもうて、ほんまめんどくさいなあ」

誰かの声に、優子も黙って頷(うなず)いた。

半分閉めたシャッターの外から、社長の声が聞こえてくる。

「ちょっとー、ここに置かんといてって言うたのに。早(は)よ片づけてくれますか」

「はいはい」

と、答えているのは、社長の母親だ。丸みのある体型でいかにも気のよさそうな母親に、長男である社長がえらそうなもの言いをするのが、優子はいやだった。他の同僚たちも、皆そう思っていた。母親だけが、ちっちゃいときからあの子は口だけはえらそうなんやけど気が小(ちい)そうてねえ、根はええ子なのよ、といつも笑っている。次男もすぐ裏手の自宅に同居しているらしいが、誰も見たことはない。

　コンクリートむき出しの床に立ちっぱなしで作業するのは、予想以上に冷えた。明日はとりあえず内側にボアのついたブーツを履いてこよう、と優子は思った。

　自動車通勤は快適だった。自分一人の空間で過ごす時間は、短くても貴重だ。

　このごろは、スマホをつないでアプリでラジオ番組を聴いている。優子はそれまでラジオを聴く習慣がなかったので、新鮮だった。高校の同級生に、お笑い芸人がやっていた深夜ラジオの大ファンで投稿が趣味の子がいたけど元気かな、もうちょっと話を聞いてみたらよかったな、などとふと思う。

　この町に来て運転を練習し、買い物へも車ですんなり行けるようになったころは、好きな曲をかけ、それに合わせて歌っていた。大きな声を出すのは気持ちがよかったし、うろ覚えの歌詞をでたらめに歌ってもカラオケと違って誰も聞いていないのもよかった。

　未緒を妊娠中に買い物に行く途中も、歌っていた。真冬で寒いけど天気のいい日で、学生時代によく聴いていたイギリスのバンドのアルバムをかけ、歌うというよりほとんど叫んでいた。

　ふと視線を感じて右を見た。隣に並んだ軽トラックの助手席から年配の男が、にやにやとした顔で見下ろしていた。優子は背中がぞわりとして声を止めると、ガラス越しにその男の口が動いたのが見えた。

　なにを言っていたのかはわからない。しかし、好意ではない。罵倒だ、とそれだけはわかった。

以来、歌うのはやめた。今でも不意にあの男の奇妙な表情が脳裏に浮かぶことがある。濁った目、人をあざけって緩んだ顔。優子はそれと同じ目を見たことがあった。中学校のプールの授業を、ブロック塀の穴から覗いていた男。顔の一部分しか見えなかったが、二メートル以上の高さがある位置だった。自転車の荷台に立って覗いている男を見たことがある、と同級生の一人が言っていた。

ごつい車に乗ってたら嫌がらせとかされへんで、と同僚たちとそんな話になることもある。しかし、家の駐車スペースや家計を考えれば、夫が通勤に使っているワンボックスとは別にこの中古の軽自動車に乗れるだけでも恵まれている、ということになる。運転もしやすいし。

「恵まれてる」と、自分の今の生活についてよく思う。恵まれてる。家もあるし、夫も子供もいるし、仕事もあるし……。

「急に中止になって、何も決まってないし、ありえへんわ」

今も東京で暮らす妹は、電話の向こうで興奮気味に繰り返した。宣伝を手伝っていた演劇の公演が中止を余儀なくされ、スタッフや演者はこの先の目処がなにもないまま放置されているような状態らしい。そうかー、大変やんなー、そうかー、と優子に返せる言葉はそれくらいだった。

「めずらしいなあ、ゆうちゃんから電話かかってくるやなんて」

「そう？　ニュースとか見てたらやっぱり東京のほうが大変なんかなって気になって」

「イベント関係の仕事の人とか、子供いて仕事休まなあかんようになった人はほんまに困ってるけど、わたしは、言うても気楽な暮らしやからね。ゆうちゃんのほうが大変なんちゃう？　みーちゃんといっくんは？」

「こっちのお義母さんが見てくれてるから。樹の保育園は休みにはなれへんかったし」

「ゆうちゃんはほんまええ人と結婚したよねえ」

「うん」

九年前、妹の真鈴も東京に住んでいた。高校を卒業してからバイト生活で、ワーキングホリデーでニュージーランドに一年間いたあと、東京の友達の家に転がり込み、演劇や美術イベントの広報を手伝いながら、夜は知り合いのバーでアルバイトをしていた。そこのお客さんだったのが、現在の雇い主の写真家だ。展覧会を見に行って、ちょうど会場に来ていた本人に興奮して感想を語ったところ、おもしろがったその写真家から神奈川の美術館でのイベントの案内をもらい、翌月に見に行って話しているうちに気に入られ、事務方のアシスタントとして働くことになって、今は写真家が出資する小さなギャラリーのスタッフをしながら演劇やアートイベントのPRの仕事もしている。そんな嘘みたいな話の繰り返しが真鈴だった。そんなことあるの、と真鈴を知らない人は言い、あー、目に浮かぶね、と真鈴を知る人は言う。

「ゆうちゃんは、人の縁ていうか、人間運があるよね」

「そう？」

「そうやで！　直さんみたいなようできた人と結婚して。それも、やっぱりゆうちゃんの人徳やろな。わたしみたいないい加減な人間は、無茶して迷惑かけてばっかりやから」

「そういうのを、人間運があるっていうんちゃう？」

「なんで？」

「迷惑かけられてもいいっていう人に囲まれてるんやから」

「いやー、ほんま毎日申し訳ないばっかりやわ」

九年前、優子も真鈴も東京にいた時期、妹さんとはいっしょに住まないの？　とよく聞かれた。妹は友達とルームシェアしてるからと事実を答えるたびに、言い訳をしているみたいな気持ちになった。子供のころから妹の近くにいると比べられるから、となにかにつけ思う自分の気持ちが相手にばれている気がした。

だから大阪を離れたのに、東京の会社に就職したのに、ようやく目指していたデザイン事務所に転職できたのに、そこで三年働いた結果は、「向いてないんじゃないかな」という上司の言葉だった。

地震の前の日、三月十日の朝、母方の祖母が急死した。優子はその夜に実家に戻ったが、真鈴は手伝っているイベントが金曜の夜にオープニングで、自分が会場に運ばなあかんもんもあるから今日は戻られへん、明日のお通夜までには絶対帰るから、と言っていた。しかし、翌日、新宿駅で乗り換えようとしているときに地震が起こった。

その十分後に、無事だけど電車が全部止まってどうなるかわからない、と電話で話したあと、電話は通じなくなった。フェイスブックにも「無事です」と直後の書き込みがあっただけだった。

次に連絡が取れたのは、その日の夜九時ごろだった。同居人の女の子が仙台の家族と連絡が取れずにパニックになっているから一人にできない、とのことだった。

おばあちゃんは真鈴のそういうとこいちばんわかってるから、落ち着いてから帰ってきたらええから、と、母は携帯電話がべたべたに濡れるほど泣き、ほとんど叫ぶような声が通夜が終わった会場に響き渡っていた。その隣で優子は、葬儀社の人から翌日の段取りについて説明を受け、父親はあちこちの親戚に電話をかけていた。

そのあと優子は、五月末で退職して大阪の実家に戻り、しばらくは梅田の地下街のドラッグストアでアルバイトをした。高校や大学時代の友人に連絡をして、何度か飲み会に参加した。

その何度目かに大学の別の学部だった石原直也がいた。転勤で四年住んでいた熊本から戻ったところだった。学生時代はイベントや飲み会で顔を合わせることはあってもそんなに親しくはなかったが、関西に戻ったばかりという共通の話題でなんとなく話を続け、連絡先を交換し、直也の職場が近かったので晩ごはんを食べに行くようになった。

東京から戻って一年もしないうちに結婚して、直也の地元に一戸建てを買って引っ越し、その一年後には長女が生まれ、長男も生まれ、夫の両親にもよくしてもらっている。

それが、この九年の間のできごとで、九年前には想像もしなかった生活だった。

大学時代から長くつきあった相手はいなかった。学生時代の友人も東京での友人も、恋愛は関係なく遊びに行くほうが気楽だというタイプが多くて結婚する人も少なかったから、自分が結婚したり子供を産んだりすることがリアルには感じられなかった。なんとなくこのまま一人で暮らしそうだと思っていたし、一方でいつも近くで過ごす特定の存在がいないことや子供を持たないことへの不安というか、気後れみたいな感覚もうっすらあった。

——三十歳になるとやっぱり変わるよね。

——三十になるからってみんなばたばた結婚するとはねえ。

結婚を決めたあと会った友人たちから、そんな言葉が出た。たまたま同時期に結婚した友人が数人いて、たまたま大阪に戻った直後に三十歳になっただけなのだが、三十歳になるのを機に東京での仕事に見切りをつけて結婚した、というふうに、人からは見えたかもしれない。

たぶん自分はいかにもそういう人だと思われている、と思っている自分が、人からどう思われるかを結局気にしているということではないかと思っている、と、このつまらないループが頭の中で勝手に始まってしまうことに、優子はうんざりしている。

土曜日、優子は、電車で大阪の実家へ向かい、路地の前に立った。

路地の入口の、近所ではいちばん古かった木造アパートは取り壊され、小さな建て売り住宅が三軒窮屈そうに並んでいた。それぞれの家の前に停められた自転車には、前にも後ろにも子供を乗せるシートがついている。

自転車に乗るのが苦手だった優子は、この戦闘マシーンのような自転車を見るたびに、自分には乗りこなせないと思う。もし、地元で子育てをしていたらこの自転車に無理して乗って子供に怪我(けが)をさせていたかもしれない、などと想像してしまう。浮かぶイメージは、そんなのばかりだ。自分が失敗するところ。うまくできないところ。自分だけができなくて周りに迷惑をかけてしまうところ。それについていちいち考えないくらい、優子の思考回路にとっては自動的な現象だった。

路地の突き当たりにある実家は、狭い玄関にトイレットペーパーやティッシュが山積みになっていた。

「それ、持って帰ったれ」

と、挨拶もなしに父親の声が飛んできた。

「わたし今日、車とちゃうから、無理やわ」

「なんや、せっかく用意しといたったのに」

不満そうな父親は、二年前までは元の勤め先の会社にアルバイトに行っていたのだが、それもなくなって、暇を持てあましている。今日は、コロナを言い訳に、子供を連れずに自分だけで来られたのは幸いだった。できるだけ長居せずにここを出たい。

実家に帰ったのはお正月以来だった。すでに朝から酒を飲んでいた父が早々に寝てしまい、その間に優子たちが帰ったことへの不満を何度も電話で言われ、子供を連れて遊びに来いと繰り返した。しかし、今日は特にそのことを言うわけでもなく、比較的上機嫌のようで、テレビで仕入れた新型ウイルスや世界各国の情報などを優子に解説し続けた。母親もそれに乗っかって、近所の人から聞いてきたほんとうかどうかわからない噂(うわさ)話をした。

「優子は、こっちに戻ってきてよかったよな」

「家族で助け合えるもんねえ」

「ウイルスみたいなもんには東京は真っ先にやられるからな。便利なもんに頼りすぎて、人間が弱くなってる」

「そうそう、自然の生命力は大事にせな」

「優子は、なんやかんやいうて、その辺のことがわかってるからな。自分の身の丈にあった生活いうもんがある」

「そうや、あんたは真鈴と違(ちご)て、地道にがんばるのが向いてるんよ。東京で浮かれた生活するんは若いときの何年かやったらええけど」

「真鈴はなにをしとるんや。いつまでも好き勝手して」

「ほんまにねえ、仕事やら遊びやらようわからん生活で」

「まあ、あいつらしいわ。どうにかなるやろ」

「そやねえ、心配させるだけさせといて、なんかうまいことといくのよね」

話は、母が最近会ったらしい叔母夫婦や近所の同級生の母親へと広がった。

「エミちゃんのお母さんが、優子ちゃんは、親に心配かけることもないし、ようできた娘さんやねえ、て褒めてはったよ。真鈴ちゃんもお姉ちゃんを見習（みなろ）うたらええのに、って言うてはったわ。エミちゃんも、まだ結婚してへんらしいねえ」

誰かを褒めているようなふりをしつつ、別の誰かに対する嫌味や小言を言うのは、今までに何百回と聞いてきたが、問題はそれを言う本人たちにその自覚がないことだった。十代のころ何度か、妹と比べないでほしい、と両親に訴えたが、父や母から返ってくるのは、

――なんや、おねえちゃんやのに、妹に僻（ひが）んだらあかん。

――優子はすぐ人と比べる。自分は自分やと思ったらそんなしょうもないことは気になれへんはずや。

と、完全に主体がすり替えられた言葉で、聞くたびに自分のほうがおかしいのではないかという気さえした。

だから、あきらめた。両親の言葉も、親戚や近所の人たちの言葉も、ただ聞き流すしかない。真鈴は真鈴で「いつも真面目で優秀な姉と比べられてつらい」と思っていることも、優子は知っていた。中学のとき、真鈴のいるバスケ部の顧問が優子の担任で、「妹さんの気持ちもわかってあげて」と言ってきたのだった。つまり、両親や周りの人たちの無意味な言葉は、姉妹を二人とも消耗させているだけだった。

優子ちゃんの優は優等生の優やねえと親戚も近所の人も適当なことを言い、「名前の通り優しいから」と優子を好きな理由を言った男は、休みの日に自分の部屋を優子が片付けてくれないからと怒り出したので二か月もせずに別れた。

「優子ちゃんはしっかり結婚して、孫も産んでくれて、ほんまに親孝行で羨ましいわ、って言われ

たわ」

　母は意味が空っぽな言葉を言い、「孫」を産んだんとちゃうわ、わたしの子供やっちゅうねん、と頭に聞こえてきた自分の声をぼんやりと聞いて、優子は適当な理由をつけて家を出た。


　地下鉄からＪＲの新快速に乗り換えた。休日の夕方の車内は混んでいて、優子はドアの脇に立って外を眺めた。

　ガラスの向こうを流れていくマンションや建て売り住宅は、東京で見ていた風景よりも密度が高い気がした。狭い平野に隙間なく詰まってどこまでも続く人の生活が、今は息苦しく感じる。

　優子が東京で住んでいたアパートは駅から歩いて二十分近くかかったが、大きな公園の近くで、空の広さや木々の緑の心地よさを初めて知った。直也と結婚して郊外に引っ越したのも、自分は意外に広々した土地のほうが住みやすいのかもしれないと思ったからだった。

　西日に照らされる住宅街を見ていて、東京に就職活動で通っていたときの風景をなぜか思い出した。

　大学の卒業式の前の週。ぎりぎりで就職が決まり、部屋を決めたり準備のために東京に行った日。

　渋谷の不動産屋から、スタッフの人と車で部屋を見に行った。車の中で気詰まりな空気を和ませようとしてか、若い男性スタッフは自分が案内したことのある芸能人の話を始めた。今では有名になったお笑い芸人はついてきたお母さんの方が強烈なキャラクターでおもしろかったというような内容で、個人情報はだいじょうぶかなと思いつつ適当に相槌（あいづち）を打っていた。部屋を決めて戻ってくる途中、渋滞にはまった。次に用事もなかったから焦りはしなかったが、その人がさらにグラビアアイドルや別の芸人やらの話を続けることにかえって気まずさを感じていた。気もそぞろに渋谷の街並みを眺めていると、すぐ前に停まっていたタクシーから男が出てきた。

男、というのも、その瞬間はわからなかった。なにか大きな存在、生き物、と咄嗟（とっさ）に思った。

——あれ、……ですよ。

と、スタッフの言った名前は、プロレスに興味のない優子でも聞き覚えのある名前だった。

巨体のプロレスラーは、ゆっくりと優子たちの車の前を通った。悠々と大通りを横切っていくその姿に、優子は見とれた。

あんなふうになりたい。

と、思っていた。

わたしの体が、見た目が、あんなふうだったら、よかったのに。

そうしたら、見くびられずに生きていけるかもしれない。

優子は今もそう思うことがある。そして、それを誰にも言ったことはない。

月曜日、出勤して倉庫の作業にかかり始めたら、今度は社長から来客の対応と事務作業を指示された。

事務所の建物に戻って、隅の流し台でお茶を用意した。

来客は地元の求人サイトの担当者だった。高校の野球部の先輩後輩、という地元の人間関係を反映した社長とその若い男性は、新規のパート募集についての話そっちのけで、ほぼ雑談をしていた。

お茶を出したときに軽く会釈した求人サイトの担当者は、学生みたいに幼い風貌だった。優子は、二人が話している打ち合わせスペースからほど近いデスクで伝票の整理をしていた。

「石原さん、東京住んでたんやったら知ってるでしょ？　麻布十番（あざぶじゅうばん）の」

社長が突然、話を振ってきた。社長が東京で暮らしていたころによく行っていたイタリアンだかなんだかの有名店のことらしい。

「わたし、そっちのほうはほとんど行ったことなくて」

「へー、誰でも知ってる店かと思ってたけど。あの店の常連やったんが……」

社長は妙に機嫌のいい声で話し続け、求人サイトの男性は、さすがっすね、すごいっすね、と繰り返していた。

優子自身も、その求人サイトを見て応募した。面接に来たとき、社長は履歴書を見て、東京で働いていたことにやたらと反応した。自分も東京にいた、音楽関係の事務所でミュージシャンのプロモーションなどをやっていて、彼らが別名義でやっているバンドに参加していた、と要約すれば自慢話だった。東京の話になると面倒そうだと優子は思い、どんな仕事をしていたか詳しくは言っていない。一般事務、ということにした。

Tシャツ作りが社長の趣味なのは、東京時代にライブイベントやフェスのTシャツを作っていたかららしく、今でもときどきそのころに作ったバンドTシャツを着てくる。

社長は、求人サイトの担当者と仕事の話に戻っていった。

「ぼくみたいに女性に敬意持ってる経営者はなかなかいないよ。このあたりはまだまだ古い考えのおっちゃんが多いでしょ」

「ほんまですよね」

「女性を優先して採用してるからね。お子さんのことなんかで休みも融通きくようにしてるし」

「だいじですよね、それ」

耳は閉じることができないので、社長の言葉も、求人サイトの青年のやたら元気のいい相槌も、優子はずっと聞かされていた。

確かに、休みは取りやすい。未緒がもう少し小さいときは体調を崩しやすくて前の職場で何度も休んでしまった経験があったのも、優子がこの職場を選んだ理由の一つだった。少し遠くから通っている西山(にしやま)さんは、保育園の迎えに行くために四時で退勤する。シフト制で、誰かが都合が悪くなるとパートの従業員同士で融通しあい、もちろんその分、時給が出ないだけだが、それでも助かる人も多い。元は親戚の畑だったとかで敷地が広く、自動車通勤が可能だったのも、優子が求人内容の中に見つけたポイントだった。

恵まれてる。

優子の頭にまたその言葉が浮かぶ。

恵まれてる。

それが誰の声なのか、優子にはわからない。

午後からは倉庫の作業に戻った。

「外出禁止とかなるんかな？　でも、対策進んだら夏ぐらいには落ち着いてるんとちゃう？」

「ほんま？　インフルエンザが流行(はや)る季節になったらえらいことなるって言うてる人もおるで」

「江藤(えとう)さんの実家、京都で観光客向けの食堂やから、影響が深刻らしくて」

マスク越しの誰の声にも、ずっと不安が混じっていた。

月曜は河田さんを車で送る、というのが、なんとなくの習慣になった。

河田さんと話しながら帰れるのは、優子にとっては気楽な時間で、少し楽しみにもなっていた。

河田さんは、前の夜に見た配信サイトのオリジナルドラマの話をしていた。本編を見るよりも、河田さんが表現力豊かに解説するあらすじや登場人物の言動のほうがおもしろいんやろうな、と思いながら優子は聞いていた。

橋にさしかかった。河川敷の風景は、今日は茫漠（ぼうばく）として落ち着かない感じに見えた。

優子は、言った。

「河田さん」

「んー？」

「前に、ビリケンさんみたいなおばちゃんにドライブ連れてってもらったって言うてたじゃないですか？」

「ああ？　試乗やで、仕事やで」

河田さんはなぜかそこを強調した。

「それって、地震の……、あとですよね」

地震。二十五年前の地震。

「……そうやで。なんで？」

「いえ、その人元気にしてはるかなって思って」

少しの沈黙のあと、河田さんは話した。

「高台の方に住んではったから、そんなに被害はなかったって聞いたわ。地震の時は集めてた外国の食器がみんな割れて、それからは高級なもんは買うんやめたとか言うてたかな」

「うちも……、食器は結構割れました」

　食器は割れた。それだけだった。

「今、いくつくらいになってはるやろな。八十歳は過ぎてはるかな。丈夫そうな人やったけど、お元気やったらええなあ」

「そうですねえ」

　優子は、なぜ質問したのか自分でもわからなかった。ただ、前にその話を聞いて以来、ずっと気になっていた。

「あの試乗のとき、震災から四年か、五年くらいやったと思うけど」

　それなら自分は何歳だろう。地震の時は、優子は中学一年生だった。話すとみんな笑うけど、半分眠ったままの頭で、ゴジラみたいな生き物が街を踏み潰しているのだと思った。

「山の上から見たら、なにもなかったみたいやな、って思った」

　河田さんは、まっすぐな道路のずっと先のほうを見ていた。

「なんもなかったみたいに、なんも変わってないみたいに見えた」

　優子は、そのまっすぐな道の先のほうが、近づいたら消えてなくなっているんじゃないかと、そんな気がした。

「ほんまにそうやったらよかったのにな、って、ずっと思ってた。地震がなかったら、なんも変わってなかったら、よかったのに」

　優子は黙って、河田さんの声を聞いていた。

2　二〇二〇年五月　小坂圭太郎(こさかけいたろう)

電車の窓って、開けないものだっけ。

小坂圭太郎は、十センチほど開けられた窓から勢いよく流れ込んでくる風が髪に当たるのを感じながら、記憶をたぐろうとした。

各駅停車の車両は、空いている。

空いている、どころではなく、ほとんど空だ。自分と、かなり離れた場所に一人、学生っぽい大柄な男子が座っているだけだ。東京でこんなに空いた電車に乗るのはいつ以来だろう。もしかしたら、初めてかもしれない。十八歳の夏に東京に住み始めてから十五年で、初めてのこと。

窓の先は、嘘みたいな青空だった。

雲は欠片(かけら)もなく、ひたすらに青色が満ちている。

この「青空」が、光の反射によるものだなんて、そのことを最初に知ったときと変わらず、今も信じられない。

はるか昔の人が考えていたように、空は天井みたいなもので、そこに青色が塗られているとしか思えない。一方で、青色の液体みたいな気もする。色のついた液体の底にこの世界は沈んでいるのだと想像してみる。海の水。プールの水。だけどあの青色も、光の反射なのだ。海の水を手で掬(すく)うと、青色に見えていたそれが透明になってしまうのが不思議で仕方なかった。

圭太郎は、窓から吹き込んでくる風と同じように、頭に浮かんでくることを流れていくままにしていた。次の駅に到着し、ドアが開いた。各停しか停まらない小さな駅は、二本の線路の間にホームがあるタイプで、開いたドアからは、誰もいないホームと反対側の線路とその先に広がる住宅地が見渡せた。このあたりは建築の制限が厳しいのか高い建物がない。ところどころで風に揺れる新緑と途方もない青空を見ていると、自分がどこか別の場所にいるような錯覚を起こした。東京ではない、遠いどこか。

発車のアナウンスとベルが鳴り響いてから、男の子が駆け込んできた。ドアに挟まれかけたがすり抜け、圭太郎の向かいに座った。小学校中学年くらいか、スポーツブランドのリュックにスニーカーの格好はいかにも都会の子供という感じ。学校が休みでもやっている塾があるとの話も聞いたが、子供が一人で電車に乗る姿は今は目立つ。膝に置いたリュックから本を取り出して読み始めた。外国のファンタジー小説だった。

あれは、いつだろう。

圭太郎の頭に、青空と田んぼの風景が浮かんだ。今、電車から見えている風景と同じようにゆっくりと遠ざかっていく、一面に緑の田んぼ。

たぶん、遠足に行った先の、ローカル線だ。あのときも、こんなふうに窓から風が吹き込んでいた。だけど、それが何年生の、どこに行ったときなのか、思い出せない。遠足じゃないかもしれない。子供の頃のことをやたらと詳細に覚えている人もいるが、自分は忘れていることのほうが多い。四、五年前に地元の同級生たちの飲み会に顔を出したときも、そんなことあったっけ？　を連発して笑われた。

数年前のことでさえ、覚えていないのかと人に驚かれることがある。

なんでみんな、そんなに覚えているんだろう。普段忘れているというのは、覚えていなくても困らないようなことなんじゃないのか。

自宅の最寄り駅で降りたのは、自分を入れて三人だけだった。昼過ぎの中途半端な時間とはいえ、駅前の商店街も、閉まっている店が多かった。飲食店の張り紙は、数日前と変わっていないとわかっていても確認してしまう。同業者だから。

店は閉まっていても、人はそこそこ歩いている。スーパーに買い物に来た人、宅配便の配達の人、立ち話をする高齢者。穏やかな快晴の日のごく普通の駅前商店街である。「ごく普通」の、と感じるのは自分の目が「マスクをしている人」を「当然」と見なすようになったということだと、圭太郎は気づいた。

気づいたのは、商店街の外れの、数日前から突如「マスク販売店」になった店の前を通ったからだ。ついこの間までは、いちおうシャッターは開いていても営業してるのかどうかよくわからない古着やら怪しげな中古品を売っている店だったのに、今はそのごたごたしたものが全部なくなって、店の表にも中にもマスクの箱が山積みになっている。店の奥のレジから連なる行列は、二十人はいるだろうか。マスクだけでなく、「除菌スプレー」と書かれたボトルも大量に置かれているが、成分はなんなのかよくわからない。

圭太郎は、おととい既にこの店でマスクを一箱買った。三月にトイレットペーパーが買えなくなったときから、SNSで検索するのが習慣になっていた。ツイッターで駅名か地名で探すのが効率がよかった。「突然マスク屋ができてる」との投稿を目にして、すぐに買いに来たのだった。五十枚入り一箱二千五百円という、以前なら考えられない価格にひるみはしたが、貴美子（きみこ）にもそれなら買ってと言われたので、朝いちばんに来た。レジを担当していたのは、恰幅（かっぷく）のいい六十がらみの男で、同年代の小柄な女が二人、段ボール箱を開けては中身を並べていた。「除菌スプレー」のほうは、手に取っては見たがやはり成分が不確かだったので買わなかった。

今、自分の顔を覆っているマスクは、ここで買ったものだ。予想通りあまり肌触りはよくないが、五十枚もあると思うと安心感が違う。この一か月半ほどは、家に残っていたマスクを掻き集めたものと近所のスーパーで偶然入荷に遭遇して買えたものを、よくないとはわかりつつ三日使ったり、実家から送られて来た手縫いのものを使ったりしていた。ＳＮＳの検索でも、買えたという投稿を目にすることが増えた。

その店からちょうど出てきた女に、圭太郎ははっとした。小柄な、若い女。スウェットの上下だがおそらくそんなに安くはないセンスのよいもの。長い髪を一つにまとめて、全体に小綺麗だった。

似てる。

確かにそう思ったのだが、誰に似ているのかが思い出せない。自分の横を通ったときに近くで見た顔は、最初の印象と違っていて、記憶の底に浮かんだ誰かの感じが消えてしまった。顔、といっても、もちろんマスクをしていて、見えるのは目のあたりだけだ。そのせいか、見かける人に対して「誰かに似てる」と思うことがしょっちゅうある。コンビニで居合わせた客が若い頃に好きだったアイドルではないかとちらちら見てしまったこともあった。

穏やかな昼下がりの住宅街は、どこからか子供のはしゃぐ声が聞こえた以外はひっそりしていた。目の前を揚羽蝶がひらひらと飛んでいった。なんにもないように見えるな、と圭太郎は思う。

なにも起こっていないし、なにも変わっていないように、見える。

「あ、忘れたー」

と、圭太郎が玄関でスニーカーを脱ぎながら言っただけで、貴美子には通じた。

「あー、忘れると思ったよ。まあ、わたしあとで出るから」

卵と牛乳を買う、と圭太郎はスマホのリマインダーにも入れていたのに、それを見なかった。リュックのポケットからスマホを取り出すと、画面にその文字が並んでいた。

「仕事？」

「うん、受け取らないといけない資料があって。河井（かわい）さんが駅で渡してくれるって」

窓際に先月から置いた折りたたみテーブルで開いていたパソコンを、貴美子は閉じて立ち上がった。

リビングのソファでは、つばさが眠っていた。お気に入りの黄色いタオルケットがかけられている。

もっと小さいときは、やっと寝たと思ったらちょっとした物音ですぐ起きてしまって難儀したが、四歳の今では、昼寝する時間も決まっているし、これくらいでは起きないだろうというのがだいたいわかって助かる。

「お店、再開できそう？」

つばさのタオルケットをかけ直しながら、貴美子が聞いた。圭太郎が働いている居酒屋は、夜の営業を休んで馴染（なじ）みのお客さん向けにテイクアウトだけをやっている。今日は二週間ぶりに店に様子を見に行ってきたのだった。

「緊急事態宣言が五月末まで延びそうだから、それまでは無理じゃないかって。連休明けから、テイクアウトを本格的にやるみたい。デリバリーの業者も入れるかも」

急にどこの店もテイクアウトを始めたので、容器の入手が難しくなっている。食材も今までと別のものを仕入れる必要があるし、いつまた元の営業形態に戻れるか目処がつかない状況で、すぐに切り替えられるわけではない。勤め先の周辺や知り合いの店もできることはやっているが、皆、先の見えない状況に振り回されている。

「そしたら圭ちゃんも出勤するの？」

「どうかな？　しばらくはまだシゲさんと奥さんだけでやるんじゃないかな。いちおう、来れるかどうかは聞かれたけど」

オフィス街で勤め帰りの人が飲みに来るタイプの店で、お昼には店主の妻がランチを出していた。ホールのアルバイトの大学生は三月末で辞め、キッチン担当の圭太郎は、休業中は給与の減額ということで話がついている。

「それで出勤するならお昼の時間帯だよねえ」

つばさの寝顔を見下ろして、貴美子は言った。保育園も最初は「登園自粛のお願い」だったのが結局休園になっているので、圭太郎が昼間仕事になると貴美子が家で仕事をするのは難度が跳ね上がる。

「そうだよなあ」

と曖昧な返事を圭太郎は返した。圭太郎自身どうなるかわからないので、なんとも言えない。

貴美子は、中古マンションのリノベーションを手がける会社に勤めている。保育園が休園になって以来、圭太郎は午前と午後、つばさを公園や散歩に連れて行く。貴美子がオンラインミーティングがあるときはその時間に合わせて外に出る。

この三年間、昼過ぎから出勤の圭太郎が朝はつばさを保育園に連れて行き、早めに出勤することで五時退社を確保している貴美子が会社帰りに迎えに行く、という生活だった。

まったく予定外に始まった結婚と子育て生活だったが、なんの準備もなかったわりにはなんとかなっている、と圭太郎は思っている。

貴美子は、圭太郎が以前勤めていた飲み屋の客だった。貴美子は週末の仕事帰りによく飲みに来ていて、顔は覚えていた。同僚や友人とカウンター席にいることが多く、日本酒と刺身が好きでよくしゃべって大笑いする人、と圭太郎は認識していた。料理や酒を出して説明するときに、短い会話をしたこともあった。

十一月の急に冷え込んだ日、店が早めに終わった圭太郎は、知り合いが近くにオープンしたバーに立ち寄った。そこに貴美子がいた。

――ああ、こんばんは。

と、立ち飲みカウンターの隣にいた貴美子に気づいて会釈すると、

――あっ、こんばんはー！

すでにだいぶ飲んでいたらしい貴美子ははしゃいだ声を上げた。しかし、圭太郎の顔をやっとしっかり見て、真顔になった。

――えーっと、失礼は承知ですが、どこでお会いしましたっけ？

圭太郎が店の名前を言うと、貴美子はあー、あー、と言ったが、はっきりわかっていないのは伝わってきた。

――けっこうしゃべったことあるんですけどね。

――いやあ、わたし、人の顔覚えるのが苦手で。この間もお客さんを別の人と勘違いしちゃって、ごまかすのに必死。

——あー、おれもそうですね。でも、お客さんのことだけは覚えれるんすよね、仕事の一部というか。

——役者やってる友達がいるんだけど、あんなにセリフをどうやって覚えるの、って聞いたら、終わったら全部忘れるし、公演の間は他のことは考えないんだって。ごはんも全部買ってくるか、外食。芝居のこと以外は脳に入れないらしい。

——そうやって覚えることと忘れることを分けられるのが、才能って気もします。

——なるほどー。鋭いねえ。

貴美子の女友達も交えて飲み屋の客同士のいいかげんな会話が続き、けっこうなペースで飲んでいたら、友達のほうの体調が悪くなった。二駅ほど離れた場所だった貴美子の家にタクシーで連れて行くというので、圭太郎も手伝ってついていった。

部屋で水分を取ると友達は落ち着いてきて、その間に圭太郎はコーヒーを淹れてもらい、バーの続きの雑談をしていると、貴美子も圭太郎も海外のミステリードラマをよく観ていることがわかった。中でも専門チャンネルで放送されているヨーロッパ系の暗い話が好みで、貴美子は原作の小説も読んでいるとのことで、友達は眠ってしまったが二人は明け方まで話し込み、結局圭太郎は始発で帰宅した。お礼だかお詫びだかのメッセージをやりとりしてまたバーで会うことになり、隔週くらいで圭太郎の店が休みの日に飲みに行って貴美子の部屋に泊まって朝に帰るというコースがなんとなくできた。しかし、昼間にどこかに出かける提案はどちらからも出なかったし、飲みに行く以外の連絡もしなかったし、つきあってるって感じじゃないよなあ、泊まってもセックスしないでミステリードラマを見てしゃべってるだけの夜もあるからセフレでもなさそうだけど、今さらこれってつきあってるの？　とか聞くのも……、などと圭太郎が思っているうちに、貴美子のほうが仕事が忙しいからと誘いを何度か断り、圭太郎の勤める店に来ることもなくなったので、忘れることにした。

最後に会ってから、三か月ほどしたある日、ちょっと話したいことがあるので、と急にメッセージが来た。

日曜の午後、新宿の高層ビルに囲まれた場所にあるファミレスに行くと、貴美子はすでに席についていた。

昼間に会うのは、初めてだった。ガラス張りの角のテーブル席で、街路樹の緑越しの淡い光に照らされている貴美子は初めて会う人のようで、圭太郎は妙に緊張した。貴美子のほうは、別のことで緊張していた。コーヒーが運ばれて来たあとで、貴美子は覚えてきたセリフのように、一気に話した。

——妊娠したので、産んで育てます。元々子供はほしかったし、生活もなんとかなる予定です。とはいえ、いくつか話し合ったほうがいいこともあると思うし、いちおう報告したほうがいいかと。

——あー、そう。

圭太郎の頭の中には、呼び出して話すんだからおれの子供ってことだよな、えーと、あの途中で外れたときか、あれ何月のことだっけ、といくつかの光景が浮かんだが、あまりに突然で予想外のことで現実味がなかった。他人の話に相槌を打つ気分の圭太郎にむかって、貴美子は仕事の打ち合わせのような口ぶりで話し続けた。

——二十五歳のときに卵巣を片方摘出しているし、三年前につきあった男と別れてからはもう結婚はしなそうだなと、もともと結婚はどうしてもしたいわけでもなくて、子供は産んだり育てたりはしたいけどたとえば精子提供を受けてシングルマザーというほどの強い気持ちもなくて、なんというか中途半端だなと自分でも思っていたわけですが、今回妊娠したのはよかったのかなと考えて、今の仕事も向いてるみたいで十年勤めて貯金はしっかりしてるし、ちょっと実家とは難しいところもあって手伝いは頼めないから、そのあたりこれから考えないといけないけど、これも幸いにして会社のほうはこの数年で育休取った人達が頑張って交渉してくれて、シングルマザーでもなんとかなるのではないかという、それでね、

——あのー。

圭太郎は、ここで言わなければ黙って頷いて帰るだけだろう、自分の性格上、と思って、大きめの声を出した。

言葉を出しかけて開いた口のまま、貴美子は圭太郎の顔を見た。さっきまでも見ていたはずだったが、このとき初めて「見た」という感じがした。

——あの、結婚っていうか、自分も子供を育てたいのですが。

あ、言っちゃったよ、と圭太郎は自分の頭の中だか胸の片隅だかでつぶやいた。しかし、耳に聞こえた自分の声はそれほど悪い響きではなかった。意志がある感じがした。

テーブルの上のコーヒーは、二つとも少しも減っていなかった。表面の水滴が流れ落ちていくグラスの水を、貴美子は飲んだ。圭太郎の顔を見つめたまま。

——あー、そう……。

そう言う貴美子の表情からは、圭太郎は感情を読み取れなかった。よろこんでいるのか、腹を立てているのか、皆目。

——あー、そうなのか。

声は、少し強くなった。

──そうです。

圭太郎も返してみた。

──わたしはまだあなたのことをそんなに知らないじゃないですか。

──はい。

──いい感じの人だと思うし、話してて楽しいし、すごくいやなところやこれは絶対無理みたいなところもないし、今のところ。それでも、結婚や共に子供を育てるとなると、もう少しいろいろ聞いてから決めたほうがいいと思うよね？　あなたのほうも。

──ああ、まあ。なんだろう？　借金ないかとか、年金払ってるかとか？

それは、以前圭太郎が少しつきあった女の両親に会ったときに言われたことだった。結婚の挨拶に行ったわけではなく、彼女の地元の夏祭りを見に行って路上でいきなり聞かれたのだった。調理師だそうだが厚生年金には加入しているんだろうね、まさか借金なんてないでしょうね。彼らのにこやかな表情と言葉の差に戸惑い、隣を見ると彼女も曖昧に微笑（ほほえ）んでいて、その帰りに別れを告げられた。

貴美子はいたって真面目な顔で返答した。

──それもあると思うけど、なんだろ。なんか、急に言われてもわかんないよね。

──そうですね。

──もろもろ、考えさせてください。

と貴美子が言い、圭太郎は、おれのほうも考えるんだよな、とまだ他人事（ひとごと）のような感覚で頷き、二人とも店を出た。

五年前、貴美子は三十三歳で圭太郎は二十八歳だった。

そのときに見当もつかなかったわりには、二人と生まれてきたつばさの生活はうまく回っていた。「うまくいっている」というよりも「うまく回っている」のほうがしっくりくる、と圭太郎は思っている。貴美子は仕事もお金の管理もしっかりしているが、家事などはざっくりしたところがあり、忘れ物もよくする。圭太郎も似たところがあって、互いに気楽だった。仕事の時間帯や休日がずれているのも、子供の世話をするには今のところ「分担」に都合がよいし、圭太郎の作る料理を貴美子はよろこんで食べた。仕事として料理をする圭太郎の周囲の男たちには、家では作らない、仕事でなければ作る気がしないというタイプも多いが、圭太郎はその感覚がよくわからなかった。自分で作ったほうが自分がそのとき食べたいものが食べられるし、基本的には面倒くさがりの自分が面倒に感じない数少ないことが料理だったからこの仕事をしている。

想像していなかったが子供が生まれたばかりの頃は大変な生活で、それこそ記憶がないくらいだが、その「想像していなかった」ことがまた圭太郎には幸いし、とりあえず目の前のことを乗り切ることだけを考えていた。電車を乗り継いで二時間ほどの場所に住む圭太郎の母親が手伝いに来ていた時期もあったし、なにより、子供が思ったよりもかわいかった。つばさの顔は、「似てるー」と周囲の人に言われる程度には自分に似ていたし、初めて立ったとか意味のある言葉を発したとか成長の節目には毎回感動があって、その度に圭太郎は、へえー、と思った。その「へえー」の積み重ねで、四年が経った。

次の週には、例のマスク屋のマスクは一箱千五百円に値下がりし、消毒用アルコールもドラッグストアの店頭で見かけるようになった。

　夕食が済んだテーブルを片付け、焦って損したかな、と圭太郎が言うと、まあ、一箱だけだし、と貴美子は笑った。

「すぐ値下がりしそうだとは思ったんだよな」

「ほんとかなあ？」

　つばさはテレビで動画を見ている。アニメのキャラクターがアイドルの歌の振付で踊っていて、つばさがさらにそれを真似ようとしているが、どうも右と左が混乱するようでうまくできない。服を着るときも、ものを持つときも、右と左をよく間違える。

　その後ろ姿をしばらく見ていた貴美子が、言った。

「どうすればよかったのかわかるのは、いつもそれが過ぎたあとだよね」


　昼過ぎに貴美子がオンラインでお客さんとの打ち合わせがあり、その時間に圭太郎はつばさを連れて散歩に出た。

　少し前、メインで行っていた児童公園に行くと、遊具に黄色と黒のテープが巻かれていた。工事現場か事故現場みたいだ、と圭太郎が思ったのと同時に、すぐ隣で子供が大声で泣き出した。三歳くらいの男の子で、母親に抱きかかえられたまま、ほとんど叫ぶように泣き声を上げていた。なんでー、なんでー、以外は聞き取れない。

「つかっちゃだめってことだよね？」

　つばさはそう言って圭太郎を見上げた。自分よりちょっと下の男の子が泣き叫んでいることで、つばさのほうはかえって冷静になったようで、圭太郎はほっとした。

「もうちょっとかわいい感じにしてくれたらいいのにねえ」

「かわいいって？」

「いろんな色にするとか」

「つばさはきいろ好きだよ」

確かにつばさは洋服でも色のついたお菓子でも黄色を選ぶことが多い。黄色と黒ってスズメバチやトラの色で、自然界での危険を感じる人間の本能を利用して警戒するものに黄色と黒を使っている説を聞いた気がするが、どうなんだろう。

つばさは、保育園が突然休園になったときは友達や先生に会えないことで何日か泣いていて、やっと落ち着いたと思ったら、今度は家から出たくないと言ったり急に遊びに行くと言ってきかなかったり、周りの大人の変化や不安を気にしているのが感じられるので、こういう場面に急に出くわすと圭太郎は焦ってしまう。

「ぐるぐる公園のほう行こうか？　あっちのほうが広いし」

「しょうがないねー、しょうがないねー」

つばさは繰り返し、圭太郎はそれが自分のよく言う言葉だとわかっていた。

ま、しょうがないねー。

「ぐるぐる公園」は、ぐるぐる回る遊具があるからそう呼んでいる。ジャングルジムと同じ鉄パイプでできた地球儀みたいな名前のわからない遊具は、事故や老朽化で撤去されたところが多いが、この公園の真ん中では回転し続けている。ただし、いつも鈴生り（すずなり）になっているのは小学生たちで、圭太郎はつばさにはもっと大きくなってからと言って今のところは乗らせていない。

　緊急事態宣言が出た直後はどこの公園も人が減ったが、どこにも行き場のない子供たちのエネルギーの数少ない発散の場としてまた混み合うようになってきていた。だから、遊具を使用禁止にしたのだろう。役所に苦情も来るらしい。子供が一日中家でじっとしてるなんてできるわけないだろ、とそのニュースを聞いて貴美子は憤っていた。

　しかし、管轄の違いなのかなんなのか、公園によって対応はまちまちだった。ＳＮＳや保育園の保護者たちのグループでその情報はすぐに共有されるので、どうしても混雑は集中する。ここに来ても使える遊具には常に誰かがいるし長時間遊べるわけでもないのだが、黄色と黒のテープによって不穏な空気が漂う狭い公園にいるよりも、つばさも気が晴れるようだった。保育園の友達に会うこともあった。

　滑り台の近くで、今朝見たアニメの展開をつばさが解説するのを聞いていると、反対側の入口から歩いてくる父娘（おやこ）の姿が目に入った。向こうも気づいたようだ。

「あ、どうも」

　顔見知りの父親同士、互いに会釈する。

　三月の半ば、今日よりももっと混雑していた時期に、「ルリちゃんのお父さん」はこの公園に初めて現れた。

　少々ぐずっている娘をどう扱っていいのかわからず、周りにいる常連の子供と母親たちを見回して戸惑っていたので、近くにいた圭太郎が声をかけたのだった。「ルリちゃん」は、つばさの保育園の友達と同じマンションに住んでいるとのことで、その母親を介して以前から知っていた。

　――こんにちはー。

一瞬、彼は警戒するような目を圭太郎に向けた。何度かうちの娘が遊んでもらったことあるんです、と圭太郎が言うのと同時に、ツバサちゃん、と、ルリちゃんが近寄ってきたので、彼はやっと信用したらしかった。いやあ、娘がパパといっしょに行くって言うものですから、と彼は言った。

四十歳前後だろうか。背が高く、きっと学生時代は運動部だったに違いない体格と雰囲気。グレーのパーカにダークブラウンのチノパンと、服装もそつがない。袖口から見える時計は、アウトドア仕様だがまあまあの高級品。服装や持ち物をチェックするのは、若い頃にアルバイトしたバーで身についた。バーの人がみんなそうというわけではなく、いつも同じシフトだった先輩が観察・分析好きで、あのブランドを着るのはこういうタイプだとか、あの時計のこのクラスをつけてるやつはこう言えばよろこぶとか、やたらと教えてくれた。見当外れのこともよくあって話半分に聞いていたのだが、おもしろくはあったしその後も役に立つことがあった。

圭太郎がざっと見たところの「ルリちゃんのお父さん」は、嫌味を言ったり偉そうにするタイプではないが、あまり馴れ馴れしいのは好まないだろう、と予想した。

——今日は、人が多いですね。

——このあたり、公園少ないですからね。

不機嫌そうなルリちゃんの手を引く彼は、少しほっとしたようだった。

——いやあ、ぼくは、なかなか子供の多い場所には慣れなくて。

——今は、遠くから来る人もいるし、いろいろ状況が変わるから困っちゃいますよね。

ルリちゃんの母親は、小柄で大人しい人だ。ゆるくいくつかグループになっている母親たちとは少し離れていることが多かった。その夫がこの人だというのは、なんとなく意外だった。

——このあたりだと、お父さんもけっこういますね。

彼は、公園にいる人たちを確認するように見回した。フリーランスで働く人も多い街だからか、保育園の送迎でも父親の姿はよく見かける。

——まあ、でも、昼間に男がうろうろしてると、何してる人なのって感じに思われることもあったりしますよ。マンションで会う人たちにも、最初の頃は聞かれてもないのに料理の仕事してるのをさりげなく言ったりして。

——みなさん、ご苦労があるんですね。

——今って、リモートワーク、的な感じ、ですか？

職種や会社名でない聞き方も、仕事で覚えた。今みたいな会話をするところを二十歳ぐらいまでの自分が見たら、世慣れた態度にしらけるだろう。

——そうですね。見えないところにいるからってサボってないかチェックしたりするのも私の仕事になってて、気疲れしますよ。

これくらいの年齢で一般企業に勤めていたら中間管理職か。自分の妻もリモートワークだが大変そうで、マンションの販売関係の仕事なんですけどお客さんの案内もリモートでどうやるか苦労してて、と圭太郎が話すと、まあまあ近い業界ですかね、と彼は詳しいことは言わなかったが不動産か土地開発関連の仕事のようだった。

——イクメンなんて持ち上げられたりしますけど、会社はまだまだというか、それで休んだり時短なんてしてたら仕事できないやつ認定されてすぐふるい落とされますからね。こんなときでもないと、子供と公園なんか来てる暇ないですよ。

——そうですねえ、どこもそんな感じですよねえ。

——世の中は厳しいですから。

その後も週に二度くらい同じ時間帯にこの公園で居合わせることがあり、娘同士が遊んでいる間に世間話程度の会話をした。ほんとうは春休みに引っ越す予定だったのが今回の混乱で二か月遅れになり、今ちょうど荷造りや準備で大変だという話も聞いた。声をかけてもらってほっとしましたよ、などと言われ、ぼくも最初どうしていいかわからなかったんで、と答えながら、少し役に立てたような気がしてうれしいというか、ここしばらく人としゃべることもなくどうしても内にこもりがちだった気持ちが軽くなる感じがした。

しかし、顔の全体は見たことがない。

それは彼のほうも同じで、この事態が終わってマスクなしの生活に戻ったとき、すれ違ってもお互いに気づかないかもしれない。子供を連れていなければ、たぶんそうだろう。

連休の終盤、圭太郎と貴美子とつばさで商店街まで出ると、人が多いので驚いた。

天気もよく、かといって旅行や近場に出かけることもできないので、いつもの年の連休よりもずっと賑(にぎ)やかだった。感染者数が予想よりも落ち着いてきたこともあり、街全体の雰囲気に明るさが出てきていた。ニュースでは、気の緩みなどの言葉も繰り返されたが、「もう少しで終わる」と多くの人が感じ始めていた。

もう少し、ここを乗り切れば。

「なんか、ちょっとしたお祭りみたいだね」

貴美子が商店街の店先を見ながら言った。休業していた飲食店も店頭でテイクアウトをやっているところがあり、それが祭りの露店みたいでもあった。久しぶりに楽しい気分になるが、思った以上の混雑なので不安にもなり、裏通りから散歩して家に戻ることにした。

商店街から一区画離れただけで、住宅街はとても静かだった。植え込みや家を取り壊した更地のあちこちにオレンジ色のケシが咲いていて、あれはなんていうお花？　とつばさが聞いたが、貴美子も圭太郎も名前は知らなかった。人の話し声などはどこからも聞こえてこず、不思議なほど静かだった。

なにも起こっていないし、なにも変わっていないように見える。

圭太郎は、薄曇りの空を見上げて、少し前にこの道を歩いたときと同じことを思った。

なにも起こっていないし、なにも変わっていない。

そう思って、誰かの家や電線や道路を見てみた。貴美子を見て、つばさを見た。

今日は、何月何日なのか。圭太郎は自分が思っている日付が間違っている気がした。

夜、つばさも貴美子も眠った後で、圭太郎は買い物に出た。

最寄りのスーパーは閉店時間を繰り上げているので、少し離れた幹線道路沿いにある二十四時間営業のスーパーまで歩いた。

駅前の商店街から幹線道路のあたりまで、昼間は騒々しいほどだったのに、今は誰も歩いていなかった。午後十時過ぎだが、以前の感覚なら終電後の光景だな、と圭太郎は思った。

歩きながら、スマホでSNSの検索をする。知り合いをフォローするのにいちおうアカウントを作ってはいたが、毎日見るようになったのは二月の末に突然学校の休校が決まり、イベントが中止になったときからだった。エンタメ系のイベントごとができなくなるのは、飲食店にも影響が大きかったし、関連の仕事をしている知人も多かった。

ペーパー類やマスクも買えるようになってきた今は、飲食店の情報を見ている。勤務先の周辺やこの近所の飲食店は、休業しているだろうか、デリバリーはやっているのか、補償やら助成金やらはどうするのか。地名や駅名で検索すると、いろんな業種が出てくる。地元には意外と知らない店があり、営業を再開したら行ってみたいところもあった。しかし、圭太郎は自分でなにかを書き込む気にはなれなかった。知り合いが政策や休業要請への憤りを強い言葉で書いているのも、なぜだかあまり見たくなかった。

幹線道路に出る手前の雑居ビルを見上げた。なんの店が入っていたか覚えていないが、どの階も真っ暗だった。昼間は初夏みたいに暑かったが、夜の風はまだ涼しく、Tシャツで出てきたことを後悔した。

自分の勤め先のことを考えると、あまり明るい感じはしない。来月になにもかも元に戻る気もしないし、六十代の店主夫婦はこれからは二人でこぢんまりやっていこうかなどと思っているかもしれない。二人とも人当たりがいいし、条件もそこそこだが、どこか探したほうがいいのか。といっても、どこも状況は変わらない。

あと三週間。そのあとは。

ときどきスマホでツイッターを見ながら、たどり着いたスーパーは閑散としていた。急ごしらえのアクリル板やビニールの仕切りに囲われたレジに一人だけいるのは、近くの大学の男子学生らしきアルバイトだろう。今みたいな先の見えない時期に働き続けるのも心細いだろうな、と思う。三月の後半は、店の営業ができるかどうかも気がかりだったが、貴美子とつばさがいる家に帰る身としては大声で話す客に苛立(いらだ)ってもいた。

牛乳とつばさが好きなシリアルとバナナを買って、店を出た。店の前で、小柄な女とすれ違った。

圭太郎は、振り返った。スウェットのパーカに、キャップの若い女。よくいる格好。このあいだも、似たような女を見た。

誰だろう。

誰に、似てるんだろう。

中学か、高校か、そのころの誰かには違いない。

連休が終わっても、圭太郎の出勤はなかった。店主と電話で何度か話したが、助成金などの制度はいくつも発表されるもののどれも申請に手間がかかり、知人の店も却下されたり申請を諦めたりしているらしかった。いずれにしても、緊急事態宣言が終われば通常の営業に戻す予定で、そうなればもちろん圭太郎に出勤してもらわないと困るし、頼りにしている、とは言っていた。

圭太郎は、店に出勤するときよりも早く起き、食事を作り、洗濯をし、つばさと遊んだりと、忙しい日々だった。

貴美子のほうは、会社や取引先もリモートワークの態勢が整ってきて仕事は前よりもしやすくなったが、家にいると仕事だけをしていられるわけでは当然なく、つばさがどうしてもママに相手をしてほしいと泣くこともあったし、似たような状況で家庭内の問題が悪化している友人の相談にのったりもしていて、少しずつ疲れが溜まっているのを、圭太郎は感じとっていた。

「助かるよ、ほんとに」

貴美子は、毎日のように言った。

「圭ちゃんじゃなかったら、仕事もつばさのことも、無理だったかも」

いっしょに暮らし始めて以来、こんなに長時間同じ空間で過ごしたことはなかった。たぶん、このマンションに住んでいる他の家族も、日本中、世界中のどこの家も似たようなもんだろうな、と思いながら、圭太郎は今まで作ったことのなかったシフォンケーキをインターネットでレシピを調べながら焼いてみた。

オーブンレンジの中で膨らんでいくケーキを確かめていると、なんか、一生懸命やってる、って感じじゃないだろうか、という考えが頭に浮かんだ。

浮かんだその感じは、深く考えるとよくないと直感したので、生クリームを泡立て始めた。

つばさが生まれる直前になって圭太郎の両親に結婚と子供のことを報告したとき、母親のほうは相手はどんな人なのかとそれなりの戸惑いを伝えてきたが、父親は普段とは別人のようによろこんだ。飲食店のアルバイトを転々としていたときも不満そうな態度をまきちらすだけでなにも言わず、調理師の免許を取ったときでさえ、おまえみたいな甘い人間はこの先やっていけるわけがないと言っただけの父親だった。七つ上の兄は両親とはさらに折り合いが悪く、高校卒業後に家を出て以来ほぼ音沙汰もない。年も離れていて仲がいいわけでもなかったので、東北のどこかで働いていることぐらいしか知らない。

父親に子供が生まれると突然伝えたら、詳しい経緯は言わなかったにしても、また不満を表すだけだろうと面倒に思いつつ実家に話しに行ったのに、それまでに見たことのなかったような緩んだ表情で、おまえも一人前だとか信じて見守ってきてよかったとか、圭太郎にとってはほとんど意味不明な言葉を並べたので、かえって居心地が悪かった。

引っ越し代も出してくれたし、つばさが生まれたばかりの頃は母親に手伝いに来てもらったし、動物園や遊園地にも連れて行ってくれる。土曜が出勤の圭太郎は助かってはいるが、父親の豹変（ひょうへん）ぶりは不気味に感じることさえあった。今も、週に一度は電話がかかってきて様子を聞かれる。

よくわからない。圭太郎が父親に対して思うことの大半はそれだった。

シフォンケーキはとてもうまく焼けた。つばさはパパがケーキ屋さんになったらいつでも好きなのが食べられるとはしゃいでいたし、貴美子もお菓子のほうが向いてるんじゃない？　と、機嫌がよかった。

寝付きはいいのだが、夜中、つばさは必ず一度は泣いて起きる。

しばらく相手をしていると眠るが、そのしばらくが長めになることもあった。

つばさが寝て、圭太郎も眠りかけたときに、貴美子がリビングのソファに座ったままぼんやりしていることがときどきあった。

じっとして、座って目を開いたまま眠っているみたいにも思えた。

「寝れなくなった？」

圭太郎が聞くと、ゆっくりと視線を向けて、

「ああ、うん」

と言う。そして、

「眠くないだけだから」

と、圭太郎に寝るように言うのだった。

暗い中で、貴美子はただそうやって座っているだけのことがときどきあった。自分も起きていると余計に気を遣うだろうと圭太郎はなるべくなんでもないように寝るので、どのくらいの時間貴美

子がそうしているのかはよくわからない。圭太郎が気がついていなくて起きている夜もあった。

貴美子の両親に、圭太郎は会ったことがなかった。結婚するときも、電話で挨拶をしただけだった。交通がすごい不便なところだから、と貴美子は言い、この五年の間に二度、三日ほど実家に帰ったときも一人で行った。


東京都の緊急事態宣言は、五月の最後の月曜日で解除された。

圭太郎の勤め先からは六月一日から通常営業に戻すと連絡があり、貴美子の会社は週に二、三日はリモートワークで今後は検討中とのことだった。

つばさの保育園も再開し、貴美子も出勤した日、圭太郎は部屋の片付けをすることにした。二か月近く、子供が生活の中心にいて、そこに貴美子の仕事も入ってきた部屋は、日々片付けているつもりでも細々(こまごま)したものが増えていた。間に合わせに買った収納ケースやかごを整理しようとどけたら、かなり埃(ほこり)が溜まっていた。

ベランダ側も廊下側もすべての窓を開け放つと、この数か月でじわじわと濃縮されていた重い空気がようやく風に吹かれていくようだった。

圭太郎は、掃除機をかけながら、一人暮らしのころは掃除機を持っていなかったことを思い出した。

商店街に面した古い建物の二階。夜中に泥酔した誰かの声がよく聞こえてきたが、自分も遅くに帰るからそれくらいのほうが気楽だった。設備も古かったが、南向きだったからそれなりに明るい感じがあって、部屋には人にもらった大きすぎるテーブルを真ん中に置いて、それなりに気に入った暮らしをしていた。だいたいの物事は「それなりに」だった。思い描いた通りでもないし、すごく悪いわけでもなく、それなりに、まあなんとか、と圭太郎はずっと思っていた。

深夜「おれは、おまえに一生を賭けたんだよ！」などと、陳腐なセリフが応酬される痴話げんかをその部屋から眺めたこともあった。

五年前のファミレスで「子供を育てたい」と言わなかったら、あの部屋にまだ住んでいただろうか、今頃どうしていただろうか。いちおう、金を貯めていつか自分の店を持ちたい気持ちもなくはなかったが、結局は実行しなかっただろう。別の誰かとつきあって結婚していた可能性もあるのかもしれないが、具体的なイメージは全然思い浮かばない。

急に仕事がなくなって、金の心配はあったとしても、案外焦らずに過ごしていたかもしれない。毎日適当に起きて寝て、どうするかなあ、と思いつつ、自分一人のことだから二か月くらいならどうにかなるかと配信のドラマを見ている姿、というのが、想像しやすかった。

五年前にあの部屋を引っ越すとき、棚をどけたら埃の塊がごっそり出てきた。家具やらなんやらは、テーブル以外みんな処分した。

引っ越しの荷造りをしていたとき、携帯のアラームが鳴った。災害の速報だった。

棚がなくなって床に置いていたテレビをつけたら、堤防が決壊して住宅地に濁流がものすごい勢いで流れ込む光景が映し出された。

そのときはすでに、どこが川でどこがそうでなかったのかわからなくなっていた。画面に映る場所の全体が茶色い水に流されていた。家が壊れて流され、別の家にぶつかった。

茫然とそれを見ていた。確かに前日は大きな台風が来て東京も大雨だったが、その日は東京では雨もほぼ止んでいて、そんなことが起こっているとは思いもしなかったのだった。

取り残された人が家の屋根や窓にいて、救助を求めていた。ヘリコプターが近づいていった。濁流の勢いは増すばかりだった。圭太郎は、段ボール箱を積んだ部屋にぼさっと座ってその中継を夕方まで見続けた。

掃除機をかけ終わり、ベランダの窓も拭いた。今までどれだけ汚れていたのか、と驚くほどに、部屋の中から拭いたガラス越しに外を見ると、クリアで、別の世界みたいだった。

充実した気分で、コーヒーを淹れて、ダイニングの椅子に座った。スマホでツイッターを見ると、飲食店の営業再開の報せがいくつかあった。待ってました、飲みに行きます、など常連客のリプライもついていたりした。

駅名で検索したツイートをスクロールしていると、手が止まった。

〈ドア前から動かないブタ女、まだいたのかよ〉

通勤が再開して混み合う電車で苛立つツイート。圭太郎は、そのアカウントを遡って見てみた。

〈クズとカスばっか戻ってくるなよ〉〈消えてくれ〉

ひたすらに罵倒や悪態ばかりが続いていた。新型ウイルスが拡がったことに対する中国の人への中傷の言葉も多くあった。

うわー、電車で隣に立ってるやつがこんなこと考えてるかもって思うと通勤するのがおっくうになるなあ、などと思いながらも、つい見てしまっていると、

〈この沿線、民度低すぎだわ。引っ越して正解〉

と書いてあった。

ツイートはほとんどが悪態で、アカウント名も記号のままで個人が特定される情報はなかったが、ところどころに、仕事に関することや幼い子供がいるらしい言葉もあった。その断片に、ふと、公園で話した彼の姿が浮かんだ。確かめることはできないが、彼じゃないかと思った。「ルリちゃんのお父さん」は、連休以降見かけていなかった。ルリちゃんも、ルリちゃんのお母さんも。

罵倒のツイートに対して見た目に気を遣わなそうな陰気な男を思い浮かべていた自分も偏見すげーな、と思った。これがあの彼かどうかもわからないが、どんな人なのかも全然わからないはずなのに。

玄関ドアが開く音がして、圭太郎はびくっとしてスマホを取り落とした。

「ねえ、虹が出てるよ！」

賑やかな声とともに、つばさと貴美子が駆け込んできた。

「たぶんベランダからも見えるよ！　東のほう」

「あ、そうなんだ」

ぽかんとしつつ、先にベランダに出た二人の後ろに立った。

三階だが、裏手は二階建てが並ぶので、空は見える。

貴美子に抱き上げられたつばさが、

「あー、あれ！」

と指差した。左側のアパートの向こう。灰色の厚い雲に、西日が薄く差している空。かなりはっきりと虹のアーチがかかっていた。下の方が濃く、上に向かって薄れている。

「虹が生えてる」

つばさが言い、圭太郎はほんとうにそうだと思った。住宅街から虹が生えて、空に向かって伸びている。

「きれいだねえ」

虹が消えるまで、三人でベランダにいた。

3　二〇二〇年七月　柳本（やなぎもと）れい

連絡通路の窓から渋谷のスクランブル交差点を見下ろすと、人はまばらだった。

半年前までは、この連絡通路も歩道の植え込みも、時には地下鉄入口の屋根にも、信号が変わるごとに押し寄せる人の波を撮影する観光客が何人もいた。自分も撮影したことは何度かある。ここに立って眺めるたびに、誰もぶつからないのが不思議だった。四方から押し寄せる大勢の人が交差点の真ん中で混ざり合い、対岸になめらかにたどり着いて散らばっていく。混ざり合って、と見えるのは錯覚で、彼らはそれぞれ別の場所にいる。同じ場所で、この交差点で、同じこの瞬間に居合わせているのに、お互いにそのことを知りもしないまま、離れていく。ここで出会っていたことは、おそらく一生気づかないままなんだろうな、とガラス越しに見ると音も聞こえないので、その光景はいっそう現実感が薄く見えた。

いつきても人が大勢、ほんとうに大勢いたとき、あの光景をこの場所から眺めるたびに、柳本れいは、パチンコ玉を思い出した。

れいは、二十歳のころ、パチンコ屋でアルバイトをしていた。他よりも時給がよかったし、シフトも融通が利いた。煙草のにおいさえ耐えられれば悪くない仕事だと思っていた。客のパチンコ台から流れ出てくる銀色の玉。パチンコ玉を数える機械に流し込まれる銀色の玉。積んだ箱を客がひっくり返してしまい大量の銀色の玉が転がっていったこともあった。あの銀色の転がっていく玉を、流れていく玉を、交差点の人の流れを見ていると思い出す。だけど、パチンコ玉はぶつかり合うのに、人間はぶつからない。重なるようで重ならずに、そこにいるのが誰なのか誰も知らないまま、通り過ぎて行く。

煙草のにおいと、長くいると騒音のせいもあって頭痛とめまいがひどくなり結局半年働いただけだったが、れいにとって楽しかった記憶になっているのは、バイトの人たちが楽しかったからだろう。若い人が多くて、いい加減で体力がありそうな人ばかりだった。金が貯まったら海外に行く人も多かった。東南アジアの国々に安く旅行するのが流行っていたし、よく同じシフトになった少し年上のミキさんはメキシコの田舎町を何度も訪れていて、美容学校に通っていたサワちゃんはワーキングホリデーでオーストラリアに行った。それから名前はなんだったか、バンドをやってる男の子がいてファンの子が店を覗きに来たりした。写真を撮り始めたのはその頃だったから、彼らの写真も何度か撮らせてもらった。探せばまだどこかにある。

バイトを辞めた後に何度かメールが来たこともあったが、すぐに誰とも付き合いはなくなった。どこでどうしているのか、まったくわからない。交差点ですれ違うのに比べれば、短い期間でも言葉を交わしたりしたのに。

道路に立つと、蒸し暑かった。曇っているがアスファルトからの熱に照らされるようなぼうっとする暑さだった。いつのまにか、七月も終わりそうになっていた。

信号が変わり、交差点を歩きはじめると、広々として気分がよかった。車も少ない。見通しが利いて、道の形がよくわかった。

交差点を渡りきり、緩やかに蛇行する道を歩く。機材を入れた重いキャリーバッグの車輪の音が、静かな道に響いた。渋谷に来ると、いつも自分が水になったような気がする。渋谷が名前の通り谷で、道はそこに流れ込む川だから。今はその川を遡っているから、水ではなくて魚かなにかなのだろうけど。

平日の昼間というのはあるが、それにしても人が歩いていない。こんなに静かなこの通りを歩いたのは何年ぶりだろう。もしかしたら、十年、十五年くらいなかったかもしれない。

午前十一時前で、普段から人が少なめの時間帯ではあるが、人の姿はまばらだし、音が少ない。歩く人も店先にいる人も誰もしゃべっていない。店から音楽や宣伝が流れてくることもなかった。

早朝みたいだ。

れいの脳裏には、この道を朝方に歩いた記憶がはっきりと浮かんできた。

クラブのオールナイトイベントが終わって、心地いいようなぼんやりだるいような頭と体で外に出た瞬間。さっきまで暗かったのに、自分の体の中は夜が続いていて真夜中のままだったのに、外は青い朝の空気が満ちている。特別な時間が終わってしまったみたいな、突然別の現実に移動してしまったみたいな、あの感じ。

この道を、今歩いているのとは逆向きに歩いた何度かの朝の記憶が重なる。最後はいつだっただろう。十五年前？　もっと前？

今の風景は、似ているようで、全然違う。と、れいは思う。今は、この妙に熱を帯びた空気が街全体を押し潰しそうに感じる。

指定されたカフェはビルの二階で、機材が入ったキャリーバッグは重く、狭くて急な階段を上がるのに難儀した。

店は営業時間外で、取材に使う分以外のテーブルや椅子は片側に寄せられていた。雑誌の編集者とインタビュアーに確認しながら窓際で撮影位置を決めていると、取材相手の漫画家は時間よりもずいぶん早く現れた。

「道がすごい空いてるから早く着いちゃって」

と、その漫画家と新刊の担当編集者は、乗ってきたタクシーがどれだけスムーズに走ったかを解説してくれた。

漫画家は三十六歳の男性で、マーベルのヒーローがプリントされたスウェットパーカの気楽な格好だった。久しぶりのポートレート撮影の相手としてはあまり緊張しなくてよさそうで、れいはほっとした。

子供を育てる日常のできごとを毎日一ページずつ描いた漫画が人気になり、三年前にはドラマ化もされた。れいも漫画は読んだことがある。彼は、現代の若い人、特に男性の育児や結婚生活がテーマの特集記事やイベントによく出ていて、今日の取材もコロナ禍での子供のいる家族の暮らしについてだ。

先にメインカットを撮影してから、インタビュアーと話しているところを撮ることになった。全開にした窓からは隣のビルの壁しか見えないが、近くの工事現場の音がぬるい空気といっしょに流れ込んでくる。

「どうですか？　仕事とか生活とか、なにか影響ありました？」

このごろは、誰に会ってもまずはその話で、それぞれがそれぞれに聞いている。

「漫画のほうは元々家でやる仕事ですからね、それ自体は全然変わらなくて。でも、子供は大変ですよ、ほんっとに。もう小学生だからまだなんとかなりましたけど、保育園のころだったらどうなってたことか。家にいるんだから面倒見れるでしょって簡単に言う人は、絶対子育てやってない人ですよ」

「ほんとに。ウチ、子供が三歳なんですけど、三月四月はリモートの態勢も整わないし、もうぐっちゃぐちゃで」

　インタビューするのは漫画家と同年代の女性ジャーナリストで、子育てや家事に関する本を書いている。

「こういう取材は久しぶりで。どこも出かけられないし行き詰まってきちゃうから、できれば対面でお願いしたいってぼくが言ったんですよ。でもまた感染者増えてきてますからねえ」

　漫画家は人当たりのよい話し方で、マスクで顔半分が隠れていても楽しそうにしているのがよくわかった。

「このあたりに、こう向いて、立ってもらえますか？」

　れいは、壁際の椅子の前を指示し、モニター越しに位置を確かめた。

「カメラマンさんは大変ですよね、お仕事」

「外に出るなって言われるとなかなか厳しい仕事ですね。先月くらいからまた予定が入ってきて、ほっとしてます。四月に楽しみにしてた旅行取材がとんじゃったのが残念ですけど」

　位置が決まり、漫画家はカメラに笑顔を向けた。

「マスク、取ってもらっていいですか」

「ああ、つい忘れちゃって、っていうぐらい馴染んじゃってますよね、顔に」

　他にいる人たちも笑い、もう顔の一部ですよね、いやぼくはいまだに結構苦手で、などと話す。

　メインカットを撮り終わり、椅子とテーブルをセッティングするあいだに、漫画家がれいに話しかけた。

「あのー、柳本れいさんて……」

律儀に、マスクを付け直していた。

「引っ越し飲み会の写真の、柳本さんですよね。ぼく、その時中学生で初めて東京に遊びに来て、ちょうどやってた展示を見たんですよ。すぐそこでしたよね、もうあの建物、なくなっちゃいましたけど」

「……そう言われるの、ものすごく久しぶりで、一瞬なんだっけ？　ってなっちゃいました」

「柳本さんに写真撮ってもらえてうれしいです。こんなところでお会いできるなんて」

「こちらこそ、ありがとうございます、すごい前なのに覚えててもらって」

二十二年前、れいは、グループ展に参加した。会場はここから歩いて五分くらいの路地にあったファッションブランドが運営していた大きなギャラリーで、れいと同年代のまだ無名の、写真家と名乗ったこともないような人ばかり七人が選ばれていた。

れいが展示したのは、友人が引っ越すときに開催した飲み会の写真だった。そのアパートは取り壊されるので友人が最後の住人で、騒いでも部屋にペイントしたりしてもよかったので、壁も床も天井も家具も水色に塗った。飲み会は、女性限定で友達の友達の誰かよくわからない人が入れ替わり立ち替わりで朝まで続いた。その一夜を撮った写真だった。

「あの写真、すごく好きだったんです。なんか東京の女の子の写真って感じで、憧れたなあ」

東京の女の子。

確かに、自分は東京で生まれて、東京で育って、今も東京に住んでいる。その写真の展示は二十四歳のときで、「女の子」ではあっただろう。

東京。女の子。東京の女の子の写真。

自分は自分の写真をそういうふうには思わないが、その言葉はこれまでに何度も言われてきた。

「東京」も、「女の子」も、東京にいて女の子であったそのときの自分には、自分に合っている言葉だとは思えなかったのに。その写真はちょっとした賞をもらい、長い間自分の代名詞的な作品になった。

「家に帰ったら奥さんに自慢しようっと。今日の写真載るの、楽しみにしてます」

ありがとうございます、とれいはもう一度言った。

交差点をまた通る。

九年前の三月と似てる、と言えば似てる。

と、れいは思った。この数か月の間に、二〇一一年と今を比較する言葉は何度か聞いたり読んだりした。確かに、人が少ないし、歩く人も働く人もどこかひっそりとなにかに耐えているみたいな空気が漂っている。

だけど違うことのほうが多い、とれいは思う。ある瞬間に大きなことが起きたのと、じわじわと状況が変わっていくのはかなり違う。あのときは、交差点を見下ろす街頭ビジョンは全部消えていた。ビルや駅の照明も最低限に減らされて、薄暗かった。

街頭ビジョンがまた流れるようになったのがいつだったのか、覚えていない。いつのまにか、元に戻っていた。節電でどこもかしこも照明が消えたときはずいぶん暗いと思ったが、駅ビルの通路なんかはそのまま使われなくなったライトもある。

前はどれくらい明るかったのか、本当はわからなくなっている。

前。前って？　なんの前だろう。

揺れる前。波が来る前。爆発の前。

暗さにも、明るさにも、すぐ慣れてしまう。今も、だいぶ慣れた、と思う。マスクをつけることではなく、マスクを外すことをうっかり忘れてしまう程度には。

八月は、撮影の仕事はそれなりに予定が入った。少なくはあるが、四月五月の混乱に比べればどこの企業も落ち着いてはきているようで、れいも、収入の不安は消えないが、ともかく目の前の仕事を一つずつやることだけを考えるようにした。

時間ができたので、先延ばしにしていた病院はいくつか受診できた。病院になかなか行けない普段の暮らしは忙しすぎるってことなんだろうけど、それくらい仕事を入れていないと先が不安でもあるんだよなー、と考えながら、婦人科の帰り道、商店街の居酒屋が先月から始めたテイクアウトで小鰺の南蛮漬けと焼き鳥を買った。

商店街の裏手のアパートの二階に引っ越したのは、ちょうど一年前だった。それまでは、もう少し郊外の街に住んでいた。仕事に使う車を敷地内に停められる古いマンションに住んでいたが、引っ越しの一年前にはいっしょに住んでいた人と別れていたし、車も手放したので、育った街に似た商店街があって雑多な雰囲気のここに移ってきた。

外はまだ明るかった。れいは、窓際に折りたたみのテーブルを置いて、好きなシングルモルトをソーダで割って、小鰺と焼き鳥を食べた。窓を開けていると、涼しくはないが風があって過ごしやすかった。裏が保育園で、視界が広くて日当たりもいいのも、ここに引っ越した決め手だった。昼間は子供の声が聞こえるのは楽しくもあったし、夜はとても静かだ。

ゆっくりと群青色に移ろっていく空を見上げてハイボールを飲んでいると、いい暮らしだな、と思う。ここに引っ越してきておいてよかった、と思う。前に住んでいたところは駅から離れていて周囲にお店もなかったから、ずっと家にいる生活はしんどかったかもしれない。

冷凍庫からピノのアソートパックの二粒を取ってきて、バニラ、アーモンドの順に食べた。いつも、チョコが残る。


土曜日。日差しは強くないが、暑かった。

機材のキャリーバッグを引っ張って、郊外方向へ向かう電車に乗り、駅から住宅地を歩く間に汗がどんどん流れてきたし、マスクは息苦しかった。

真昼でも薄暗い路地の奥にある小さな木造家屋は、三月の初めとなにも変わっていなかった。隣の家のビワの木が伸び放題で、枝が塀を越えてこちらの家の壁につきそうになっていた。

「こんにちはー」

「うわあああ、れいちゃん、何年ぶりって感じがするよう」

引き戸を開ける動作と同時に、葉子（ようこ）さんの大きな声が響き渡った。

葉子さんは五十歳になったが、小柄で童顔でぷっくりしていて、その印象は最初に会ったころから変わらない。

「何年って」

「だって、このままずっと写真館できなくなるかも、とか考えちゃって。自分でも意外に深刻になっちゃったっていうか、なんでかな。とにかく上がって、スタジオの片付けはやり始めてるんだけど」

感動の再会のわりに葉子さんは相変わらずさくさくと行動に移っていく。

十年ほど前、結婚式場の宣伝写真の仕事をしたとき、そこでヘアメイクの担当だったのが葉子さんだった。撮影は四度か五度あって、葉子さんはそこで長く仕事をしていたこともあって段取りもよくわかっていたので、葉子さんがいるときはれいは仕事がしやすかったし、合間にしゃべったりするようにもなって、なんの話の流れだったか忘れたがそこのホテル内のアフタヌーンティーに行くことになり、その後も他の友人たちといっしょにごはんを食べたり、個人で撮影の仕事のときにヘアメイクをお願いしたりした。

しばらく会っていなかった時期に、突然電話がかかってきた。

写真館をやるんだけど手伝ってくれない？　と、葉子さんは言った。れいは、一週間後にこの家を訪ねた。

やるんだけど、と言われたからもう準備を進めているのかと思ったらなにも決まっていなくて、それが葉子さんらしかった。

駅から歩いて十二分かかり、入り組んだ区画のさらに路地の奥にある年季の入ったこの二階建ては、元は葉子さんの祖父母が住んでいた。

規制で建替もできず売るのも条件が厳しかったこの家に、葉子さんが住み始めたのは五年前で、ということは写真館を始めてからも五年になる。写真館、といってもこの家の一室で、お客さんも月に四、五人ほど。葉子さんはフリーランスでヘアメイクの仕事も続けている。

五か月ぶりに「スタジオ」と呼んでいる二階の六畳間に上がって二人で掃除をしながら近況などを話していると、葉子さんが言った。

「いやー、離婚しててよかったなって思った」

「なに？　唐突に」

首元に流れてきた汗を拭いて、葉子さんは部屋を見回した。最低限の機材が置いてあるだけの、壁を白く塗った部屋。

「あの人と二人でずっと家にいないといけないってつらすぎるじゃん。前に住んでた家は、わたしだけでこもれる部屋もなかったし」

「そうかー」

とれいは答え、この家に初めてきたときのことを思った。

――わたし半年前に離婚したんだけど結婚の記念写真撮るんだから離婚も写真撮っていいじゃんと思ってさ。

と葉子さんは言った。

――もちろん一人でだよ。たまにね、円満離婚っていうか、感謝して握手で別れるみたいな話も聞くけどさ、そんなの嘘じゃん？　いや、世の中にはそういう人もいるよ、いるし、それはそれでいいし、よかったねって思うけど、でも若いとき付き合ってた男も「ありがとう」って別れるときに握手しようとしてきてさ、はあ？　だよね、こっちは。なんでいい人になろうとするの、そんなとこで。もう会わなくてもいいんだから、どうだっていいのにね。あ、話が逸れたけど、イベントごとがないとなかなか記念写真て撮らないからさあ、一人で記念写真、離婚じゃなくても、なんもなくても、一人で気兼ねなく思い立ったときに写真撮れるのいいんじゃない、って考えたわけ。

確かに自分は自分の写真が全然ない、とれいが言うと、でっしょおー、と葉子さんは声に力を込めた。

冬の初めの、天気のいい日だった。家の中にはまだ開けていない段ボール箱があちこちに積まれていた。そして、二階に案内された。

――この部屋を撮影用にどう？　北向きだけど明るいから。

二階には暖房器具もなく、れいはコートを着たまま、冷たい空気が漂う窓辺に立った。六畳ほどの板の間。板の間という名称がぴったりの古い家の寄せ木模様の床。狭いかな？　と葉子さんが聞いたので、どうにかする、とれいは言った。それが、写真館をやらないかとの誘いへの返答でもあった。どうにかする。

長らく仕事をしてきた紙媒体の雑誌が休刊し、一方で仕事の数自体は変わらずに時間に追われる日々が続き、個展をやるモチベーションも持てず、仕事のやり方を考えたほうがいいのだろうかと思っていたところだった。撮影する対象の人とちゃんと話したりしたい、という気持ちもあったので、葉子さんの提案はありがたかった。

——なんでわたしに？

——わかんないけど、勘で。ぱっと思い浮かんだから。

——そういうの、当たるときあるね。

——すごい外れることもあるけどね。

それで、その場で葉子さんの写真を撮った。窓枠に座り、カメラを見る葉子さんのポートレートは、この家の玄関に飾られている。わたしの家！　って主張してるの、と葉子さんは、お客さんを案内する度に笑う。

あの時は冬で、今は夏で、この家はすっかり「葉子さんの家」として馴染んでいるし、ここで写真を撮った人も百人を超えた。撮影に来る人は、口コミとウェブサイトが半々で、二人と同年代の女性が多い。ここで葉子さんやお客さんと話すことが、れいにとって落ち着けるし、気持ちが内にこもりがちなところを開いてくれる貴重な場になっていたので、部屋も狭いことだし状況が落ち着くまではと予約を休止していたこの数か月は予想以上にさびしかった。

「あのままいっしょに住んでたら、コロナの対策とかも絶対意見が違ってたし、一日中顔をつきあわせてたらつらかっただろうなって」

「葉子さんが、黙って耐えてるとは思えないけど」

れいは反射的に茶化して返した。小柄でぷっくりしている葉子さんは喋（しゃべ）り方もおっとりとしているが、しばらくしゃべっていると結構ストレートにものを言うのがよくわかるし、仕事の場でもはっきり的確な意見を出すから頼もしかったのだ。

葉子さんは真顔になった。

「うん、黙ってはないよ。黙ってなかったけど、なにかすごくじわじわーっと、自分が削られていくっていうか、自分っていう感じがしなくなってきて。なんかうまく説明できないんだけど」

ここに来るようになって以来、離婚してすっきりしたとはよく言っていたが、具体的な理由や状況は聞いたことはなかった。れいがそれとなく話を向けても、まあいろいろあるじゃない、と濁していたから、こんなふうに葉子さんの言葉で聞いたのは初めてだった。

葉子さんは窓際に座って、ふー、と大きく息をついた。見上げたガラスの向こうの空は薄曇りで、暑そうだった。

葉子さんの言葉は、れいが一昨年、五年付き合った人と別れたこと、昨年、十年間住んだ家から引っ越したことにも、通じている気がした。

じわじわと。自分が削り取られていく感じ。

誰かと生活していくっていうのはお互いに譲り合いと忍耐が必要なのは当たり前じゃない、と身近な人に言われたこともあった。確かに自分は、人と暮らすのは向いていなかったかもしれない。一人でいる時間のほうが、安心できる。

「ただいまー」

階段の下で、声がした。

「お客さんは二時ごろ来るんだけど、その前に、遥の写真を撮ってくれない？」

「こんにちはー」

階段を上がってきたのは、チェシャ猫の顔が並ぶ総柄Tシャツに黒いロングスカートの、女の子だった。

「なんか、緊張します……」

遥は、れいと葉子さんを交互に見た。

「いつもと態度違うじゃん」

「初対面だから当たり前だよー」

と口を尖らせる遥は、葉子さんの娘と言われればすんなりそう思うくらいに丸い顔立ちが似ていたが、姪だ。

葉子さんの妹の子供で、高校二年生。前から家族との折り合いが悪かったのが四月からの状況で父親も母親も中学受験を控える弟も一日中３ＤＫのマンションで過ごさなければならなくなって関係が悪化し、通っている高校は葉子さんの家からのほうが近いこともあってこの家にしばらくいることになった、とそれはメッセージのやりとりで聞いていた。遥も来年は受験生なんだけど、弟のほうはうちの親戚からなんでこんな秀才がってくらい勉強できて、中学受験は家族が一丸となってがんばらないとだめなんだ、って一所懸命になっちゃって、ウチの妹、そんなタイプじゃなかったんだけどねえ、と猫のキャラクターがヘンテコなダンスをするスタンプといっしょに送ってきた。

「カメラ、触ってもいいですか？」

遥は、三脚にセッティングした一眼レフを右から見たり左から見たり、ファインダーを覗いてみたりしていた。シャッター押してもいいよ、と言うと、え、なんか畏れ多いからご遠慮させていただきます、と妙にかしこまった言葉を使ったので、葉子さんはまた、なーによう、と笑った。

「今ってロングスカート流行ってるよね。服って巡ってくるからおもしろい」

「でも、ちゃんと今ふうのシルエットになってたりするから、昔の引っ張りだしてきてもなんか違うんだよね」

遥の希望は「普通に撮ってほしい」だったので、窓際に椅子を置いて座ってもらった。

遥はまっすぐにカメラのレンズを見た。緊張すると言っていた割に、ためらいも照れもない視線だった。今の子は写真撮られるの慣れてるからなあ、とれいはシャッターを続けて何度か切りながら思った。れいは、これくらいの年齢だったころも、写真を撮り始めた二十代のころも、自分を撮った写真はほとんどなかった。

二時五分前にやってきた五か月ぶりの撮影依頼者は、葉子さんの友達の同級生で、子供が就職して家を出たから時間ができ、同級生からここのことを聞いて撮影に来たのだと言った。春から刺繍（ししゅう）を始めてクッションやタペストリーを作っているが、夏は暑いと汗をかくしエアコンをつけたらつけたで指先が冷えてやりにくい、と話した。

お客さんが帰ったあと、葉子さんが作った大量の餃子（ギョーザ）を遥と三人で食べた。人とこうして晩ごはんを食べるのはいつ以来だろう。れいは、何か月前、何日前と思い出そうとして、時間の感覚がうまくつかめなくなっていると感じた。

三月から、長い時間が経った気もするし、日や月の境目がなく同じところを漂っている気もした。

翌週、れいはやっと髪を切りに行った。

あまりに伸びてどうしようもなく、ひっつめて後ろで束ねるというスタイルしかできず、しかし、もともと仕事のときはそうしていることが多いからなんとかなっていたが、さすがにあまりにまとまりがなくなっている、と朝鏡を見て突然思い立ち、長らく通っている美容師さんに連絡してみたら、運良く午後が空いていた。

お店は銀座(ぎんざ)で、地下鉄の駅から地上に出ると広々とした交差点と和光(わこう)、三越(みつこし)が目に入り、銀座！　百年ぶりに来た感じがする！　と声に出しそうになった。

実際は半年ぶりだが、銀座独特の整った華やかな街並みと空気に触れると、長らく内にこもっていた気持ちがぱっと晴れるような感じがした。

家から結構時間のかかる銀座まで髪を切りに来ているのは、仕事帰りにこのあたりを歩いていたときにそのときはまだ新米だった美容師に声をかけられ、路上で声をかけてくるのは怪しいのではないかと思いつつも時間もあったし髪も切りたかったのでついて行ったところ、お店もいい雰囲気だったし美容師の腕も確かで、新しい美容院を探すというのはれいにとっては苦手で面倒なことなので、ずっとそのまま通っているからだった。

十年のあいだにその美容師は店のチーフスタイリストになり、四階の窓から見える風景も古いビルから新しいビルに建て替わった。

何度も来た店だが、初めて窓が開いていた。開くんだ、あの窓、と思ってれいは鏡の前に座っていてもその窓の先ばかり見ていた。新しいビルの非常階段で煙草を吸っている男がいた。ここでも、どこかの工事現場の音が聞こえてきた。

美容師は、キャンセルが入ったばかりだったからちょうどよかったです、やっぱり予定の変更ある方が多いですねえ、と話しながら、なめらかな手つきでれいの伸びきった髪をカットしていった。

緊急事態宣言の間は、予約が入ったときだけ店に出ていたと彼女は話した。

「四月なんてほんとに誰もいなくて、土日はコンビニまで閉まっちゃってたんですよー。シャッター下りてるの初めて見て、びっくりしました。あと、写真撮りに来てた人がけっこういましたよ。銀座に人がいない風景なんて珍しいから。写真集、ありましたよね、誰もいない東京を写したの」

「わたしあの写真集すごく好きで。ほんとに一人もいないの、すごく不思議な世界に見えますよね。確か元旦に撮影してて、でもほんとうに一人もいない瞬間ってめったにないみたいですよ」

「ですよねー。このあいだの銀座も、そこまではなかったですからねー。柳本さんは、写真のお仕事されてるんでしょう。そういう写真ってやっぱり撮ってみたくなります？」

「あれ、なんか、そういうの思いつかなかったですね、今回。写真撮りに行こうとも全然思えなかったなー」

時間の区切りが溶けたような感じになっているのが、写真を撮ろうと思わなかった理由かもしれない。イタリアの都市やニューヨークの人がいない光景の写真はいくつも見たし、日本でも身の回りの光景を毎日撮ってＳＮＳに上げている人なども見たが、自分が写真を撮ることとは結びつかなかった。

九年前も、写真を撮りに行ったりしないのか、と聞かれたことがあった。

あの時、取材の仕事で「被災地」に行った知人も何人もいたし、野心的な気持ちから津波が来た土地へ行ったという人の話もそれを批判する人の話も聞いた。行くことについても行かないことについてもいろんな人が思うことを話していたが、れいはそういう場ではいつも黙っていたというか、何も言えなかった。どっちつかずだな、と思っていた。

そういうとき、いつも思い出すことがあった。

パチンコ屋や飲食店など二年間アルバイトして貯めたお金で入った写真の専門学校を卒業したあと、広告制作会社の写真スタジオにアシスタントとして入った。自分のフリーランスでの仕事も少しずつしながら、三年経ってアシスタントの中でもチーフ的な役割が増えてきたころ、大阪出身の坂井さんがアシスタントで入ってきた。坂井さんは、大学を卒業してから大阪の建設会社で働いていたが、写真を撮りたくて会社を辞めて東京に来たと言っていた。れいと同い年で、そのときは他のスタッフは男性ばかりだったから、いっしょにいることが多かった。

一月のあるとき、お昼にコンビニで買ってきたごはんを食べていると、坂井さんは、テレビや新聞の震災の取り上げ方が違うことがショックだった、と話し始めた。

——東京にいると、地震のこと、遠いんやなあと思って。自分は遠いとこにいるんやなあ、と思って。

れいも、朝テレビをつけたときに、あ、今日だっけ、とは思った。しばらくそのニュースを見て、思い出すこともあったが、実際にその場所にいる人とは全然違うのだろうな、と思いながら坂井さんの話を聞いた。

——大学のゼミの後輩で東京から来た子がいたんやん。関西にいると、東日本から来る人ってめずらしいねん。たいていは、東京の大学に行くやん。京都の有名な大学やったらけっこういるかもやけど、わたしが行ってたのって大阪の地味な大学で。それで、なんかの話の途中で、なんで大阪の大学受けたん？　東京やったらいい大学なんぼでもあるやろって聞いてんやん。そしたら、地震があったからです、って。

東京なんてつまんないですよ、ただ便利ってだけで雑誌とかテレビとかみたいなきらきらしたものが誰にでもあるわけじゃないし、だからずっと辺境っていうのかな、違う文化のところに憧れがあって、だから大学は地方に行こうと思ってて、なるべく東京から離れた、全然違うとこって決めてたんですけど、そしたら地震があったから、関西もいいかなーって。

それを聞いてるあいだ、わたし、言葉が出てけえへんかって。腹立った？　いや、わからん。なんか、自分の中にそのときにぐちゃぐちゃにあったものがなんなんか、今もわからへん。大阪やけど大学のあるとこは南のほうで、地震の被害もなかったし、わたしだって実は地震の時に寝てて親に起こされて、その話したらあんな中でよう寝れてたなって笑われるような、そんなんやけど、それやし好きやった場所が壊れてしまったんが怖いからそのときもまだ一回も阪急にも阪神にもよう乗らんくて、友達とかボランティア行ってたのになんもできへんかったし、結局今になるまで壊れた建物の一つも実際には見たことないんやし、偉そうなこと言える立場ではまったくないけども、それでも、その子とはそのあとようしゃべらんようになってしまった。なんか全然、意味がわからんかったし。地震があったから関西もいいな、って、わかる？　意味、わかる？

れいは、首を振った。

――あっ、もちろん、その子がなんか変わってただけで、東京の人はそうとか全然思ってないで。思ってたら柳本さんにこんな話せえへんかったと思うし、東京にも来えへんかったし。そやし、わたしもその場でなんか言うたらよかったのに、なぜかへらへらと「そうなんやー」とかで終わらしてしまったから。そのときなんも言わんかった自分のことが、結局はいちばんしんどいんかも。

それにさ、じゃあ、今までにもあった大きい地震とか台風とか水害とか大事故とか、ずっと気にかけてるわけでもなくて何月何日って聞かれたらわたしすぐには答えられへん。どこか別の場所とか国とかに旅行して、不便なのがいいみたいなこと言うてまうかもわからんし。

ああ、ごめんな、自分でもなに言うてるかようわからんようになってきたわ。なんか、急にいろいろ思い出してしまって、誰かに聞いてほしかっただけやねん、ごめんな。

――うん。

彼女は、それから半年後にスタジオを辞めた。スタジオを仕切る写真家が、暴言を吐いたり叩いたりするからだった。

――こんな扱い、あかんねんで。柳本さんも、こんな扱いを受けるべきじゃない。

最後にはっきりと、坂井さんはれいに言った。

正直に言うとそれまでは、そんなもんかな、と思っていた。もたもたしているときに、使えねえなあ、こんだけ言って覚えられないのやばいだろ、お前みたいなバカなかなかいないよ、などと言い、そのついでという感じでれいの頭をはたいた。怒鳴るときもあったが軽口にも聞こえたし、頭をはたくのは挨拶代わりのときもあって、痛いほどではなかった。演劇をやっている友人やテレビ局の仕事をしている人も似たようなことを言っていて蹴られたり物を投げつけられたりするみたいだったし、深夜まで帰れずノルマで買い取りまでさせられているひどい職場に勤める知人もいたので、自分の状況なんてたいしたことないと思っていた。それに、写真家が苛ついているとき、時間が押しているときなど、怒鳴られたりはたかれたりするのはほぼ予測がついたし、それだけで終わった。れいの子供のころの経験からすれば、対処しやすいことに思えたのだった。

――こんな扱いを受けるべきじゃない。

坂井さんのその言葉は、れいの中に残り続けた。

翌年、れいはスタジオを辞めた。二十七歳になっていた。

八月はもうすぐ終わろうとしていて、飲食店の営業時間の規制は延長された。

今日のれいの仕事は、都心のキッチンスタジオでの対談の撮影だった。

手間はかけずに野菜が多くて見映えのいい家庭料理で人気の女性料理家と、家事のサポート仲介のサイトを手がける男性起業家が、コロナ禍での家族のあり方、おうち時間の楽しみ方、というテーマで話し、ウェブメディアに掲載される。先週も同じようなテーマで子供と作るお菓子の撮影をした。真新しく、大きなステンレス製のキッチンが真ん中にあるスタジオは、自然光がほどよく入っていい雰囲気の写真が撮れそうだった。

料理家が用意してきた料理がキッチンカウンターに並べられ、先にそれを撮影した。そして少し食べたあと、話す二人を撮影する段取りだった。

ウェブメディアの担当者がときどき質問しながら、ほとんどは二人の会話で進んでいった。

「料理ってやっぱり、生活の基本だと思うんです。食べるものがそのまま体を作ってるんだし。自分のこの体が、今まで食べたものでできてるって考えたら、なんかすごいですよね」

「それすっごい実感してますよ。飲み会に行かなくなって、家で食べるようになったら体調よくなりましたから」

「だから、作るのは手間はかけなくても素材は厳選するんです、わたしは。いい素材だとシンプルな料理にしてもおいしいし。それから、楽しく食べる！　これ、だいじです」

カウンターの端と端で距離は取っているが、マスクは外しているので、料理家の女性の屈託のない笑顔がよく見えた。起業家の男性も、パーツが大きくて表情がわかりやすい顔だった。

「それにさ、食べ方見てるとその人の人格がわかっちゃうよね」

「人格?」

「お茶碗にごはん粒いっぱい残ってるやつ見ると、ぼくは張り倒したくなるんですよねえ」

「ええ?」

モニターの中の起業家を、れいは見ていた。そこから視線を動かさないようにしていた。直接は顔を見ないようにした。

「あっ、ちょっと言葉が悪かったかな。注意したくなる! 農家の皆さんの気持ちを考えたことあるのか! って。お里が知れる、って言葉あるじゃない? あまりいい言葉ではないかもしれないけど、でも、その人のバックグラウンドってだいじなことだからね。子供がいて、その人を育てたご両親がいて、おじいちゃんおばあちゃんがいて、そういうのが全部見えてくるってことだから」

「わたし、夫と知り合ったとき、すぐにわかったんですよね。ああ、この人はあったかい家庭でだいじに育てられたんだろうな、って。過保護ってことじゃないですよ。初めて実家に行ったとき、いきなり怒られてましたから。あんた、彼女が来てるんだからお茶ぐらい心を込めて自分でいれなさい、って」

「へえー、いいお母さんだなあ」

レンズ越しに彼らの姿を見ながら、れいは思った。さっき、名刺を渡すときに少し緊張してしまったのは、この間のことがあったからだ。

先月撮影した漫画家の男性に二十二年前の写真や展示のことを言われて驚いたのもあったが、その奥のほう、底のほうに、また別の感情があることに、気づいてしまった。名前を知られることに対する、うっすらとした不安と恐れ。まだ、消えていないのだ。

二十二年前、引っ越し飲み会の写真で賞をもらったとき、新聞に記事が載った。小さな記事だったが、すごいね、と友人から手渡されたその紙面を、ざらざらした灰色の紙を広げて、細かい活字で刻まれた自分の名前を見たとき、なにが起こったのかをれいは理解した。

自分の名前が新聞に載ることがあるとは、想像したこともなかった。だから、グループ展に参加できたことも、賞をもらったこともちろんうれしかった。毎号読んでいたカルチャー誌に紹介が載ったときは舞い上がった。

新聞は、自分が普段接している小さな世界とは違った。そこに印刷された文字は、自分とは離れた、なにかの証拠のように見えた。

この名前を、どこかで、見たら。

どこにいるのかさえわからない父親が、父親の親戚が、見つけたら。

いちばん古い記憶でさえ、れいは一人でいる。

三歳か、四歳か。

あの部屋の風景はなぜかはっきりと覚えている。窓からは隣の家の窓に置かれたぬいぐるみが見えた。畳の上に重ねられたカーペット。オレンジ色の照明の笠（かさ）。長い時間、同じものを見ていたからだろう。

母からも新聞記事を見たと電話がかかってきた。上機嫌で、れいが不安に思っていることなど想像もしていないようだった。れいよりも父やその家族と実際に長く関わっていたからこそ、なにかが起こることはないと見当がつけられるのかもしれなかった。しかし、れいには父親もその家族たちも、子供のときに感じていた恐怖や不安のそのままであり続けていたのだった。

家に乗り込んでくるとか、この記事に書かれた賞金三十万円を渡せと言ってくるのではないかとか、そんな光景がまっさきに浮かんだ自分は、あまりにも父親を悪く思いすぎているのだろうかと自己嫌悪を感じたりもした。

父親の兄が詐欺と傷害事件で逮捕され、父親も警察に呼ばれたのはれいが小学校一年生のときだった。詳しい話も教えられず、母が家に来た人や電話の向こうの人と話している内容からだいたいのことを知った。何年も経ってから知ったこともある。母がれいに言ったのは、離婚した、お父さんに会うことはもうない、ということだけだった。

小学校二年のときに、母親はれいと新しい場所で暮らし始めた。団地の三階の部屋からは、児童公園が見下ろせた。母は、それまでも働いていた地元の建設会社の事務の仕事を続けた。小さい会社だったから勤務時間の融通がきき、しかし繁忙期は残業が多かった。

れいは、いつも一人だった。今、周囲の友人や仕事関係の人たちが子供の学童保育やデイサービスのやりくりに四苦八苦するのを聞いていると、子供だけで家にいることってけっこう大変なのだなと思う。子供のころのれいは、学校が終わって母が帰ってくる七時か、遅いときは八時ごろまで一人で家にいたり友達の家に遊びに行ったり、自由に、好きにできている、と思っていた。近所の年配の人から「あの子は鍵っ子だから」と言われたこともあった。下町、と呼ばれるところだったので、鍵を忘れたときに家に入れてくれる近所の人も何人かいた。

家で一人の時間を、さびしいと思ったことはなかった。

それまで暮らしていた家のように、数日ぶりに帰ってきた父親が突然機嫌よくべたべたしてくるかと思えば母親にあれこれ命令したりすることもなければ、父の兄や姉や親戚が無遠慮に上がり込んでくることもなかった。母親がいつ怒り出したり泣き出したりするか、家に誰もいなければ気にしていなくてもよかった。

母は勤め先の隣にある美容室の美容師さんと仲がよかったらしく、店に置いていた雑誌を毎週まとめてもらって帰ってきた。女性週刊誌やファッション誌が多く、料理やインテリアの本もあった。一人のとき、れいはそれらの、切った髪の毛がときどき挟まっている雑誌をめくっているのが好きだった。素敵だと思う洋服や家の写真を見ながら絵を描くこともあった。考えてみれば写真はずっと身近にあった。

食べ物は、母が作っておいてあったり、近くの商店街にはお惣菜屋さんやスーパーがいくつもあったから、渡されたお金で買って食べることも多かった。小学校三年生くらいからは自分で作るようにもなった。お米の研ぎ方が美容室からもらってきた本の白黒の写真ではよくわからず、内釜に米と水を、冬には湯沸かし器からお湯を入れて適当にかき回していた。六年生の調理実習の時間にいつもと同じようにしていたら、先生が「柳本さんは家でお手伝いをしたことがないのねえ」とみんなの前で笑った。買ってくるのも自分で作るのも、嫌いなものを食べなくていいから楽だった。一人で食べるほうが安心してもいられた。父親も母親もせっかちで、子供に何かを教えて待つということができない人だった。なんでできないのか、と怒り出すか、もたもたしているとれいの手から箸や鋏を取り上げてしまうのだった。

中学生のときに箸の持ち方は自分で直したが、「ちゃんとした人」から見れば「育ちがわかる」持ち方だと言われたことは何度かある。茶碗にご飯粒もかなり残ってしまうが、それもどうやってもうまくとることができない。居酒屋のような気楽な場所で飲み食いするのは好きだが、かしこまった場で食事をするのは今でも苦手だ。四十五も過ぎて、と思うが、四十五歳も過ぎたからこそ、「いい大人がそんなこともできない」という視線が強くなることもある。もし自分に子供がいたとしたら「育ちがいい」ようには教えられなかっただろうと思う。

床を這う電源ケーブルに足を引っかけそうになって、れいははっとして体勢を直した。カメラを料理家のほうに向けると、それに気づいた彼女がちらっとこちらを見た。

進行役をしていたウェブメディアの担当者が、話に入った。

「わたしは、気にならないですけどね。食べ方なんて、人それぞれじゃないですか?」

「おおらかなんですねえ。ぼくは心が狭いから、だめだなあ」

記事になったら「(笑)」がつく口調で、彼は話し続けた。

「いや、反省します。家庭環境に恵まれなかったのはその人のせいじゃないですもんね。もっと周りが、温かく見守っていきましょうよ」

れいは、モニター越しに彼を見た。

この人には、わたしがどんな生活をしてきたか見えない。見えるわけがない。それは当然のことだ。自分も、この人がどんな家で、どんなふうに生活してきたか、なにも見えないのだから。


駅まで歩く道には、「TOKYO2020」の幟(のぼり)があちこちで揺れていた。

オリンピックの会場に近い駅だが、構内の工事はまだまだ終わっていない。

こんな状況でオリンピックなんてほんとうにやるつもりだったのだろうか、とれいは仮囲いや三角コーンやロープで狭くなった地下通路を歩きながら思った。

新型ウイルスが拡がらなくても、どうやって何百万人の人たちが移動するつもりだったんだろう。その期間は仕事にならないね、とか、東京を脱出しとかないと、などと去年の夏は話していた。

窓を少し開けた地下鉄は、とてもうるさかった。

アシスタントをしていたあのスタジオで、一九九五年の震災の話をした坂井さんが辞める二日前。れいは、帰りにごはんに誘った。ベトナム料理の店で、ベランダの席だった。ちょうど今ごろの季節だった。

——聞いてもいい？　聞いてもいい、ってすでになんか押しつけてるような感じがしてしまうけど、あの、いやなこと言ったらごめんなさい。

どう言っていいかわからず、れいは妙な聞き方をしてしまった。

——聞いてから考えるから、言うて。

——前、地震があったから関西に来たっていう人の話、してたよね。そのときに何も言えなかった、って。

——ああ、その話。

——もし、そのとき、その人になにか言えてたら、なんて言いたかった？

坂井さんは、３３３（バーバーバー）ビールのグラスを握って、しばらく考えていた。それから、れいをまっすぐに見た。

——今、自分がなに言ってるかわかってる？

夜の湿った風が、狭いテーブルの上を吹いていった。

——たぶん、そう言うかな。

それに自分がなんて返したか、れいは覚えていなかった。

わたしは、なにを言って、なにをしてきたか。わかっているだろうか。

轟音（ごうおん）が響く車両で、れいはドアの近くに立っていた。

あれから何年経っただろう。

あれからって、いつから？

どのできごとから？

暗いトンネルを走る車両の窓には、四十六歳の自分の顔が、鏡みたいにはっきりと映っていた。

4　二〇二〇年九月　石原優子

事故があったらしく、この時間にしては珍しく国道は渋滞していた。

石原優子は、時刻を気にして少々焦りながら抜け道に車を進めた。

未緒を小学校へ送り出し、樹を保育園に送ってから、出勤する。優子の勤務時間は午前十時から。十時出勤でよかったのも、今の職場を選んだ理由だ。今は週四日、水曜は休みにしている。今日は月曜日で、休み明けはやはり物事がスムーズにいかない。

首元にまた汗が流れてくる。今年の夏は大きな台風が来て雨や曇りが多かったし、いつもよりも暑さは早くにひいた。それでも、朝、洗濯物を干して子供たちにごはんを食べさせて、と慌ただしく動き回っていると、湿度が全身に絡まってくる。車のエアコンは苦手で、運転席の窓を少し開けてそこから入ってくる風が心地よかった。

朝と夕方、いつも通る橋にさしかかった。今日は、曇天で車の列が続いているのになんとなく明るい感じに見える。ということは、今の体調はそんなに悪くないのだろう。二学期が始まってからの生活ペースがやっと落ち着いてきたからだろうか。

自分だけがいる車の小さな空間に、音楽が流れている。先日、職場の同僚に教えてもらった若い女性バンドの曲だ。同僚の中学生の娘がファンらしい。ハスキーな歌声とゆったりしたギターの音を聴いていると、車の外を動いていく風景が、ミュージックビデオに映る切ない風景に見えてくる。こういうときに「エモい」という言葉を使うのだろうか。自分は使いどころがわからないというか、その言葉の示す感じが今ひとつわからないけど。

　音楽が風景を変えることが、優子にはずっと不思議だ。この通勤の時間が苦ではないのも、苦手だった自動車の運転に慣れることができたのも、音楽がかけられるからだ。最近はラジオやポッドキャストを聴くことが多いが、やはり音楽をかけると車内も外の空気もなにか別のものになる感じがする。目に見えない音の振動が、空気を揺らして変化を起こすのかもしれない、と半ば本気で思っている。

　そうして「エモい」風景が流れていくうちに、職場が見えた。


　優子が着替えて倉庫に入ると、社長が新しいパートの人を連れてきたところだった。社長が皆の前で紹介し、彼女も挨拶した。

　社長が事務所に戻っていった後、彼女はもう一度、同僚たちに頭を下げた。

「いろいろとご迷惑をおかけすると思いますが、どうぞよろしくお願いします」

　三十歳になったばかりの小笠原さんは、明るい髪の色で、きっと普段は快活なタイプだろうと優子は想像したが、今はとても緊張しているようだった。

　河田さんが、聞こえやすい大きな声で伝えた。

「わからないことがあったらなんでも聞いてください。迷惑は小さいうちにかけてもらったほうがいいです。そこで聞いとかんと、どんどん大きくなってあとから大変なことになるんで、遠慮しないように」

　周りにいた同僚たちが、そうそう、と笑って言う。彼女がほっとした表情になったのが大きめのマスクに覆われていてもわかった。それを見て優子も、少し安堵した。

倉庫で働く人は、この半年のあいだに二人辞めて四人が入り、二人増えたことになる。

通信販売の利用が増えて、扱う品目も幅広くなり、人を増やした。一時は社長が菓子類や缶詰など食品も取り扱おうとしていたのだが、従業員皆で反対した。たとえ保存のきくものでも食品は管理の仕方が全然違う、今の状態では絶対にトラブルが生じる、と、若いときにディスカウントチェーンで働いていた同僚の具体的で的確な抗議のおかげで、社長はあっさり引っ込めた。

お昼の休憩のとき、優子は小笠原さんと隣になった。小笠原さんは、お弁当を作って持ってきていた。優子のお昼は、昨日家族でショッピングモールに行った帰りに寄った好きなパン屋のパン二つだった。カレーパンとクルミとブルーチーズのはちみつパン。そのお店は小笠原さんもときどき行くそうで共通の話ができてうれしかった。

「仕事するの、五年ぶりだから実はけっこう不安で。子供が生まれるまでは、英会話学校の事務をずっとやってたんですけど」

「わたしも、ここに来た初日は妙に身構えてしまって。すごい久しぶりに新入社員気分を味わえました」

同僚たちと話していると、みんなそれぞれ仕事をしてたんやな、と思うことがある。

河田さんは外車販売店のあとは建設会社の事務をしていたし、Tシャツの業務をいっしょにしていた長谷川さんは京都で雑貨店の店長だった。

優子の夫が勤務する会社の女性社員たちは、産休育休を取って仕事を続けている人が多いし、今は結婚出産をしても働き続けられる制度は自分が社会人になってすぐのころより整ってきていると思う。もちろん、専業主婦を希望する人も子供といる時間をだいじにしたいという理由で仕事を辞める人もいる。しかし、ここで言葉をかわす似たような立場の人はたいてい、夫と子供と実家と義実家と保育園や学童保育や住宅ローンや教育資金や控除やらなんやらの事情と事情のあいだでなんとか調整して働いている。そのいくつもの「事情」のあいだのどこに「自分の希望」を置けるかはそれぞれだけれども、「自分の希望」だけで今のこの働き方をしているわけではないことは共通していた。

今の働き方になってからのほうが仕事ってなんやろうって考えるようになったな、と優子は思う。学生時代の就職活動では「自分にとって仕事とは」みたいな文章を何度も書いて面接でも答えたし、東京で働いていた間は勤務時間も長くて生活のほとんどが仕事で占められていたが、目の前の具体的な取引先や業務だけに必死だった。

今の生活のほうが自分に合ってると言う人もいるし、優子自身も大阪よりも東京よりもここで自分の家族と作ってきた生活が好きで、大切だと思う。「恵まれている」といつも浮かんでくる言葉も、その通りだと思う。

しかし、「働くこと」について考えてしまうことが増えて、疑問がいつまでも自分の周りをぐるぐると回っているような感覚は強くなっていくのだった。

月曜日は、帰りの車に河田さんを乗せる。それが習慣になり、何度かは別の同僚もいっしょに送っていったこともあった。

「地元の友達の女子で、結婚前からの仕事続けてる子ってほとんどいないんですよね」

走り出してすぐに、優子は話した。

「高校や大学の同級生の男子は、って、今でも男子とか女子とかつい言っちゃいますけど、意外にそこそこの大企業でしっかり中間管理職になったりしてて。意外に、ってわたしが言うのも失礼かもやけど」

　そんなここにおらん人にまで気ぃ遣わんでええのに、と河田さんは笑った。確かに、こういう話し方は、自分の癖だと優子は思う。話しながら、自分の言ったことにいちいちフォローを入れるような話し方。

「石原さんのだんなさんて、あの国道沿いにある大きい工場のとこやったよね」

「そうです。新卒で入って、もう十六年かな」

　夫の直也も、「意外にそこそこの大企業に勤める同級生」の一人だ。

　自分たちの世代は就職の状況がよくなかったが、男女で比べるとやはりかなりの差がある。女子は派遣会社に登録したり契約社員などの割合が高かった。直也や男子たちにしてみれば、就職活動も厳しかったし、もっといい条件のところに行けたかもしれないという気持ちもあるだろう。直也は、東京勤務の企業に行ってみたかったけど全部だめだった、優子が東京に住んでたのがちょっと羨ましい、と言うこともある。今の会社でも同世代の人数が少なくて仕事の負担が大きくなり、大変そうだ。

「夫とは学生のときはほとんどしゃべったことなかったんですけどね。友達の友達って感じで顔は知ってたけど学部も違うし、そういう勉強してたんやー、って今頃聞いて感心したりして」

　工学部だった直也が勤めるのは、化学メーカーだ。このあたりには産業機械や機械部品などの工場が多く、同僚の夫はそのうちのどこかに勤務している人が多い。大阪や神戸まで通勤するよりは、夫が家にいる時間があってよかったと優子は思っている。

　道路は空いていて、信号にもほとんどひっかからなかった。空はまだじゅうぶんに明るい。

「うちの息子は、ちゃんと就職できるんやろか」

河田さんが、ため息交じりに言った。河田さんの長男は、四月から京都の大学に進学したが、授業はオンラインで、キャンパスの立ち入りも厳しい制限があり、同級生たちと会う機会もない。

「早く学校で授業が受けられるようになるといいですね」

「オンラインのほうが朝も早よ起きんでええから楽や、とか言うてるんやけど、いつまでもこのままやと心配やわ。画面越しに聞いてるだけでちゃんと勉強になるもんやろか」

河田さんの夫は、息子とは別の京都の大学の職員なのだが、オンライン授業やコロナの対応に追われて残業が増え、夏休み期間中でも忙しいそうだ。学校自体は人もいないし、夏休みあるからのんびりできてええねとか言われるんよ、と実際の業務とのギャップを河田さんがこぼしていたこともあった。

「ちょっといろいろ事情があって、来月には京都の下宿に移るんやけどね。そんなに広い家とちゃうし、下の子もおるときやとオンライン受ける部屋も困るし。ドアを閉めてても猫が部屋に入りたがってにゃーにゃーいうて」

「猫、いいですねえ。あ、困ってはるって話やのに」

「石原さん、アレルギーやったっけ？」

「そうなんです。猫がいちばんひどいんですけど、基本的に毛のある動物はだめで。鳥もちょっと微妙かな」

「毛がないのやったらどう？　イグアナとか蛇とか」

「うーん。河田さんやったらおすすめはなんですか、毛のない生き物」

「えー……。ヤモリ？　かわいくない？　窓にようくっついてて」

「かわいいですけど、それやったら飼わんでもうちにもけっこういてますね」

「それもそうや」

　そんな話をしているうちに、河田さんの家に着いた。窓には明かりがついている。母親と息子たちがいるのだろう。

「ありがとう」

　ドアを閉めかけて河田さんは、

「もしかしたら、うちの車、使えるようになるかもしれへんわ」

と言った。そして、手を振って家に入っていった。

　遠くまで続く水面に、日光が反射して眩(まぶ)しかった。そのずっと先に西岸の山が青く霞(かす)んで見える。

　優子の家族は、近所で子供同士が同級生である二家族といっしょに、湖岸の公園にバーベキューに出かけた。連休の中日(なかび)で天気もいいので、駐車場はすぐいっぱいになった。

　それぞれが持ち寄った道具と食材で賑やかにお昼を食べた。三家族で計五人の子供たちは、食べることよりも広い場所で走り回ることが楽しく、父親たちに遊んでもらっている。今日は、投げてキャッチするパラシュートが人気のようだ。

　優子と、未緒の同級生の母親である三上(みかみ)さんと江口(えぐち)さんは、折りたたみの椅子に座ってそれを眺めていた。

「今年は夏休みも近所しか行ってないしねえ。バーベキューとかめちゃめちゃ久しぶりで、すごい食べてしまったわ」

「うちも和歌山のおばあちゃんとこにも行けへんくて。そしてわたしは、フェスがオンライン配信だけになってしまって凹(へこ)んでた。九月にはだいじょうぶになってると思ってたのになあ」

この近くで毎年開催されている音楽フェスをいつも楽しみにしていた江口さんは大げさなジェスチャーでその気持ちを表した。

去年までこんなときにはいっしょだった「ママ友」のもう一人、未緒の同級生の八木(やぎ)りなちゃんの一家がいないのが、優子は心にひっかかったままだった。八木さんは病院の職員で、できる限り人に会わないように職場から言われているらしく、本人もかなり気をつけている。りなちゃんも、特に緊急事態宣言が出ていたころには同級生に会うこともほとんどなかった。

医療関係の仕事でなくても、そのあたりの考え方には差があって、優子も未緒を友達の家に遊びに行かせてもいいものか、樹は保育園でどう過ごしているのか、悩んでばかりだった。今はその時期に比べれば、子供たちは互いの家を行き来することも増えたが、やはりまだ普段通りではないし、これから寒くなれば状況が悪くなるのではとの不安もある。

今日は三家族で相談して、いつもより遠い公園にした。せっかくだから遠出の気分を楽しみたかったし、なんとなく、知っている人にあまり会いたくない気持ちもあった。

湖岸にいくつかある公園も、一時は利用制限があったが、今日はどこも子供連れの人たちで混み合い、あちこちからバーベキューのにおいが漂ってくる。

「なっちゃんとLINEはやりとりしてるけど、長いこと会(お)うてへんからちょっと心配やわ。わたしらだけやなくて、誰にも会ってへんし、ほとんど出かけてもないみたいで」

三上さんと八木さんは地元で同じ中学の一年違いで、長い付き合いなのだった。

「なんていうか、大変な人がいっぱいいてることはわかってるけど、普段は直接見ることがないもんねえ。うちもおばあちゃんが介護施設にいるんやけどずっと面会も行かれへんし」

「そうやね、わたしも大阪の実家にお盆も行ってなくて」

と答えつつ優子は、実家に行かない理由があるこの状況にほっとしている自分がいることもよくわかっていた。

東京や大阪などの大都市に比べれば、この県で報告される感染者数は格段に少ない。九月に入ってからはゼロの日もある。何度か、隣の市で感染者が出たらしいなどの話は聞いたが、優子たちの近い知人に感染者はいなかった。そのせいかどうしても身近には感じられなくて、春以来顔を合わせていない八木さんがどうしているのか、うまく想像できない。そしてときどき、その想像できなさを、申し訳なく思った。

「そう言うたら、東北の震災の時、なっちゃんの親戚の家族が一時避難してきてはったなあ」

三上さんが、言った。

「津波の被害はなかったとこやけど、原発の風向きがよくない方向に住んではったみたいで。こっちにきて、周りの人の雰囲気が全然ちゃうってびっくりしてはるって言うてたわ。震災も原発も遠いことみたい、って。今はどうしてはるやろか」

「東北って関西は縁がある人少ないし、最初はニュースに出てくる地名もどこかわからへんかったよね」

「あれ？　石原さんってそのころ東京に住んでたんやんね。だいじょうぶやった？」

「あ、わたし、その日はたまたまこっちに帰ってきてて……。そのちょっとあとに大阪に戻ったし」

「そうなんや。うちのいとこが千葉に住んでるんやけど、ちょうど赤ちゃん生まれたばっかりで、水を送ってほしいって頼まれて。しばらくお米とかも送ってたなあ」

「そうやったね」

と優子は言ったが、そのときの感じを自分が忘れかかっていると思った。

東京に戻ったとき、照明を減らした街は薄暗く、余震もしょっちゅうあって放射線の影響がどれくらいなのかわからないなかで、口に出さなくても周りの人は不安そうで、その不安を隠しながら生活している感じがした。もちろん関西でも毎日津波被害や原子力発電所事故のニュースばかりやっていたし、人と会えばその話だったが、東京に戻って、街の雰囲気が全然違う、と驚いたのはよく覚えている。

でも、あのときあの場所での感覚は今はその通りには思い出せない。今、ここにいる自分からは遠い。

九年前の遠い街のことだけでなく、ついこの間のこの街での感覚でさえ薄れている。もうスーパーに品薄の棚はないし、マスクも消毒用アルコールもいくらでも買える。人々がマスクをし、店にアクリル板やビニールの仕切りがある以外、なにも変わらないように見える。

「石原さんとこは、だんなさんがめっちゃ気ぃつかはるよねえ。うちは、悪気はないねんけど、え、それ見えてないの？　みたいなことがようあって。あ、ほら」

直也がバーベキューのあとをざっくり片付けるすぐ横で、江口さんの夫はエネルギーの有り余る子供たちと遊び疲れたのか砂の上に座り込み、直也が片付けかけていたクーラーボックスからペットボトルの炭酸飲料を取り出して飲み始めた。

確かに、家でも直也は片付けたり子供たちが危なそうなことをするとすぐに気づいたり、よくできた人だと思う。

「わたしがけっこう抜けてるとこあるから、めっちゃ助かってる」

雲が出てきて、さっきまで眩しかった湖面は落ち着いた青色で静かに波打っていた。

「学生のときは、実はこういう感じの場ってどっちかっていうと苦手やって」

「えー、石原さんはすごい女子力ありそうやのに。あ、悪い意味じゃなくて、気配りできる感じやし」

「うんうん。今まで苦手そうって思ったことなかった」

「そう思われてると逆にプレッシャーというか、ギャップがつらいというか」

「えー、そんなの、気にしすぎやって」

「そうかな」

「おかーさーん」

　浜辺で走り回っていた子供たちが、こっちにやってきた。

「今度はママと遊びたい」

　江口さんの娘のあおいちゃんが、カラフルな丸いラケットとスポンジのボールを差し出す。

「えー、ママたち、お話ししてたいねんけどー」

　と言いながらも、母親たちは立ち上がり、子供たちに手を引かれて浜辺のほうへ移動した。

　穏やかに繰り返すさざ波の音を聞きながら、優子は、ラケットでボールを打った。一度目は失敗して、二度目は当たってあおいちゃんのほうへ飛んでいった。子供たちが歓声を上げる。

　自分はいつも、なにをやっても足りない気がしていた。うまくできない、努力が足りないと思っていた。優子は、久しぶりに大きく動かした体を心地よく感じつつ、そんなことを思い返していた。

　車が混まないうちに帰ろう、と三時過ぎには片付けた。椅子を折りたたんだりしながら、優子は言った。

「わたし、ここはほんまいいとこやと思うわ。住んでよかったな、って」

「石原さんの実家、都会やん。ええなあ、梅田もすぐなんやんね」

「買い物行き放題やん」

「店がいっぱいあっても買えるわけじゃないから」

「そらそうやね。でも、見てるだけでも楽しいやん？」

「遊びに行きたいなあ。コロナもあるけど、子供二人いてるとなかなか自分の買い物ゆっくりできへんから」

「めっちゃわかる」

こんなふうに少しずつ、何か月か前までの生活が戻ってきたらいいと、優子は思っていた。

陽に当たって思い切り遊んだせいで、帰宅してすぐに子供たちは眠ってしまった。リビングの一角の畳で、未緒と樹は並んでタオルケットを掛けられていた。

直也は、冷蔵庫から缶ビールを出してきて、飲み始めた。運転はわたしがするから飲んでいいよ、とバーベキューのとき優子は言ったが、家でゆっくり飲むのを楽しみにとっとくわ、と直也はノンアルコールビールを飲んでいたのだった。優子は、余ったのを持って帰ってきたノンアルコールビールのほうを飲んだ。最近は種類も増えて、気に入った銘柄がある。

ソファに座って、暮れていく窓の外をなんとなく眺めていた。狭いが一応はある庭には、特になにも植えていない。優子は、庭がある家で暮らすのは初めてで、どうしていいかわからないままだ。直也の両親には庭木を薦められるし、直也も作業は自分がやるよと言うが、うまく育つのか自信がない。塀の先には隣の家の壁と窓。そっくりな家が、同じブロックに四棟並んでいる。

「三上さんも江口さんも絶賛してたよ、めっちゃ気のつく、いいだんなさんやって」

「直接言うてくれたらいいのに」

直也は笑い、

「あんまり言うと、調子に乗りそうやから」

と冗談で返した優子は、自分の言葉にはっとした。それは、両親がよく自分たち姉妹に言っていた言葉だった。褒めたら調子に乗る、厳しく言うのが親のつとめや。

「おれが、もし転勤になったらどう思う」

唐突に直也に言われて、優子はなにも浮かばずにただ直也の顔を見た。直也は言葉を継いだ。

「どう思うっていうか、どうするっていうか」

「転勤、あるん？　もうずっと本社勤務って、家買う時に言うてなかった？」

優子と飲み会で再会する直前まで、直也は九州の工場配属だったし、その前は四国の営業所にいたのは聞いている。ただ、今の部署になってからはもう転勤があるような異動はなさそうだし、両親が援助してくれるから家を買ったほうが賃貸よりいい、地元や会社の人たちは三十歳ぐらいで買う人が多い、と直也が希望して、売り出されていたこの家のローンを組んだのだった。

「当分そのはずやけど、やってみたい新規の事業のプロジェクトがあって。今、こんな状況やからストップしてるけど、ちょっと声かけてくれる先輩がいてて」

「転勤って、どこに？」

「いや、まだ全然未定やし、もしあるとしても何年か先のことやけど、東京かも」

「急にそんなこと聞かれても……」

直也の表情は、日々の仕事のことを夕食時にちょっと話すときと変わらなかった。まだあまり現実味のない話なのかもしれない、と優子は思う。

「そうやんな。子供の学校とか考えたらそんな簡単なことちゃうし」

「うん……」

「まあ、ちらっと聞かれただけの話やから、とりあえず忘れといて」

直也は、テレビをつけた。夕方のニュース番組がローカルな季節の話題を伝えていた。

今の生活が変わることがある。その可能性を知ってしまった優子は、落ち着かない気分で台所に立った。

Tシャツ製作の業務はほぼないままだが、社長は優子にときどき事務作業の仕事を割り振った。

経理や総務は先代から長く勤めている男性が二人いるし、通販の電話受付や注文処理の担当の人たちは隣の部屋にいる。しかし、Tシャツ製作業務は社長の趣味の一環でもあって、春まで優子と長谷川さんは社長がいつもいるデスクの隣で仕事をしていて、その近さから来客のお茶出しだとか社長の仕事か私用かわからないようなことも頼まれがちだった。その延長で、優子が倉庫担当に移されてからも、なにかと雑用で呼ばれた。

今日は、仕入れ先の営業担当者が来ていて、優子はお茶出しをしたあと、資料のコピーやらサンプル品の整理を言いつけられ、作業をしていた。仕切り越しに、社長と来客の会話が聞こえてくる。共通の知り合いもいるらしく、ほとんど雑談になっていた。

社長はまた、東京にいたときに自分が企画したイベントの話をしている。優子も東京にいた時期のことで、社長の声が大きいせいもあるが、作業しながら話を聞いてしまっていた。

東京の話がいつもより気になるのは、先週直也が転勤の話を出したからでもあるし、昨晩、真鈴と話したせいかもしれない。

八月の終わりに父親が体調を崩して、あちこち検査をしていた。結局大きな病気はなく、年相応の動脈硬化だとか高血圧だとかで経過観察ということだったのだが、心配していたらしい真鈴から連絡があって、ビデオ通話で話したのだった。

スマホの画面に映る真鈴の部屋は、相変わらず賑やかだった。まず、色がいくつもある。外国に旅行したときに買ってきた布や陶器、アートイベントや演劇のポスター、友人のアーティストの作品。天井からはエアプランツがぶら下がっている。優子もアートや演劇に興味があるほうだが、選ぶものが違うし、並べ方はもっと違った。

両親は真鈴にも何度も電話していたらしく、優子がそれ以上のことを知っているわけではなかった。しばらく大阪帰ってないから、と優子が言うと、まあ今は高齢者とはあんまり会わへんほうがいいかもしれへんしね、と気にしていない様子で、そこからは近況を話した。

ルームシェアしている友人は演劇関係の仕事をしていて、今年の予定はなにもなくなったそうだ。真鈴自身は、ずっと手伝っている写真ギャラリーの展示は再開しているが、対策は必要だし先の状況が見えないのでいろいろ難しい、支援金などの制度もいろいろ言われているが、手続きが煩雑で通らないことも多いし、補助金もこちらが先に物を買って後からその何割かが補助されるので、そもそも使えるお金がまずないとどうしようもない、とこぼしていた。

東京にいる妹の周囲は演劇やアート関係やフリーランスの人ばかりで、今の自分の環境とはだいぶ違うと思いながら、優子は話を聞いていた。

九年前に関西に戻ってきてから、優子が東京に出かけたのは二回だけだ。

昨年、友人の結婚式に呼ばれて、結婚して以来初めて一人で家を離れて一泊した。

会場に行くのに乗り換えた渋谷駅は、東横（とうよこ）線が地下深くになって連絡通路は複雑なうえに、どこもかしこも工事中で表示もわかりにくく、住んでいたころは五分もかからなかった乗り換えに迷って十五分以上かかり、焦ってしまった。山手（やまのて）線の窓から見えた風景も、自分の記憶とはだいぶ変わっていて、懐かしさを感じるだろうと思っていたのが、戸惑いばかりだった。

東京での仕事は思い描いたようにはならなかったが、展覧会に行ったり好きなお店を巡ったり友達とおいしいものを食べに行ったり、楽しかった。また東京で暮らしたいとは思わないが、あのまま住んでいたらどんなだったかなとふと思うことはある。それは現実感のない、東京に行く前に想像していた東京ライフ、みたいな感じだった。

震災の二週間後、東京に戻ったとき、自分はそこにいなかったことを実感させられた。

同僚たちは、当日の揺れがどれほど怖かったか帰宅するのがどれだけ大変だったか、と優子に繰り返し話し、その度に申し訳ないような気持ちになった。

そういえば、社長もあのとき東京にいたはずだが、その話は聞いたことがない。どこにいたのか、やはり帰宅困難だったりしたのだろうか。

社長には、面接の時から「東京帰り」ということだけで妙な親近感を持たれているのを、優子はわかっていた。その「親近感」が「雑用を頼んでいい」気安さにすり替えられていることも。

社長が東京にいた時期のことを自慢げに話すとき、心のどこかで、自分が東京の話をするときもあんな言い方をしているんじゃないか、と引っかかってしまう。

だから、話を振られたくないのかもしれない。どこかで自分もあんなふうに、過去のことを美化したり自慢したり、あるいは未練があることが滲（にじ）み出たりしてるのかもしれない、と、そう思うこと自体が自意識過剰と知りつつ、落ち着かなくなってしまう。

社長の東京話を聞いていると、もしかしたら社長もわたしと似たような気持ちなのではと、うっすら共感みたいなものが、ほんの少しだがよぎることがある。社長も、東京でやりたかったけど思い残したことがあって、もしかして仕事でつらいことがあったりして、それを打ち消したいのでは、と。

わかるかもしれないと思うから、わかりたくないと思う。

社長の東京話は聞いていて楽しくない。本人はちょっとおもしろいエピソードも交えたりして、相手を笑わせようとしているのだが、どこか白々しくもあり、そして何回も同じ話をしている。

「ウチみたいに女性を大切にしてる会社はなかなかないからね」

と、社長がいつものフレーズを言うのが耳に入った。来客の返事もお決まりの「ほんとですよねえ」だ。

社長が言うとおり、この半年のあいだに入った四人は、全員女性だ。

しかし、人数は増えたのにロッカールーム兼休憩室はそのままで、狭いし、二人分足りないロッカーは倉庫から小さいコンテナを持ってきて間に合わせている。

昼休みを時間差にして、同じ時間にごはんを食べる人数は減らし、倉庫と駐車場の間のスペースにベンチを置いて天気のいいときは外で食べられるようにもした。そんな対策も、社長ではなく、河田さんが中心になって従業員たちで考え、社長に交渉してきた。

勤務時間も確かに融通がきいて急に休んだり早退したりはできるが、その分、時給が減るだけである。正規雇用なのは、先代から勤めている二人の役員と四人の男性。

この人と自分は、東京にしばらくいて、それから地元に戻ってきたという点で似ているところがある。

だけど、決定的に違う。この人は家業を継いだ社長で、わたしは雇われている主婦のパートだ。この人自身は女性に配慮があると思っていて、わたしはその「配慮」によってここで職を得ていて、職場の状況に対する抗議を言えるわけではない。たぶんこの人は、その決定的な違いに、自分自身がどういう位置にいるかに、気がついていない。

来客が帰り、優子も作業を終えて倉庫に戻ろうとしたら、呼び止められた。

「石原さんさあ」

伸びをしながら、社長は言った。長身なので、狭い事務所で大きな動作をされると圧迫感がある。

「機械も空いてることやし、おれがデザインしたTシャツを作ろうと思うんやけど、生地いくつか選ぶから試算出してくれへん？」

「自分で着はるんですか？　誰かに配るとかですか？」

「ちゃうちゃう。売るんやん。オリジナルのブランド作って」

「あっ……、はい……」

優子は、どう返事していいかわからず、ただ社長を見た。

「そしたら、石原さんのオリジナルも一枚ぐらい作ってもいいし」

「いえ、わたしは特に……」

社長の態度の大きさは体格の差にも由来していると思うと、腹が立ってきた。

「結構センスええからね、石原さんは。おれはそういうの見抜くタイプやから」

「いえ、そんなこともないです」

と、ごまかすような返答しかできない自分が歯がゆかった。わたしは河田さんだ、と思い込んで答えるようにすればいいのかも、などと考えながら事務所から倉庫へ戻っていると、裏手の社長の家から出てくる人影が目に入った。

上下黒いジャージを着た猫背気味の男で、野球帽をかぶっているので顔はよく見えなかった。家の前には古い型の軽ワゴンがずっと停めてあるのだが、誰かが乗っているところも、そこにない状態も見たことがなかった。男は、ごく当たり前の動作でその車に乗り込み、道路を北へ走っていった。

振り向くと、倉庫から出てきた同僚の木下(きのした)さんも同じ方向を見ていた。

「あれって……」

「社長の弟やと思う。ずっと家にいるらしいよ」

木下さんは特に興味もなさそうに言った。

「わたしも見たん二回目」

「そうですか……」

裏の家にいるはずの弟は誰も見たことがない、と聞いていたが、たぶんこうしてときどき目撃されてるんやな、と優子は思った。社長も社長の母親も弟のことは全然言わないので、たぶん触れてほしくないのだろうと皆なんとなく気を遣っているのだ。

弟、ということはわたしと同い年ぐらいだろうか。少々気になりながらも、優子は倉庫の作業に戻った。

晩ごはんを食べ終わり、直也は樹を風呂に入れ、優子が食器を片付けていると未緒が台所へ来た。

「なー、おかーさーん」

娘は、なにか聞いてほしいことがあるようだった。

「今日な、学校でな、将来やりたい仕事を発表しましょうっていうのをやってんけどな」

未緒は、話しかけるときは語尾に「な」がつくのが癖だ。優子はその響きが好きだ。

「へー。未緒はなににしたん？」

手を拭いて、未緒といっしょにソファに移った。

「わたしな、今はな、本作る人になりたいねん」

真剣な目を母親に向けて、娘ははきはきと言った。

「本？　作家？　それとも、本作る会社の人？」

今までに未緒からその職業は聞いたことがなかった。これまでは、保育園の先生、パン屋さん、洋服屋さんだった。

「ちゃう。本のデザイナーさん」

未緒は、声を大きくした。

「こないだテレビで見たやん！　お母さんも」

ちょっと怒ったように言われ、優子は記憶を掘り返した。

「ああ、こないだのテレビって……」

一か月も前に見た、情報番組の「今注目の人」のコーナーで、若い女性のブックデザイナーが紹介されていた。そのとき未緒はなにも言わなかったし、そのあとも話題に出たことはなかった。そうか、あのとき黙って見ていたのは、それだけ興味を持って集中していたということか。優子は、未緒が自分の気づいていないところでなにかに興味を持ってそれを考え続けていたことに、子供の成長というか変化を受け取って、なんだか胸がいっぱいになった。

「それでな、本のデザイナーさんになるにはな、どうしたらいいん？　どこの学校行くの？」

　授業でそんな具体的な話があったのだろうか、と思いながら優子は答えた。

「そうやなあ、美術系の大学かなあ。絵を描いたり、あ、ほらこの前展覧会行ったやん？　おもしろい形の物がいっぱい置いてあったやろ？　ああいうのを作るのを教えてくれる大学」

　お金かかるなあ、と思わず言いかけそうな自分に気づいて、優子はそこで言葉を止めた。

　美術系は医学部ぐらいお金がかかるよー、などと、美大進学希望だった同級生が言っていたが、今はいくらぐらいなのだろう。学費もあるし、なにかと画材とか材料費もかかるらしい。それで、優子は受験したいと両親に言えなかった。そんなことを真っ先に、今、興味が芽生えたばかりの七歳の子供のことで考えるなんて。

　未緒は、そんな優子の心の内は知らず、目を輝かせていた。

「本作るコースあるん？」

「えっ、どうやろう。それは調べてみないと」

「明日わかる？」

「三日ください。……お母さん、ちょっと近い仕事してたかも」

「えっ、本作ってたん？」

「本じゃないけど、お客さんの希望を聞いて、それをデザイナーさんに伝えて、うまく進むように調整する仕事」

「もうやれへんの？」

「そうやなあ、忙しいし、大変な仕事やからなあ。今は、ええかな」

　そういえば、子供たちに自分がやっていた仕事のことを話したことはなかった。

「仕事って、やってみないとどんな仕事があるのか、全然知らへんことばっかりやったわ。未緒が知ってるお仕事は、テレビで見る人とかお店で見る人とかやろ？　でも、世の中にはもっとたくさんの種類の仕事があって、大人の働いてる人でも自分が関係あるお仕事以外はよく知らんかったりするねん」

もし今、未緒の年になってまた始められるとしたら、いや、高校生くらいからだとしても、わたしは別の仕事ができるだろうか、と優子は思った。別の、もっと自分に向いている仕事や、長く続けられる仕事をする可能性があったんだろうか。

いつか、大学の同級生たちと集まったときに、そんな話になったことがある。五人のうち三人は、卒業後に入った企業や派遣会社をすでに辞めていた。今なら、世間的にはあんまり知られてないけどその業界ではシェアが高いみたいな安定した会社に勤めるなあ、と誰かが言った。たとえば？　信号機とかそんな感じせえへん？　それどこが作ってるん？　よう知らんけど。

なにがよかったのか、間違っていたのか、いつも、あとになってみないとわからない。事前に正解を知ることができるなら、いくらでも努力するのに。

「お父さんのお仕事は？」

「そうやね、サッカー選手とか電車の運転手さんとか、そういう感じでは説明しにくいお仕事かな」

直也は、化学メーカーの工場で品質管理や工程管理の業務をしている。優子も、直也と結婚して話を聞くことがなければその仕事が具体的にどういうことをするのか、知らないままだっただろう。

「本を作るお仕事はたいへんなん？」

未緒が少し不安そうな顔になり、優子は自分がポジティブな返答をできなかったことを申し訳なく思って、未緒の小さな肩に手を添えて笑顔を作った。

「それは未緒がやってみないとわからないね。ゆっくり考えていったらいいんとちゃうかな」

小柄な自分よりもまだずいぶん小さな娘は、じっと母親を見ていた。この子の目にはわたしや他の大人はどんなふうに見えているんだろうか、と優子は不安になる。自分はちゃんと、この小さい子供に安心できる場所を作ってあげられているだろうか。

「お母さんは、未緒がやりたいことできるのがいちばんいいと思ってるよ」

風呂を出た樹が、裸のまま走ってきた。

十月の後半になると、通勤の途上で観光バスをよく見かけるようになった。

旅行代金が割引になる観光庁の支援事業は少し前からやっていたが、十月から東京発着も対象になって格段に人が増えた。東京の人たちが急に訪れているというよりは、制限が厳しかった東京も旅行していいならもうだいじょうぶだろうという気分が広がって全体に出かける人が増えているのだろう。つい数か月前には他県ナンバーの車が停まっていただけであれこれ言われることもあったのに、と優子はすぐ前を走るバスを見つめた。

倉庫の作業をしながら、同僚たちが話す。

「先週京都行ったんやけど、観光地は年配の人が多かったわ」

「いいよねえ。なんやかんや言うて、あの世代がいちばん元気。お金もあるし」

「うちの母も先週有馬(ありま)温泉行ってきて。こないだまであんなにコロナがどれだけ怖いかって近所の家の息子さんがお盆に東京から戻ってきてたのにもぐちぐち言うてたのに。安く行けるのに今行かないと損やないの、って」

「あー、でもその気持ち、なんかわかる。三個買ったら割引とか、なんぼ以上は送料無料とか、つい買ってしまうタイプやねん、わたし。一つだけやったり送料払ったらなんか損した気持ちなって。ほんまは買わされてるだけやのに」

「めっちゃわかるー」

「なんやろな、あの気持ち。こないだうちの親も、せっかくやから旅行行かないと損や、って言うてたなあ」

「うちとこは旅行する余裕なんかないわ」

と、言った同僚の夫は京都のホテル関連の仕事で、四、五月は休業になって大変だったし、今は今で対策やら従業員のやりくりやらに追われてろくに家にも帰れないらしい。

優子は、真鈴が「結局は先に使うお金がないと支援も受けられない」と言っていたのを思い出した。

「まあ、でも、観光地とかホテルとか、ほんま大変やから。このまま誰も来(き)いへんかったら仕事なくなるし」

「せやねえ。経済回さないと」

春以来、同僚たちとの会話はいつもこんなふうだった。なんの話題でも、もっと大変な人がいるから、あそこはもっと大変だから、にたどり着く。自分たちはこうして仕事があるし、身近にコロナに感染した人もいないし、ありがたいんだからがんばらないと。そう言いつつ、はっきりとつかめない重苦しい空気みたいなものが、じわじわと自分たちを取り囲んでいる感覚が、優子にはずっとあった。

また少しずつ、日が暮れるのが早くなってきた。

優子は、慣れた道を運転して家に向かっていた。月曜日じゃなくて一人だから、ポッドキャストをかけていた。漫画家とミュージシャンがおすすめの配信ドラマについて語っていた。

いつもの橋にさしかかった。朝よりも、さびしい風景に見えた。

5　二〇二〇年十一月　小坂圭太郎

地下の駅のホームに滑り込んできた電車は、新型車両でプラスチックのにおいがした。小坂圭太郎は、ドアが開いてすぐに空席を見つけた。立ち仕事を終えたばかりの圭太郎は、迷わずその席に座り、ドアが閉まってからやっと落ち着いて車内を見回した。立っている人は離れたドアの横に三、四人しかいない。

午後九時半。前ならこの時間に帰宅できなかったし電車でも座れなかった。前、っていつの「前」だろうか、と圭太郎は思う。緊急事態宣言の少し前から夜遅い時間帯は乗客が減っていたが、いつごろまでどのくらい混んでいたのか、はっきりとは思い出せない。

朝の出勤はもう別に普通だよ、と圭太郎が勤める居酒屋の客たちは言う。在宅勤務と出勤が半々くらいになった貴美子も、よく文句を言っている。人間同士の最低限の距離がまったく無視されてたあの電車内がせっかくましになったと思ったのに、すぐ元通り、会社に来なくてもできる仕事なんていっぱいあるのに、監視してないとサボると思ってるとか、会社にいることこそ存在の意義だと思ってるとか、そういう年代の人がいなくなってくれないとどうしようもないね、まあそれでも、元ちょっとはましかな、前よりは。周りから押されすぎて足が浮いたままなんてことないもんね、元の状態がひどすぎただけだけど。と言いながら、今朝も出勤していった。

仕事だけ普通で、友達にも会えないし、楽しみにしてたことはみんな中止と延期だし、なんなのこれ、働くだけの存在になれってこと？　とアクリル板で仕切ったカウンターに閉店の九時ぎりぎりまで座っていた客の女たちが言っていた。観劇の趣味仲間らしい女二人で、ひたすらウーロン茶を飲み塩辛やらえいひれやら酒のあてばかり食べていた。ノンアルコールのメニュー増やしてくださいよー、と店主に言っていたが、採算を考えるとなかなか難しい。このごろはおしゃれなカクテルっぽいノンアルコールドリンクも増えてはいるが、うちみたいな仕事帰りの会社員がメインの居酒屋では頼む人は多くないだろう。自粛だか制限だかが続いて売り上げは厳しく、いつ状況が変わるかわからないので新しいものを入れるタイミングも難しい。会食禁止の企業も多くて客は少ないし、そもそも夜に出歩く人が激減したままだ。休業中の店も目立つ。

少しだけ開いた窓から轟音が響き続けていた。真っ暗なトンネルを毎日往復しているが、それがどんな場所なのかはよく知らない。と、圭太郎は、今初めて思った。たまに先頭や最後尾に乗って、運転席の後ろの窓から電車のライトが照らすトンネルと線路を見て、こんなに上り坂や下り坂があるのかと驚くことがあるが、乗っていてそれを体感することはない。

自分の乗った電車がどんなところを走っているのか、自分がどこにいるのかわからないのに、平気なのって考えてみたらすごいよな、と圭太郎は窓の向こうの黒色を見て思う。景色が移ろっていく地上の線路と違って、動いているスピードさえ見えない。ただずっと黒色なだけだ。もしかしたら今朝とは違う線路を走っているかもしれないし、隠しトンネル、客が都市伝説だとか話しているのを聞いたことがある戦時中の秘密通路みたいなところに入っているかもしれない。

でも、普段はそんなことを考えないし、どこなのか、どんな壁なのか知りたいとさえ思わない。なにも起きなければ。なにかが起きていたとしても、それを知らなければ、なにもないのと同じだ。

電車ってうるさい、とは思う。

窓を開けるようになってから、毎日こんな轟音のトンネルにいたのかと驚いた。

圭太郎が地元の街から東京に移ってきたばかりのころ、線路沿いに住んでいる友人がいた。夜寝に帰るだけだし割安だし、と飲み屋のバイトの同僚だったその友人が選んだ古いマンションの部屋は、店から近かったので何度か立ち寄ったことがあった。終電を逃して泊めてもらったこともあったな、と何年も思い出さなかった殺風景なワンルームの壁と窓が、急にありありと圭太郎の脳裏に浮かんできた。

昔のドラマに出てくるような安アパートのがたがた揺れる窓やこたつの上のコップを想像していたら、数年前に高架化されたばかりの防音などの対策もとられた線路だったからそれほどでもなく、なんだかもの足りなかった。ごー、と規則正しい間隔で地鳴りか台風の強風みたいな音が行ったり来たりした。こたつもテーブルもなく、床に直接置かれた缶ビールは揺れもしなかった。

寝てると振動は感じるけどなあ、環七とか環八沿いのほうが揺れるし夜中もずっとやからそれより全然ええと思うわ、と京都出身の友人は言っていた。東京って終電遅いし始発は早いよなあ、とひたすらビールを飲んで煙草を吸いながら、彼は話した。あのころは男友達はたいてい皆煙草を吸っていた。圭太郎もその当時は吸っていたが、値上げを機にやめた。煙草を吸う人も吸える場所も減ったことを考えるとき、時間が経ってる、と圭太郎は思う。ついこの間だと思っているできごとも、遠く離れてしまい、少しずつだが世の中は変わったのだと。

線路沿いのワンルームの友人は、よくしゃべる男だった。京都も大阪もそれなりに都会と思うけど、終電は一時間ぐらいちゃう気がするな、一時間は言い過ぎか、まあ体感としてはそんくらい。始発も早いから、電車走ってない時間ちょっとしかないで。ほんで終電めちゃめちゃ混んでるし。井の頭線の終電は混みすぎて窓ガラス割れたって聞いてんけどほんま？　電車って関西やと遅なるにつれて空いてくるもんで、終電はガラガラやと思てたからびっくりした。みんな何してて遅いの？　働いてるの？　遊んでるの？　ていうかおれらやけどな、終電乗ってるん。

それから三か月ほどして圭太郎はバイト先を変わり、今では名前も正確には思い出せないその友人とはそれっきりだった。

圭太郎は、自転車で通勤していた時期も何年かあった。二十代の前半は深夜まで営業のバーや居酒屋で働いていた。そのほうが時給もよかったし、夜の街のいい加減な空気が好きだった。繁華街の店から、夜中の二時や三時に自転車で帰る。自転車にこだわる知人や客から高級なロードバイクを勧められ熱く語られたこともあったが、圭太郎はとにかく安くて壊れないものを教えてもらい、ずっとその自転車に乗り続けた。

夜が明けるのが早い夏の初めには、三時すぎにもう空に光の気配があって、生ぬるい空気の色がだんだんと変わっていき、その中を走り抜けるのは気分がよかった。

二〇一一年の三月十一日は、自転車だったから家まで帰れた。平日は新宿三丁目のカフェ、週末は神泉(しんせん)のイタリアンで働いていた時期で、イタリアンの店に着いて仕込みの作業を始めたところで揺れが来た。

店主や他の従業員と無事を確認しあってから外に出て近所を見て回っているとまた大きく揺れた。古いビルが揺れて隣の建物にぶつかりそうになっているのや屋上にあった大きな室外機が駐車場に落ちているのを目撃して、ぞっとした。

余震が続く中で割れた食器や酒のボトルを片付け、店主は川崎の自宅には帰れなそうだし店も心配だから泊まる、とりあえずこの週末は休むと告げ、圭太郎たちはだめになりそうな食材を少しずつもらって、家に向かったのは六時だったか七時だったか。もう暗くなっていたことは確かだ。主要な道路は大渋滞というかほとんど駐車場のように動かない車がびっしりで、歩道も人が溢(あふ)れていた。通れそうな裏道を探しながら、自転車を押して歩いた距離のほうが長かったかもしれない。

路肩に座り込んでいる人もいたし、泣きながら歩いている人も見かけた。圭太郎の自転車をじっと見つめる人もいて申し訳ない気持ちになったが、子供を連れて座り込んでいた女の人にミネラルウォーターのボトルとパンを渡した以外はなにもできず、自分も店にいさせてもらえばよかったなと思ったりした。

部屋に帰り着くと、物が少なかったせいもあるが、倒れたものや壊れたものはなにもなかった。あんなに揺れたのも、帰り道の光景も、全部なにかの間違いだったんじゃないかという気がするほど、静かで変化がなかった。

とりあえずシャワーを浴びて一息ついてやっと、棚の上に置いていた空の植木鉢が落ちていることに気づいた。だいぶ前に中身を枯らしてしまった白い卵形の鉢は、割れてはいなかった。テレビをつけてようやく、なにが起きているかをはっきりと知った。それから、朝までテレビとインターネットを見続けた。

自転車通勤していたことを思い出したのは、店にデリバリーの配達員が自転車に乗ってやってくるせいもあった。できあがった品物を圭太郎が店の前まで持っていって、配達員に渡すことも多い。並びにある他の店の前で自転車を停めてスマホを睨（にら）みつつ待っている姿もよく見かける。本格的なロードバイクとサイクルウェアに流線型のヘルメットでサイボーグを思わせるような出（い）で立（た）ちの人もいれば、ママチャリ系の自転車も結構いて、長距離を走るのは大変だろうなと思ってしまう。そしてそのばらばらな人が皆、同じロゴの入った四角いバッグを背負っている。

電車は乗り換えの駅に着き、圭太郎は閑散としたホームを歩いていった。

自宅最寄りの駅を出ると、商店街の店もコンビニ以外はどこも閉まっていた。「前」なら真夜中って雰囲気だよなあ、と思いつつ静まりかえった道を同じ電車を降りた数人が歩いていく背中を、圭太郎は眺めた。

今日は急に気温が下がり夜になって風も出てきた。厚手の上着を着てくればよかった、と思いながら歩いていくと、暗い商店街の角、手前と向こう側に二人ずつ、女の子が立っている。手前の二人は白いスカートにお揃いのピンクのダウンジャケットを羽織っていて、向こう側の二人の片方はスウェットワンピース、もう片方はベージュのコートにロングスカートでカジュアルな普段着という感じ。

彼女たちは特に声をかけてくるわけではなく、それぞれ店の名前が入ったホワイトボードやカードを持って立っている。同じ店の子同士、寒そうに肩をすくめて、たわいもないことをしゃべっている。こっちを見る視線は感じるが、圭太郎はちょっと頭を下げる程度でやり過ごす。馴染みの客らしい男が声をかけられているのは見たことがあった。

今の事態になってから圭太郎はしょっちゅうツイッターを見るようになった。最初はマスクや消毒用アルコールを売る店を探すため、その後は飲食店の情報を得るために地元の駅名で検索していて、ガールズバーが何軒もあることを知った。急行も停まらない住宅地の駅なのにそんなに客が入るのか今でも不思議に思うが、緊急事態宣言が解除になった後、店は増えたようだった。

勤め先の先輩やら男の知人ばかりで飲みに行ったときにガールズバーやキャバクラに誘われて、おれは行かないんで、と圭太郎が帰ろうとすると、かっこつけんなよー、付き合い悪いなあ、などと言われることがよくあった。圭太郎にしてみれば、わざわざ居心地のよくないところに金を使いたくないだけだった。この金額を払うならあの店であれが食べられると思うし、つい従業員視点で見てしまうというか、女の子たちの大げさな相槌や、ときどきいる男のスタッフが客には嫌らしいへりくだり方をするのが目につくとしらけてしまう。そこへ行くのが好きな男たちは、女の子たちが表面だけ愛想よくしていることなどわかりきっていて一定の時間その関係を楽しんでいるだけ、難しく考えないでいい気分になっとけばいい、と圭太郎に言うが、その「いい気分」がよくわからない。今の勤め先はそういうタイプの男はいないし、小さい子供がいるのは断るのに簡単で強力な理由になるのを発見した。今回の状況になってから、職場の飲み会がなくなってよかったと言っている人も多いが、誰かと話したり飲みに行ったりしたくてしょうがない人もいる。あの女の子たちと話したり騒いだりすることで日々の生活が続けられる人もいるんだろう、とは思う。

商店街を抜けると、道はますますさびしく、人の気配はどこにもなくなった。周りはマンションや戸建てがぎっしり並んでいて、こんなにも人で溢れている街なのに、どこからも誰の声も聞こえてこなかった。遮光カーテンがぴったりと閉められた真っ暗な窓が、どこまで歩いても続いた。

なるべく音を立てないようにドアを開ける。部屋の中は真っ暗だ。靴を脱いでいると、廊下のコンセントに取り付けたライトだけが自動で点灯した。

玄関横の部屋のドアを少しだけ開けて覗くと、貴美子とつばさは眠っていた。

出勤がなかったあいだは、リビング横の和室で並んで寝ていた。遅くに帰宅する圭太郎は、今はそこで一人で寝ている。ベランダの窓に近寄り、カーテンを開けてみた。

街は暗く、白っぽい光がぼんやりと広がる空には星は一つも見えなかった。

「つばさはー、よくしゃべるでしょー？」

保育園に向かう自転車で圭太郎の後ろに座るつばさは、走り出してからずっとしゃべっている。かなりごついチャイルドシートを取り付けた電動アシスト自転車は、貴美子が選んだ赤色だ。

「そうだねー」

信号待ちで振り向くと、つばさは圭太郎よりももっと前方、どこかわからないところを見ながらしゃべり続けた。

「キラちゃんのほうがもっとしゃべるんだよ。お休みの日にー、キラちゃんのママがびょういんにいって、赤ちゃんが生まれるからキラちゃんはおねえちゃんになるからつばさとは遊べなくなるんだって、キラちゃんが、ママがひみつで言ったって言ってた」

「へー、そうかあー」

子供がそばにいるときに大人たちが話していることを、子供はどれくらい聞いていて、どれくらい理解しているんだろう、とよくしゃべるつばさの話を聞いていると圭太郎は思う。大人は、どうせわからない、すぐ忘れると思って子供のいるところで「大人の話」をする。ときどき、保育園で子供が家の事情なんかを話してしまって恥ずかしい思いをしたなんて話も聞く。

自分はこの年齢のころのことで覚えていることはほとんどない。断片的な光景やよく遊んだ友達なんかは思い出すが、それは後から聞いた話なんかで補正されている。断片的な光景の中で、友達の顔がもっと成長してからのその子の顔にすり替わっていたりする。だけど、妙なこと、ちょっとしたことがずっと残り続けていることもある。以前同じ店で働いていた少し年上の女の人が、保育園のころは祖父母に預けられていて、その祖父母が近所の女の人のことを、あの人は「にごうさん」だって言ってたの、なんだろうって思ってなぜかずっと覚えててね、中学生になったぐらいに読んだ昭和三十年代の小説でやっと意味がわかって、でも「愛人」って感じの人じゃなかったんだよ、どっちかっていうともっさりした陰気なおばさんって感じで、それで大人の世界はわからんなー、ってそのときわたしは世間の不条理感を知り始めたわけなんだけど、とわかるようなわからないような話をしていたことがあった。

「パパはー、今日はお仕事で何作るの？　コロッケ？　ポテト？」

つばさの話は自分が食べたいものになっていき、やっと到着した保育園の門の前は自転車が渋滞していた。

「おはようございまーす」

と、声をかけてきたのは、キラちゃんを後ろに乗せたキラちゃんのママで、圭太郎はさっきの話を思い出して少し動揺しつつ挨拶を返した。

部屋に戻って、朝ごはんを食べ、片付ける。

平日の朝は、貴美子がつばさの支度をして朝ごはんを食べさせるところまでやって出勤し、圭太郎はたいてい朝ごはんのあたりで起きてつばさに食べさせるのに参加し、貴美子を見送ったあと自転車で十分ほどの保育園につばさを送って、帰ってきて家事をする。そのあたりで少し眠ることもある。

うちの育児は交代制だから、と貴美子も圭太郎も友人や職場の人に冗談めかして言うが、実際、つばさを育てるために組んだユニットみたいなものだと圭太郎は思っている。貴美子との間に恋愛感情もあると言えばあるが、それを味わったり実感したりする前につばさが生まれてとにかく目の前の生活を続けていくことに必死だった。

貴美子も圭太郎も出勤が再開してから、話す時間は減った。それこそ「前」に戻ったのだが、四月や五月は一日中家族三人で過ごしていたので、なんとなくさびしいような感じにもなった。しかし、一か月、二か月と経つとまたその生活に慣れた。

人間ってすぐに慣れる。適応する。それは店に来る客たちを見ていても思う。皆、職場や政府の対応に不満や愚痴を言うが、それなりに適応して、同じ生活を続けている。自分も、そうだ。

圭太郎は、洗濯物を干してから一眠りし、晩ごはんのおかずを用意しながら納豆チャーハンを作って食べてから出勤した。

夜中に気配を感じて、圭太郎は目が覚めた。リビングとの境の引き戸をゆっくり開けると、暗い中でソファに貴美子が座っていた。窓のほうを向いて、ただじっとしていた。

ときどき夜中にこうして起きている貴美子の横顔を薄暗い中で見ると、この人は誰だろう、と思うことがある。五年間、毎日見ている顔なのに、知らない人のように見える。

「貴美ちゃん」

声をかけると、貴美子は驚きもせず、ゆっくりと圭太郎のほうを見た。

「ああ、寝てて。わたしはもうちょっと起きてるから」

暗くて、貴美子の表情はよくわからない。

「明日出勤だよね？」

「うん。でも、だいじょうぶだから」

「……最近、夜中によく起きてる？」

貴美子は、圭太郎をじっと見た。暗い中で目に小さな光があった。

「もしかして起こしちゃってた？」

「いや、そんなことはなくて」

「わたし、子供のころから結構夜中に起きてて。癖みたいなもんだから。気にしないで」

自分が起きていたら貴美子も余計に眠れないと思い、圭太郎は引き戸を閉めた。貴美子が動く気配はなかった。十五分ほどは起きていたと思うが引き戸の向こうは静かなままで、そのうちに圭太郎は眠っていた。


圭太郎は店で接客はしないが、常連の客と少し話すことはあるし、カウンターの客がしゃべっていることは、席数を減らした店の中でよく聞こえる。

「協力金で儲かってる店多いらしいよ」

「ベンツ買った人いるって」

「詐欺も多いらしいじゃん。名前だけ貸して申請して百万もらえるんだからすげえよな」

「近所の店はシャッター下ろしてるけど中では夜中までやっててさ」

似たような話が何度も繰り返され、金額は誇張されていく。圭太郎も知人から聞くことがあるのでそんな人がいないとは言えないが、なぜここで飲んだり食べたりしながら尾ひれのついた噂話やごく一部の事件を大げさに話すのか、と苛立ってしまうこともあった。話している人たちは圭太郎に聞かせたいわけではなく、飲み食いする間のたわいもないネタに過ぎないことはわかっているが。

「ほんとは自粛あったほうがお金貯まるんじゃないのー？」

などと、冗談として店主に直接言う客もいる。店主のシゲさんは、相手に合わせて適当に返すが、横で聞いている圭太郎は気になってしまう。

「飲食店って、ひとくくりにするのは勘弁してほしいよなあ。何回言ってるかわかんないけど」

　短縮した営業時間が終わって片付けているときに、シゲさんが言った。

「ほんとに。家賃や従業員の数や営業形態で全然違う、なんて言っても聞く気もないでしょうけど」

「さすがにおれでも、やってらんねえって思うことあるよ。ニュースでもやたら飲食店やら夜の街やらとにかく酒飲むやつらが悪いことにしとけって感じだし」

　店主の繁田幸司（しげたこうじ）のことを紹介してくれたのは、以前働いていた店のオーナーだ。その人に、子供が生まれるんで結婚することになって、と圭太郎が話したら、調理人を探してる知人がいる、今の店より早く終わるし、と言われたのだった。その人が「シゲさん」と呼んでいて、面接にこの店へ来たときにシゲさんが「マスターだのオーナーだの大将だの、どれもガラじゃないからお客さんから呼ばれるのも正直いまだにヘンな感じするんだよな」と呼び方を指定したので、圭太郎も「シゲさん」と呼んでいる。昼間にこの店でランチ営業をする奥さんも「おかみさん」は苦手だということで、ヒロコさんと呼んでいる。客たちは皆それぞれの呼び方をするが、ヒロコさんを「ママ」と呼ぶ男性客もけっこういる。「ママ」って謎の呼び方だと、家で娘の「ママ」を毎日聞くようになってからは特に思うようになった。

　厨房（ちゅうぼう）の床に水を流してブラシで洗いながら、圭太郎は店内を見回した。二人が辞めて一人だけ残ったアルバイトの男子学生が、テーブルとそこに設置したアクリル板にアルコールをスプレーして拭いている。

「シゲさん、ここで二十年やってるんでしたよね？」

　去年、開店二十周年で、知人や常連客から贈られた花が店の前に並んだ。あの賑やかさが、何年も前のように感じる。

「この辺入れ替わり激しいのに、すごいっすよね、こんなに長く続けてるの」

「最初は一つ裏の通りで、この場所に移ってからは十三年か。入れ替わり激しいっていっても、ずっとある店はずっとあるし、一年ぐらいでころころ変わるとこもあるし」

「あの角のとこは鬼門ですよね。絶対一年続かない」

「そういう場所もあるな。おれみたいに長いことやってると、見てだいたいわかるんだ。立地は悪くなさそうでも、なんかあるんだよ」

　圭太郎がこれまでに働いてきた店は、短期間のアルバイトやヘルプに入ったところも含めれば、十五店以上になるが、今もそのまま続いている店はそのうちの半分もない。

　圭太郎が最初に飲食店で働いたのは、高校二年のときだった。

　地元に古くからある洋食屋で、といっても、「老舗」という言葉が似合うような趣のある名店ではなく、何十年も前から改装されていない、近所の人が適当に食べるときにとりあえずあそこでいいかというタイプの店だった。「洋食」と看板にあるのに客の要望に応え続けてきた結果かつ丼やうどんもある食堂で、圭太郎がバイトした当時は二代目のおじいちゃんが昼だけ厨房に立ち、恰幅のいい三代目が店主だった。募集には主に皿洗いと書いてあったが、入ってみるとなんでも手伝わされた。じゃがいもの皮むきもしたし、客の対応もした。厨房で料理ができていく過程を見るのが、意外な程におもしろかった。家では父親が偏食で決まったものしか食べなかった。魚の塩焼きか煮付け、具の多いみそ汁に簡単な酒の肴(さかな)的なものでビールを飲む。父以外の家族は、そのビールのところがごはんになっただけだった。だから、エビフライだとかグラタンだとかハンバーグだとか、家で出てこないメニューはなんとなくものすごく難しいもの、あるいは工場で作られるもののようなイメージで、作り方について考えたことがなかった。それが目の前で材料がいくつかの工程を経て料理として仕上がっていくことに、感心した。

暇な時間に賄いを出してくれるとき、圭太郎は思いきって作り方を教えてほしいと言ってみた。気のいい三代目は、高校生に聞かれたのを喜んで、簡単なものをいくつか教えてくれた。圭太郎は、三代目の手際を見ていていつも魔法みたいだと思っていたオムライスのこつを聞いて、実際に何度かやってみた。店に出すようなものは当然すぐにはできなかったが、それなりに形になった。

同級生の家へ遊びに行ったときに適当に作ってみたら、びっくりするほど喜ばれた。具がなにも入っていない、ケチャップ味のごはんに卵を巻いただけのものだったが、すごいじゃん、こんなことできんの？　と同級生は何度も言って完食した。

中学校では最初はサッカー部に入ったが、やたらと先輩後輩の序列にうるさく、苦しむことが目的のような練習がいやだった。二年生が一年生を怒鳴り、疲れ切った一年生に三年生が優しげな声をかけるのも、余計に気味悪く感じた。夏休み前に、他の何人かといっしょに辞めたが、どこかの部活に入る決まりで（今考えれば、それが校則だったのか、ただそういうことになっていると言われていただけなのかわからない）、仕方なく女子が多い読書部に入ったが、サボってばかりでよく怒られた。その後も楽器やスポーツやなにかしらやりかけたことはあってもなにも続かなかった自分が、なぜ料理だけには興味が持てたのかと言えば、すぐにできるからだった。十五分くらいでも手を動かせばとりあえずなにかはできる。行動が目に見える物体として結果になって存在する。しかも、食べられる。

材料や調味料の組み合わせで実験みたいなおもしろさもあったし、店で働いていると毎日いろんな客が来るのも、圭太郎には気楽で向いていると思った。

それで、大学には行かずに東京に移って飲食店で働き始めたが、料理の道を追求するというタイプでないことは早々に気づいた。料理人の世界は徒弟制というか体育会系というか、上下関係の厳しさがあり、修業中の理不尽な扱いが残っているところも多かった。有名店にアルバイトで採用されたこともあったが、調理場で怒鳴られると途端に気持ちが萎(しぼ)んだ。指示通りに作業できなかった食材を叩きつけるように捨てられたり、大声が飛んでくるたび頭の中が空洞になる感じがして、余計に手が動かなくなった。そうすると彼らはいっそう苛立って声を荒らげた。

地震のときに働いていたイタリアンの店主は気のいい人だった。イタリアに渡って有名な店で修業した経験があり、その時期のことをよく話していて、聞くたびに、地道な苦労が苦手でいい加減な自分には無理だという思いが強くなった。

そのうちに、比較的ゆるいというか、いい加減さがある店主の店で働くほうが自分には向いていると思って、バーやら居酒屋やらを掛け持ちしたりしながら東京で飲食の仕事を続けた。思い立って勉強し、調理師免許は取ったが、自分が頑張れたのはそこまでだったな、と思う。自分で決めた調理の仕事でも結局はがんばりきれない、努力できないだめな人間だと、圭太郎は自分のことを認識していた。

シゲさんは、元は割烹(かっぽう)の料理人で、調理や店の管理については几帳面(きちょうめん)で従業員に厳しく言うこともあるが、大声を出したり威圧する態度はない。この店も、基本は和食だが、旬の食材なら洋風やエスニックな味付けのものまでなんでもありなところがあって、圭太郎が雇われたのも「適当にだいたい作れる」ところが見込まれたのだった。

シゲさんは、バイトの学生にあがっていいよと声をかけて、カウンターの端の椅子に腰を下ろした。大きなマスクが顔の大部分を隠していても、疲れているのがわかる。

「店やってるといろいろあるよ。六十過ぎてこんなことがあるとは思わなかったけどさ」

　賑やかに見える東京の繁華街も、個人経営の店は減る一方だ。今回の状況によって閉店した店が普段ならなかなか空かない好立地だったりすると、投資資金の豊富な企業がすぐに後に入る。

「そうですよね、予想外のことばっかりで」

「今までもどうにかこうにかで続いてきたんだし、続けられる限りはやるよ。これがおれの仕事だからな」

　シゲさんは包丁を一つ一つ丁寧に拭いて仕舞った。

「すいません、正直言うと、休業してる間はこのままやめちゃうとか、なんか別の形にするとかなったらどうしようかって、思ったりもしてました」

　圭太郎が言うと、シゲさんは黙ってしばらく天井の照明を見つめ、それから呟（つぶや）くように言った。

「そうだよなあ」

　まずいことを言ってしまっただろうかと、圭太郎が言葉を探していると、

「まあ、なんとかなるって」

とシゲさんは笑い、圭太郎に先にあがるように告げた。


　帰り道、今日も駅前には女の子たちが立っていた。だいぶ気温も下がってきたので、短いスカートから出ている脚の白さが寒々しかった。馴染みの客らしい若い男が話しかけ、女の子たちの幼い笑い声が商店街に響いた。

「そうなんだよ！」

　起きてリビングにいた貴美子に、圭太郎が何の気なしに駅前に立っている女の子たちが寒そうだ

と言ったら、思わぬ大きな声が返ってきた。

「この寒いのに、なんで女の子を立たせてるんだよ！　何時間も立ってるんだよ、あの子たち」

貴美子はコンビニが好きで、月に二、三回、夜に圭太郎が帰ってきてから一人で駅近くのコンビニを巡りに行く。仕事帰りはつばさを保育園に迎えに行くからそんな余裕はなく、夜の所在ないコンビニの空気が好きらしい。近所に何軒もコンビニがあるのは都会の特権だし、どうでもいいくらいの違いしかない新商品にあれこれ無理やりな形容の売り文句がついているのをさんざん迷って選ぶのがいい、と言う。気になる新商品があったら帰りに買ってくるよと、圭太郎が言うと、コンビニの棚の前に立って、こんなに「買って！」って叫んでるようなものがいっぱい並んでるのにほしいものはなんもないなーって迷うのが楽しいのだと、力説された。

貴美子は、夜のコンビニ散歩のときにガールズバーの女の子たちを見かけていたようだ。

「こういうことを言うのはどうかと思うけど、今どきガールズバーでバイトしたって時給たいしたことないじゃん。それで寒い中で店の名前提げて立ちっぱなしみたいなことまでやらないといけないわけ？」

「うん、寒そうなのは気になる」

「わたしの友達にも学生のときにキャバでバイトしてた子はいたけど、もっと時給も待遇もよかったよ。それだけ世の中全体が貧しくなってるってことなんだろうけどさ、その貧しさとか余裕のなさを若い子に押しつけてるのがほんと悔しい。今の学生は学費とか生活費とか大変なんだよ」

貴美子はしばらく憤り続けた。圭太郎はふと思いついて、言ってみた。

「貴美ちゃんは、キャバのバイトとかやったことないの？」

圭太郎の顔をじっと見た貴美子は、あっさり答えた。

「わたし、興味ない話聞けないから」

「あー、それはそうだね。めちゃめちゃ顔に出る、早く終わんねえかなーって顔してる」

「仕事では出さないようにしてる、ってそれはどうでもいいの。昔はこうだったって話されても今の若い子にしたら、うるせーよって感じだと思うよ？　だけどさあ、いい年した大人が、その子たちの親ぐらいかもっと年上の男まで女の子に対して楽して稼いでるみたいに言うやついるけど、女の子を働かせて稼いでるのは、男じゃん。いつの時代も」

　さっき見た女の子たち。スウェットパーカにデニムスカートの、背の低い子。

　圭太郎の頭の中に、妙にはっきりと映像が浮かぶ。

　マスクの上の目元が、似ている、と思った。春先から、皆がマスクで顔を覆うようになってから、少し似たような若い女とすれ違うたびに湧き上がってくる感じ。似た人を、知っている。思い出せそうで思い出せない面影が、まとわりつく。

「いや、ほんとにそう。外に立ちっぱなしはないと思う」

「ないよ、ないない」

　貴美子はまだしばらくその件について憤りを表明し続けた。圭太郎はお茶を入れて、貴美子の前に座って、それを聞いた。

　その間も、さっき見た女の子の姿は頭から消えなかった。そして、誰に似ているのかを、自分はほんとうは思い出しているとわかっていた。


　新規感染者数が比較的落ち着いていた秋のあいだは、つばさを連れて大きな公園に行ったり、貴美子の友人親子が遊びに来たりした。外国でウイルスの変異株が検出されたとの報道があったり、これから冬に向かって感染者が増えるとの推測がよく聞かれるようになったりして、十二月の半ばには東京都から飲食店に対して営業時間短縮要請の延長が発表された。圭太郎の勤め先も、いつもと違って忘年会やそこから流れてくる客もなく、年末の雰囲気がなかった。

クリスマスを前にした日曜日、圭太郎の父親と母親がつばさへのプレゼントを持って訪ねてきた。二人は秋ごろから孫に会いたいとうるさく言ってきていたのだが、圭太郎は仕事の先行きのことや状況の変化に落ち着かず、東京に比べれば感染者はごく少ない県からの訪問を、なんだかんだと理由をつけて断っていた。

父親の希望で宅配の鮨(すし)を取り、近所の評判のよい洋菓子店で買ってきたケーキという、全体としてはパーティー感があるが微妙な組み合わせを、世間話的な当たり障りのない会話をしながら食べた。

プレゼントは、パステルピンクの猫のぬいぐるみで、撫でるとにゃーと鳴く。つばさは大喜びで、箱を開けてからずっと抱きかかえたまま離さなかった。

食べ終わって、つばさは和室で猫のぬいぐるみで遊び始め、貴美子もそれにつきあった。圭太郎はテーブルについたまま父親と母親の肩越しに二人が遊ぶ姿を眺めていると、母親が唐突に言った。

「それで、二人目はいつなの?」

貴美子が、圭太郎の顔と義母の背中を交互に見た。圭太郎は困惑して、父親と母親の顔を見た。父親は以前を思い出させる不満を溜めたような顔つきで、母親のほうはほほ笑んで貴美子とつばさのほうを振り返りつつ、やさしげな声で続けた。

「つばさちゃん、もうすぐ五歳でしょ。あんまり間があくと、また大変だと思うのよね。貴美子ちゃんも、もう三十八だっけ？　今は高齢出産がめずらしくないって言っても、さすがにもうきつくなってくるわよ」

「母さん、ちょっと……」

「もしかしてね、不妊治療を考えてるんだったら、お金を援助してもいいね、ってお父さんも。わたしたちに気を遣って言ってないだけで、もう治療中だったりしてね、なんて話してたのよ」

母親の笑みと発する言葉の意味が、圭太郎の中で結びつかなかった。父親は険しい表情で黙ったままだった。

「いや、子供はつばさ一人だけで」

「そんなわけにいかないでしょう」

「おれたち、二人目育てる余裕ないし」

「何言ってんだ、おまえ」

父親の低い声が響いた。

貴美子が自分に視線を向けているのを、圭太郎は感じていた。

「何って、」

圭太郎が言いかけたのを遮って、父親と母親はたたみかけた。

「子供が生まれたのはよかったよ。でも、男の子じゃないだろ」

「そうよねえ。よかったけど、女の子だから」

「墓は誰が世話するんだ」

「無縁仏にするつもり？」

父も母も、真剣な面持ちだった。

「は？」

それは圭太郎にとっては、思い浮かばなかった、唐突すぎる単語に聞こえた。

「墓って、高崎（たかさき）の？」

圭太郎が本気でわかっていない口調だったので、母親は大げさなため息をついた。

「完太郎（かんたろう）を諦めたときから、あんただけはって信じてきたのに」

兄の完太郎は諦められていたのか、と圭太郎の頭の片隅は思う。

「男二人、育ててやったのに、こんなことになるとは情けない！」

声を荒らげる父親の顔は、テレビ画面の向こうのように現実味が薄かった。圭太郎の頭の片隅は、そうそう、男二人いたのに意味なかったじゃん、それなのになんでまた男って言ってんの？　と思うが、それは口からは発せられない。

幼いころ、法事やら親戚が集まる場で、圭太郎の名前について次男なのに次郎や二郎じゃないのかと言われるたび、父が、男なんだから最初から二番でどうするんだと答えていたのは覚えている。父親のその言葉や態度が嫌だったから、覚えている。小学校の低学年くらいまでの話だ。二番どころかなにをやっても中の下あたりの息子のことは、とうになにも期待していないと思っていた。

父は長男で一朗（いちろう）という名前だが、たとえば本家だの分家だのというような家でもなかったし、家業があるわけでもない。製造業の工場勤務の会社員で、地方都市のごく一般的な住宅地に長期のローンで買った小さい一戸建てに住む、現代的な核家族だった。

圭太郎は一朗が四十四歳のときに生まれた子供で、同級生たちの父親より少々年を取っていて考えが古くさいと思うことは度々あったが、墓をそんなにだいじにしているとは知らなかった。いや、「だいじにしている」のとは違うのかもしれない。少なくとも、圭太郎が思う意味での「だいじ」

とは違うだろう。

「そんなこと、今まで言ってなかったし」

なるべく落ち着いた言い方で、と圭太郎は自分に言い聞かせながら返した。

「当たり前のことがなんで言われないとわからないんだ！」

「言ってたわよ、いつもいつも。あんたが逃げてただけでしょう」

ほぼ同時に、父親と母親が言う。

思わず、言葉が少し強くなった。

「跡継ぎとか言うような立派な家じゃないじゃん」

「おまえは馬鹿か！　家が絶えていいっていうのか！」

さらに強い声が返ってきて、圭太郎の頭の中は一瞬空洞になった。あ、この感じ、久しぶり、とその空洞の自分を隣から眺めているような感覚も圭太郎は同時に感じた。

和室では、貴美子が大きな困惑と多少の怒りを湛(たた)えた目でこちらを見ており、つばさは猫のぬいぐるみをぎゅっと抱きしめたまま固まっていた。

「ちょっと、今とりあえずやめてよ。つばさがびっくりしてるし。おれが今度あらためて話しに行くからさ」

圭太郎は、ともかくつばさからこの二人を離すことが最優先だと考え、この場を取りなそうとした。すると母がくるりと振り返り、孫に向かってやさしげな調子を作って話しかけた。

「つばさちゃんだって、弟がほしいわよねえ。おねえちゃんになりたいわよねえ」

貴美子に肩を抱かれ、猫のぬいぐるみを抱えたつばさは、場の空気がほんの少し変化したのを感じ取ったのか、

「……キラちゃんはおねえちゃんになるよ」

と言った。

「キラちゃんっておともだち？　おねえちゃんになるのぉ？　よかったわねえ。ほら、つばさちゃんも言ってるわよ。一人っ子はさびしいもの、きょうだいをつくってあげないとかわいそうよ」

「そうだぞ、圭太郎。つばさちゃんのためなんだからな。頼りないおまえでも親になったからには、責任があるんだ」

圭太郎は心底、父親と母親の言っていることがわからず、恐ろしくなった。話を終わらせるしかないとわかって、急に言われても困るしつばさが怖がってるしとにかく今日はいったん帰ってほしい、となんとか説き伏せた。

父親と母親は、つばさにはお正月にご馳走(ちそう)を食べようとかお年玉が待ってるとか声をかけつつ、未練がましいそぶりを見せつけながら渋々部屋から出た。圭太郎は駅まで送っていった。駅までの十三分、父親と母親はひたすら圭太郎と貴美子への不満を言い続けた。

帰ってくると、貴美子とつばさはテレビで「おさるのジョージ」を見ていた。おかえりーとつばさがいつもと同じ元気な声で走ってきたので、圭太郎はほっとした。

「ほんとに、ごめん」

圭太郎が言うと、貴美子は笑い出した。

「いやー、こういうの久しぶりで。なんかすごいね」

それから、おにぎりを作って三人で食べた。見ていた「おさるのジョージ」は、ジョージが猫の世話をするエピソードだったらしく、つばさはジョージのように猫を散歩させたい、明日行けるかと何度も言った。

　ピンクの猫を抱いたままつばさが寝入ったあと、圭太郎と貴美子はリビングのソファで並んで話した。

「わたしの高校の同級生もね、女の子が生まれてだんなさんのほうのおばあちゃんちに連れて行ったら、残念だったわね、でも次に男の子産めばいいから、落ち込まなくていいのよ、って言われたって。昭和じゃなくて、五年くらい前の話」

「まじでそういうこと言う人いるんだなあ、つうか、自分の親がそうだとは……」

　兄が高校に入ったころから帰ってこないことが増え、卒業と同時に家を出たあとはほとんど交流もないのは、父親と母親から今日のようなことを言われ続けていたからだろうか、と圭太郎は思った。ずっと折り合いが悪く、父親は兄の生活態度や成績の悪さに怒鳴ってばかりだったが、墓だの跡継ぎだのという話はそんなに記憶がない。母親が言ったように、自分が聞き流していただけかもしれないし、考えたくないから忘れていたのかもしれない。

「コロナでずっと家に閉じこもってて、思い詰めちゃったのかもね」

　貴美子のほうは圭太郎が心配するよりも平気そうな態度だったが、圭太郎は貴美子とそしてなによりつばさにあんな言葉を聞かせてしまったことが申し訳なかったし、恥ずかしかった。

「だからって貴美ちゃんにあんな言い方するとかありえない。つばさもいるのに……」

「圭ちゃんは、うちの親に会ってないこと、気にならないの？」

　貴美子は、少し首を傾(かし)げて圭太郎をじっと見ていた。

「あー、……正直に言うと、まあ、それならそれで楽でいいかな、と。親戚づきあいとか、たぶん得意じゃないし」

「そう思ってたのは知ってるよ」

貴美子はまた笑った。圭太郎の頭の中には、数時間前の両親の言葉と、貴美子と出会ってからのこととがごちゃごちゃと思い浮かび、電話で簡単な挨拶をしただけの貴美子の母親と父親の声を思い出そうとしたがうまくいかなかった。

「親と、仲悪いの？」

自分の言葉に、結婚して何年も経ってから聞くことじゃないよな、と思った。

「うーん、仲良くはない。仲がいい悪い以前に、長いこと会ってない。二十五年ぐらい」

二十五年。貴美子は今いくつだっけ、と圭太郎は頭の中で引き算をした。

「結婚前に電話で話したとき、って、圭ちゃんと話す前の日に話をしておいたんだけど、そのとき親の声を聞いたのが十年ぶりぐらいで。わたし、小学校二年ぐらいから、母の弟夫婦の家でずっと育って、高校卒業まで」

「そうなんだ」

「聞かないのが圭ちゃんだよね」

それが圭太郎に対して褒めているのか責めているのか、声や表情からはわからなかった。たぶんどちらでもなく、貴美子はおれのことをよくわかっているというだけのことだ、と圭太郎は思い、黙って頷いた。

「べつに、秘密とかそんなたいしたことじゃない。生まれた家族では子供を育てるのがちょっと難しいから、年の近い従姉妹(いとこ)がいる家でいっしょに面倒見てもらってたっていうだけで。たまに実家に帰るって言ってたのも、そこのうち。従姉妹とだけは今も連絡取ってるから」

貴美子は特に感情がこもった言い方ではなく、仕事や家の用事の報告と変わらない調子で話した。

　圭太郎がバーや飲み屋や、このところニュースで連呼される「夜の街」の片隅で働いていたころは、バイト仲間や店主の家族関係や半生の話は、それぞれの事情があり、イレギュラーな経験が多かった。客からも信じられないような話を聞くことはよくあった。すごく裕福だったり自由に様々な経験をしてきたりという話もあれば、虐待だとか絶縁だとか居場所を隠してるとか、そんなエピソードもありふれているのだと知った。虐待などの問題でなくても、祖母や親戚のところで育った、親や兄弟が失踪した、急に父親だと名乗る人が借金しにきた、などなど、それまではフィクションや週刊誌の中の遠い話だと思っていたことが、ごく身近な現実なのだと知った。会社員のお父さんに専業主婦、そして子供が二人みたいな、「普通のよい家族」なんてCMや生命保険の宣伝、あるいは教科書や役所のポスターの中だけなんだな、と圭太郎は思った。ずっと居心地の悪かった自分の家族も、考えてみれば「普通」ではないし、そもそも「普通」でなくてもかまわないのだし、時間が経つにつれ、子供のころからずっと親に認めてもらえなかった劣等感も、そこをさっさと出てきた多少の後ろめたさも薄れていった。物理的に離れていれば、親の健康を気にかける余裕もできた。

　だから自分も、そんな「標準家族」の縛りからはとっくに離れたと思っていた。それも、貴美子と生まれてくる子供と家族になることをあまり迷わずに決めた理由だったのだと思う。

「わたしも説明するのが面倒だったから。人に話して嫌だった経験というか、あー、話さなければよかったなってことが何回かあって。圭ちゃんがそういう人たちと同じってわけではなく、なんていうか……」

「なんか、なんもわかってなくてごめん。そっちのことも、こっちのことも」

「たいしたことないよ。気にしないで」

「……だけど、これからもまた言ってきそうだし。もちろん、少なくとも貴美ちゃんには言わないようにおれから話すけど」

「そうだねえ」

貴美子が圭太郎が心配するよりも平静そうなのは、貴美子の家族の事情のほうがそれだけ大変だったからに違いない。圭太郎はそう考えて、どう声をかければいいか迷った。この部屋でいっしょに暮らして五年も経って、今が初めてお互い自身についてゆっくり話をする時間なのかもしれなかった。ソファの脇に置いた圭太郎の携帯が振動しだして、おそらく母親からの着信だろうとほっておいたら止まり、また振動して、また止まった。

「最初は一人で育てるつもりだったけど、今は想像つかないなあ」

貴美子は、体を傾けて圭太郎の肩にもたれた。顔は和室のほうにぼんやり向けていた。

圭太郎は貴美子の重さと温度を体の右側に感じながら、貴美子が見ているものを見ようとした。

「あのとき、相談してもらえてよかった」

「報告と確認だけのつもりだったんだけどね」

「頼りにならなそうだったよな、どう考えても」

「そういうのじゃないよ。単に、思いつかなかっただけ」

自分たちがしゃべっているとき以外は、部屋の中は静かだった。日曜の夜、同じマンションや周りの家にいるはずの誰かや家族たちの声は聞こえてこなかった。

「誰かに助けてもらうっていうことを、考えたことがなかっただけ。ずっと、あのときまでは、一回も……」

貴美子の低めの声は、ゆっくりと、過去のどこかの時間につながっていく感じがした。

圭太郎は、貴美子の顔を覗き込んだ。

「あのー、話したくなかったら全然それでいいし、話したい感じのときはいつでも、話してくれたらうれしい。なんにもできないかもしれないけど」

「そうだね」

「……つーか、ウチのほうだよな、今、とりあえずの問題は」

「実家義実家問題あるあるだよ、こういう話は。殴ったりとか、そういうのじゃないんだし、ちょっとずつ話していけば」

「あー、それは、ないけど」

圭太郎の頭の中には、いくつかの静止画がぱっ、ぱっと切り替わるように浮かんだ。

子供のころの、部屋の中。二階の、兄といっしょだった六畳間。ささくれだった畳といつも穴があいていた襖（ふすま）。破り捨てられた週刊少年ジャンプ。そこに怒鳴り声が聞こえ、そうすると圭太郎の頭はまた空洞になる感じがした。

「お風呂入ったら？」

「貴美ちゃん先入ってよ。ビール一缶だけ飲むから」

圭太郎は立ち上がって、冷蔵庫を開けた。父親の指定で用意したスーパードライが三缶残っていた。


忘年会などがないまま迎えた年内最後の営業日も、店は忙しくなかった。

新規感染者数が増え始め、年明けあたりからまた緊急事態宣言が出されるのではないかという話も出ていた。今のうちに飲みに行こうとする若い人たちもいるらしかったが、オフィス街寄りで仕事帰りの会社員が客層である一帯は、やはり閑散としていた。

常連の客が何組か年末の挨拶がてらやってきて、年明けはどうなってるか、これからどうなるのか、また来るから頑張って、お互いに、と同じような話をして帰っていった。

東京都からの短縮要請で決められた午後十時よりも早い時間に閉店して掃除をしていると、シゲさんが圭太郎とアルバイトの学生をカウンターの前に呼んだ。

「この店、閉めることになるかもしれない」

圭太郎は、驚いた一方で、その言葉をどこかで予期していた気もした。

6　二〇二一年二月　柳本れい

築年不明の木造家屋は冷える。

二月の最初の土曜日。葉子さんの家の二階、個人の写真館としてスタジオにしている部屋は布や紙も置いているのでストーブは使わずに葉子さんが以前から持っていたオイルヒーターにしているが、それほど暖かくはならない。古いサッシは隙間から冷気が流れ込んでくる。換気の面ではいいかもしれない。

柳本れいは、三脚の上のカメラ位置を調整し、モニターを確認した。

「なんとか寒くないって程度ですよね。ごめんなさいね、冷えますよね」

葉子さんは、お客さんの髪を整えながら言った。

「ぼく、体温高いんで平気です」

はつらつとした声で答えた今日の撮影希望者は、二十九歳の男性。去年の秋にここで撮影した女性と会社の同僚で、彼女から話を聞いて撮影してもらおうと思い立ったという。

「記念写真って基本誰かとなにかあったときに撮るものじゃないですか？　自分の周りで結婚してる人だったら、子供の入学式とか七五三とかですね。特に男一人で写真撮るって普通はなくて、そういえば自分もあらたまった写真って就職活動のとき以来ないって気づいて」

準備が整ったのでマスクを取ってもらう。モニターに映る顔はすっきりした印象で、就職活動の面接でも淀(よど)みなく話したんだろうな、とれいは思う。同僚の女性はもう少し年が上だったが、やはり明瞭に話す人だった。彼女は「ナチュラルな、ノーメイクふうの、なにげない雰囲気で」というリクエストだった。それは、彼女にとってはある意味「コスプレ」であり、すでにいろんなタイプの写真を撮った経験が豊富で派手なのはやりつくしちゃったんで、とのことだった。今日の男性も彼女のこれまでの写真を見せてもらったと話した。

「台湾で撮ったコスプレ写真はもう完全に絵ですよね。そうそう、宝塚の衣装とメイクのも見せてもらいました。目が倍ぐらいの大きさになってて、技術すごい！　って感動しました。ぼくもやってみたいんですけど、ちょっと勇気が足りないっていうか、まず、シンプルな写真からと思って」

「確かにねえ、男性のほうが外見で遊ぶ機会って少ないし、ハードル高い感じするね。若い人でもあらたまって写真撮られるのは少ないか」

葉子さんは移動してれいの後ろに立ち、デジタルカメラのモニター越しに彼の顔を見る。モニターに映ると印象が変わる人もけっこういるので、光の当たり具合などを真剣な面持ちで確かめた。

「撮りますけど、女性はその何倍も撮ってるから経験値が違います」

「こないだも男の人が来られましたよ。退職記念だって、六十五歳だったかな。勤続四十三年で真面目な感じで撮ってくださいって、着古したスーツで」

「へえー。そういうのもいいですね」

「すごいおもしろい人で、地味にとぼけたこと言うから笑っちゃって。ねえ」

「孫の七五三の記念写真は、ダンディふうで決めるんだって言ってたね」

「スタイリングのアドバイスしときました」

話しながら、れいは少しずつ角度を変えてシャッターを切る。会話をしていると自然な表情だが、カメラを見てくださいと声をかけると少し緊張が浮かぶ。膝に置いた手の指が動いていて、じっとしているのが苦手なんだな、と思う。窓が風でかたかた鳴り続けていた。

　座ったのと立ったのとを撮り終えたところで、彼はおずおずと言った。

「あのー、アメリカの映画とかドラマで家族写真がよく飾ってあるでしょ？　暖炉の周りとかに並べてある、ほんのりダサい感じのポートレート。あれに妙に憧れがあって。高校生のとき二週間だけホームステイしたんですけど、そこの家にもちゃんとあって、うわー、ほんものだ、って」

　れいは、今までに観たドラマや映画の場面を思い浮かべ、同じことを考えた葉子さんと目が合った。

「あの感じでも撮ってみますか？　えーっと、この水色のスクリーンとか雰囲気出そう」

「あっ、じゃあ、それふうのメイクもしてみますぅ？」

「えっ」

「眉とかはっきりめにしたり、ちょこっと。メイクはサービスにしますから」

「えー、いいんですか？」

　彼は戸惑いつつも乗り気で、神妙な面持ちで黙って葉子さんの指示に従って上を向いたり下を向いたりしていた。

　れいは、背景を水色のスクリーンに差し替え、葉子さんが中古ショップで調達してきた背もたれが楕円形で枠がレリーフになっている豪華な椅子を置いた。

　前髪を分けて少し立たせ、眉も太めに描かれた彼は、さっきよりも楽しんでいるようだった。仕事はマーケティングだとかブランディングだとか、それかられいにも葉子さんにもなんとなくしか意味のわからない片仮名の言葉をいくつも使って説明してくれた。職場は虎ノ門にある真新しい高層ビルらしい。

「ぼくの担当は主にはリサーチなんですけど、今は大きいチームで分担してプロジェクトをやってるから全体とか結果があんまり見えないなっていうのはあるんですよね。こんなふうに撮った写真がちゃんと形になるとか、メイクでその人がきれいになっていくとか、その場で見られるのはいいなあ、って、すいません、すごい表面的に言っちゃってると思いますけど」

好青年だなあ、とれいはアメリカの学生ふうの顔になった彼を見ながら思う。もし自分に子供がいたら、と想定するには彼は少し年が上だが、気持ち的には見守る親戚や近所の人に近かった。

葉子さんは自分の仕事に満足している顔なのが、マスクをしていてもわかった。

「確かにそれが最初の動機ですね。幼馴染みの家が美容院でね、よく遊びに行ってたんだけど、二階が自宅で、空いてる時は店の中で漫画読んだりして。それで、鏡の前に座った人がね、みるみるうちにきれいになっていくのよ。魔法だあー、って思っちゃって。実際やってみたら魔法のための修業が大変だったんですけど」

「いいなあー、そういうお話、聞くの好きなんですよ。写真家さんは、どういうきっかけですか」

「わたしはそんなに夢のある感じじゃなくて申し訳ないです。何年も勉強したり修業したりしなくて技術が身について一定の仕事がありそうなの、って思って。美容師さんも国家試験があって大変でしょ？　写真だったら、カメラに助けてもらえそうだし、仕事先もいっぱいあるかなって。実際やってみたら体力もコミュニケーション能力も重要だし、その当時はこんなにデジタルが普及して誰でも四六時中写真撮るようになるとは思ってなかったですけどねー」

「市場の将来性をリサーチするのって基本ですけど、予測が外れることもよくありますよ。一、二年後にウイルスが全世界で流行して家にこもることになるなんて、少なくともぼくの関わったプロジェクトでは上がってきてなかったですから」

「そうねえ、一年前に今がこうなるなんて、思ってる人誰もいなかったよね」

「最初の緊急事態宣言を耐えたらなんとかなるみたいに思ってたしね」

「あー、ぼくもですね。夏休みに旅行に行くつもりでした」

　撮影した写真を、ノートパソコンのモニターで彼に見せた。「アメリカドラマのポートレートふう」のほうも急に試してみたわりには、うまくいっていた。特に、葉子さんの自然に見える眉毛の描き方が抜群だった。

「やー、変わるもんですねえ。ほんとに少しだけなのに。メイクっておもしろいんですね」

「これを機にはまったりして。いつでもレッスンしますよー」

　モニターで写真を選んでもらい、基本のセットなら三枚プリントしてデータとともに後日配送する。希望する人には、フィルムのカメラで撮影することもある。

　仕事の写真はほぼデジタルになってもうだいぶ経つ。れいが写真を始めたときは、写真とはフィルムで撮影して印画紙に焼き付けるもので、フィルムの現像と暗室での引き伸ばしとプリントの作業に感動した経験が大きかった身としては、フィルムカメラでの撮影のリクエストがあるとうれしい。このスタジオのサイトにもフィルムカメラでの撮影の案内は載せていて、リクエストがあると十年ほど前に中古で買ったローライコードを使う。二眼レフカメラの上部を開くときの無骨な機械の音と感触。上からファインダーを覗き込むと、そこには世界のミニチュアが映っている感覚に、れいはいつもなる。最初、専門学校の授業で二眼レフのカメラを使ったとき、立体写真のように浮かび上がって見えて、これってなんで3Dなの？　と大きな声で言って、年配の講師は、いやあ、そんなに素朴な反応をしてもらえるとうれしいね、と笑った。今でも、れいにはそう見える。二つのレンズから入ってきた光が、正方形のガラスに像を結ぶとき、ピントが合うその瞬間、世界がその小さな箱の中に生まれる感じがする。

初めてフィルムを自分で現像してそこに光と影が反転した風景の一瞬が永遠にとどめられていることを知ったときも、引き伸ばし機でピントを合わせるときにフォーカススコープを覗いてぼやけた灰色が細かい粒子に変わって世界が点描で表されるのを体感したときも、現像液のバットに沈めた印画紙に自分が撮った「写真」が浮かび上がってきたときも、周りの世界が、目に見えるものすべてが、光と影で塗り変わっていくような、色彩が湧き出すような経験だった。だから、自分はこの仕事を二十年以上も続けてこられたのだと思う。

道具も仕事の手順も変化したことは多いが、過去の一瞬に存在して消えてしまった光がレンズを通して別の時間に残される、その驚異というか謎のようなものは仕事として何千回、何万回とシャッターを切っても、れいの中に変わらずに存在していた。

撮影を終えてから、葉子さんと餃子を作り、帰宅した遥と三人で夕食になった。

遥は、高校の友達と公園でダンスの動画を撮っていたと話した。ショート動画のSNSに投稿しているらしい。

「アカウントは絶対教えてくれないのよー」

「だって、そしたら葉子ちゃん、れいさんとか他の人に見せまくるもん」

「よくわかってるねえ」

去年の最初の緊急事態宣言のときは、外に出たり友達に会ったりを親から禁じられていた同級生も多く、遥もほとんどこの家にいたが、今回の緊急事態宣言ではマスクやら消毒液やらの対策も行き渡り、行動に慣れてきたからか、公園で遊ぶくらいなら自由に過ごしているそうだ。

「あのときはお店とかもみんな閉まってたから行くとこなかったし」

「そうそう、ちょうど連休のときに用事でものすごい久しぶりに電車に乗って、新宿で乗り換えだったから外に出てみたら、人類が滅んだんじゃないかって思うくらい人がいなくて。新宿駅だよ？　早朝から深夜まで絶対人がざわざわしてたとこなのに、真っ昼間に静まりかえってて。西口の改札から東口の改札まで見通せたんだもん。歩いてる人も一応いたけどみんな黙って早足で。そしたら、デパ地下だけ開いてるの！　エスカレーター下りたらそこだけ人がいっぱいいて、活気があって。なんか闇市とかさ、荒廃した近未来で一握りのお金持ちだけが集うエリアとかさ、そんな感じなの！　たとえが変？　わたしたちが子供のときって荒廃した近未来設定の漫画とか映画とかいっぱいあったじゃない？　199X年…世界は、核の炎に包まれた。しかし、人類は死に絶えてはいなかった！」

葉子さんがアニメのナレーションを真似て、れいと笑った。遥がなにそれ？　と聞いてきたので二人で定番のセリフを言い合って説明し、遥は元のアニメはなんとなくしかわからないまま二人の盛り上がりに受けていた。

れいは、今は闇市の雰囲気など感じられない通常営業のデパ地下で手土産に買ってきた巻き寿司をつまみながら言った。

「わたし、本気で核戦争が怖かったなあ。小学校四年か五年の授業中にね、いつもは聞こえない飛行機の音がして。どんどんどんどん大きくなってくるの。それで、もうこれはだめだ、みんな消えてなくなるんだ、って頭が真っ白になって。べつになにもなかったんだけど。その何日か前にテレビで核戦争が起こる映画観たんだよね、アメリカの、内容はほとんど覚えてないけど最後の核爆弾が炸裂（さくれつ）する場面が怖すぎて、そのあとポスターとか見るだけで恐怖で」

「あー、あったねえ。結構みんな、核戦争で世界が終わるってなんとなく思ってたのかも。一九九九年が近づいてたし」

「なんで？」

遥の疑問に、葉子さんとれいはまた説明するが、二人とも覚えていることがいい加減なうえに違う部分もあったりした。

「大予言を信じてたんだかどうなんだか、どうせ世界が滅ぶから勉強しない、って言い出す子けっこういたよねー」

「今から思うと信じられないっていうか、自分でもどんな感覚だったか思い出せないんだけど、どうせ世界が滅びるしって言ってた友達はいたなあ。そんなことみんな忘れてるし。東西冷戦のことをニュースなんかでもいつもやってて、子供ながらにリアルに感じてたんだなって思うけど、授業中に突然そんなに怖くなるなんてね。時代がすごく変わったなって思う」

「そのときの雰囲気って忘れちゃうもんだよね。世界滅亡とかは思ってなかったけど、二〇〇〇年が来るのはなんか信じられなかったな。二〇二一年って数字見て、いまだに変な気がする。これなんだっけ？　って」

饒舌(じょうぜつ)な葉子さんとれいを、遥はじっと見た。

「昔の人って、なんていうか、純粋だね」

「純粋？」

「予言を信じるなんて、めっちゃピュア」

遥は心からそう思っている目をしていた。

「そうかもね」

れいは、核戦争が怖かったことはよく覚えているが、予言のほうは冗談としか思えず、だいぶ後になって友人が信じていたから就職するつもりがなかったと言うのを聞いてかなり驚いたりした。

記憶をたぐっていると、あのときは平和だったのかな、と感じる。大都市が壊滅的な被害を受けるような地震もあれほどの広範囲を押し流してしまう十数メートルもの高さの津波もまだ来ていなかったし、日本の原子力発電所が事故を起こすなんて周りで言っていた人はいなかった。それに景気の良さに世の中が浮かれているのは、小学生にも伝わってきていた。冷戦という現実があったにしても、もしかしたら、特に子供だった自分たちにとっては、大人の世の中が上り調子に見えたからこそ荒唐無稽な予言が流行ったのかもしれない。今は遥たちの年齢でも、経済状況が厳しい家庭でなくても、生活や将来のお金の不安がどこにいっても圧力になっている。

そのあと葉子さんとれいは、数日前から騒ぎになっているオリンピック委員会の臨時評議員会での元首相の発言についてひとしきり非難し、話は今までに自分たちが受けてきた理不尽な扱いや悔しい経験にどんどん広がっていった。

遥は「森元（もりもと）、って名前なんだと思ってた」と、言ったぐらいで葉子さんとれいの憤りを興味深そうに聞いていたが、二人がひとしきり話したあとで、

「昔からずっとひどいこと言ってる人なのになんで偉い人のままなの？」

と、言った。

このシンプルな疑問に、正面から答えることができない、事情や権力や忖度（そんたく）や利権や人脈というようなニュースや週刊誌や世間話の言葉しか、結局は使えないことに、れいはため息をついてしまった。

遥は、秋ごろには家に戻っていたのだが、弟の受験がいよいよ近づき、年末に感染者数が増えだ

したタイミングでまたこの家で暮らし始めた。遥のほうからそう希望したらしい。正直、こっちのほうが学校も友達んちも近いし、部屋も広いし、夜更かししても怒られないしね、めっちゃ寒いけど、と遥は楽しげに言った。

「遥だって来年受験なのにねえ」

「これも人生経験ですよー。あのときの苦労があったから今のわたしがある！　って三年後ぐらいには思えてるから」

と、言う遥に、れいは、仕事で知り合う若い子もポジティブ思考だなあ、と羨ましいような気持ちになった。葉子さんは、遥の母である妹の対応に戸惑っているとれいには話していた。

「自分があのときどうすればよかったのか、けっきょくはなにがよかったのか、わかるのはあとからだよね。今、それが目の前にあるときには、そのときいちばんいいと思える方向に進んで行くしかないんだよね」

葉子さんのその言葉は、自分自身に対して言っているようでもあった。

れいは、皿に残った最後の餃子を見つめながら、言った。

「こうやって人とごはん食べるの、今はここのうちでだけだなあ。年末年始も人と会う約束流れちゃったし」

「家で食べるのも楽しいんだけどね、大人数だから楽しめる料理もあるじゃない？　中華とか」

「あー、ホテルの宴会のブッフェとか懐かしくなる」

一昨年、れいがカバーの写真を撮影したノンフィクションが出版社の賞を受賞して、高級ホテルのいちばん広い宴会場で開催されたパーティーに出席した。目の前でお鮨を握ってくれたりローストビーフを切り分けてくれていたりした人たちは、今はどうしているだろう。去年の末にホテルでの撮影があったが、人の姿はほとんどなくて静かだった。

遥が、急に目を輝かせた。

「そういうの食べれるのってなんの仕事？　出版社の人？　テレビ出たり有名人じゃなくて、一見地味だけどおいしいもの食べたりお得な仕事がしたーい」

「その社の人は、むしろ食べられないよ。仕事中だから」

「えー、めちゃつらいじゃん！　じゃあ、出版社はナシか」

「学校にね、キャリアプランってやつを提出しないといけないのよ」

葉子さんがれいに説明した。

「やりたいことあるの？」

れいが聞くと、遥はにやっと笑って返した。

「どうでしょうねえー」

その顔を見て、先のことがまだなにもわからない感じって自分はもう思い出せなくなってる、とれいは思った。


年明けから制限が厳しくなり、二月に入って二つほど撮影が延期になったが、それ以外は仕事の現場に行っても働く人たちは通常通りに出勤し、静かな街の中で業務を遂行しているという印象だった。

二週目の土曜日。れいは、前日の洋菓子店の撮影でバレンタインだからと担当者にもらったチョコクッキーを、遅い時間だけどと思いつつネット配信のドラマを観ながら齧（かじ）っていた。

一人の部屋で好きな時間に好きなものを食べられるのは、今みたいに出かけるのが不自由なときにはすごく助かるなあ、と思っていると、ごとっ、と床下が鳴った。

あれ、と思うとどどどと震動があり、それから横に大きく揺れ始めた。長い、と感じる。収まる気配がない。

れいはとりあえず、スマホを持って玄関へ移動した。ドアを少し開ける。非常階段が揺れている音がする。阪神・淡路(あわじ)大震災のあとの特集番組で、ドアや窓が開かなくなって閉じ込められた人が多くいたとのリポートを見て以来、とりあえず出口を確保するのが習慣になっている。だが、完全に部屋着なので、外廊下に出るのは躊躇(ちゅうちょ)した。今のところ、部屋から出て来た人は誰もいないようだ。隣の部屋から声が聞こえるがなんと言ってるかはわからない。

ほどなく揺れが収まり、れいは部屋に戻った。本棚から数冊、本が床に落ちていた。他にはなにも変わったところはなさそうだった。

地上波に久しぶりにチャンネルを合わせる。NHKの画面には速報の文字が並び、アナウンサーが繰り返し注意を呼びかけている。震源は福島県沖で、宮城県や福島県のいくつかの場所に震度6強の表示が出ていた。震災で甚大な被害を受けた土地ばかりがなぜ繰り返し繰り返し災害に遭わなくてはならないのかと、やりきれない気持ちになる。

テレビは音量を下げてつけっぱなしにし、れいは、落ちた本を片付けた。棚に戻すときに目に入った本を手に取った。

引っ越しで整理をしたときに、何年かぶりに見つけた本だ。ポーランドの詩人の詩集。『終わりと始まり』。ヴィスワヴァ・シンボルスカ。名前がすんなり言えるようになるまで、何度か繰り返した。

適当に開いたページから読んで、しばらくして手を止めた。「現実」というタイトルで、〝うつつ〟とルビが振られている。その真ん中あたりの数行を、れいは声に出して読んでみる。

夢が狂っているわけではない
狂っているのは現実のほうだ
たとえそれが、物事の流れについていこうとする
頑固さのせいだとしても

夢のなかではまだ
最近死んだ人が生きている
それどころか、若さをとりもどし
健康であったりもする
現実はわたしたちの目の前に
死んだ人の死んでいる体を置く
現実は一歩も後に引こうとはしない

この本を買ったのは、二〇一一年だから、十年前。

三月の地震の一か月前だったから、ほんとうにちょうど十年前だ。

撮影を依頼されて、新宿三丁目の深夜までやっているカフェに赴いた。ときどきイベントをやっ

ているそうで、その夜のトークイベントを取材するカルチャー誌からの仕事だった。確か水曜日の夜で、お客さんはそんなに多くなく、空いている席も目立った。舞台をメインに活動していて民族楽器のバンドもやっている若い男性俳優と、しばらく外国で暮らしていて帰国したばかりだという作家とのトークイベントで、最初と中間と最後の三回、俳優がギターを弾いて、作家が小説を朗読した。

その話の中で出てきて、作家が少しだけ朗読したのが「終わりと始まり」という詩だった。それが気になり、しかし詩人の名前を覚えられなかったので、後日編集者に教えてもらい、昔は三越で今はビックロになっている建物のジュンク堂書店新宿店で買った。

家にいる時間が増えてから、この本を開いて読み返すことが何度かあった。

本を開いて、目で文字を追っていくと、前とは別のところが自分の中に深く入ってくる。れいは、本に直接書き込んだり線を引いたりするのは苦手で、付箋を貼ったりページの端を折ったりしているのだが、なんでここに付箋貼ったんだろ、と思うところもあるし、端が折ってあるページを読み返してもどの部分のことだったのか、わからないことさえある。何年前かの自分。いつかの自分。正確な日付はわからなくても確かに自分が何かを思ってこの小さな行為を残したのに、その気持ちが思い出せない。

それはどこに行ってしまうのか、記憶は頭の中のどこかには残っているのか、ずっと疑問に思っていることだが、年齢を重ねてますますわからなくなっている。

自分が言った言葉をそれを聞いた人が覚えていて、詳細に話してくれてもまったく思い出せず、言葉どころかたとえばそのときに誰と誰とごはんを食べていてということさえも全然覚えていないこともある。忘れて申し訳ない気持ちよりも、自分の代わりに覚えていてくれる人がいるのはいいかもしれない、と思うようになったけれど、こうして十年前のことを思い出そうとしてもあまりにもあやふやで、今、ここで四十六歳の自分はなんなんだろうと思ったりもする。

十年間の記憶をたぐって、ある場面はついこの前みたいに近く感じるのに、それよりもずっとあとのことが遠くに思える。前の家でつきあっていた人と住んでいた四年間のことは、遠い。その人といた時間のことは、別の場所に離れて浮かんでいる気がする。

十年前、この本を買ったとき、れいはまだその人に会ってはいなかった。存在も知らなかった。

カフェでのイベントの光景はよく覚えている。狭くて急な階段を上がった三階の店で、入ると意外に広いそこには、それまでにも行ったことがあった。奥の少し段差があるスペースがイベントのときだけテーブルを移動させてステージになっていた。あのときは、三月に地震が起こるなんて誰も知らなかった。

脳裏に、津波で流されたあとの風景が浮かんでくる。

あのイベントの一年後。

だから九年前。二月だった。

れいは、津波で大きな被害を受けた土地を訪れた。その五年前に同じ場所に旅行エッセイの取材で行った作家と、二人で行った。

とても寒い日だった。旅行エッセイで地元のお祭りを見に行った初夏の明るい緑の記憶と、目の前の途方もない光景とのあいだで、重なる稜線(りょうせん)や道路を確かめながら歩いた。

あのとき、れいは写真を撮らなかった。

撮れなかったのか、撮らなかったのか、自分でもわからない。その場に立って、二、三回シャッターを切ったあとは、カメラは手に持ったままだった。冷たい風に手がかじかんで痛かったのをよく覚えている。しかしカメラをリュックにしまうこともせず、持ったまま、ずっと歩いた。

その記憶が鮮明だから、去年の春からも仕事の写真以外は撮っていないのだろうと思う。人がいない中心街の光景とか、あるいは、散歩する近所の道端の草花とか、知人の写真家たちが撮った写真を液晶画面で見つつ、自分は撮ろうと思えなかった。

十年前に被害のあった場所では、どこにカメラを向けても起きたことが見えた。起きてしまったことが写った。今は、外に出ても、なにが写るんだろうか、と思う。飲食店のドアに貼られた営業時間の案内や入口に置かれた消毒液、そして誰もの顔を覆うマスクによって、いつかその写真を見ても「あの時の」とわかるとは思う。しかし、それを写せば「今」を撮ったことになるのか、そしてなによりなぜ自分が写真を撮るのか、わからなくなるのだった。

時計を見ると、日付が変わる時間だった。れいは、なんとなくこのまま眠りたくなくて、着替えて外に出た。と言っても、目的地があるわけでもないので、最寄りのコンビニまで歩いた。

住宅街の道は暗くて静かだった。建ち並ぶ家やマンションからも物音は聞こえない。カメラは持っていないが、スマホでいつでも写真は撮れる。撮ってみようか、と思うがスマホのカメラは夜がとても明るく写ってしまうので、構えてはみたがやめた。

いつの間にか日本で七千人近くになっている新型コロナウイルスによる死者数も、その何倍もいるはずの重症者や入院患者も、自分は直接目にすることはない。医療関係や自治体でこの事態に直面して疲れ切っている人たちのことも、ニュースやSNS越しに垣間見るだけだ。たまにCNNを見ると画面には桁の違う数字が表示されていて、アメリカや他の外国ではもっと大変なことになっているのだと恐ろしくなるが、実感するのはさらに難しい。こうして誰もいない道を一人で歩いていると、自分がどこにいるのか、ニュースで見る世界と本当に同じ場所にいるのか、わからなくなる。さっき地震があったことも、ほんとうかどうか実感できない。

　コンビニから帰ってきて、「みかんの牛乳寒天」を食べようとしたところでスマホの着信音が鳴った。静かな部屋に響いた音に不意を突かれ、画面に表示された名前が目に入ってさらに胸のあたりがぎゅっと縮んだ。

　母親の名前は、れいを条件反射的にマイナスの感情で埋める。悪い報せか面倒ごとか、とにかくこの先が暗い渦に覆われるように感じてしまうのだ。

　躊躇しているあいだも着信音は鳴り続け、いったん切れて、また鳴り始めた。仕方がない、と覚悟を決めて電話に出る。大げさだと自分でも思うが、自分の心がそういうふうに動くのを止めようがないのだった。

「なにやってんの、だいじょうぶなの地震は」

　と、挨拶もなくいきなり母親は言う。

「いや、ごはん食べてて」

「遅いじゃない。太るよ」

　れいの返事を待たずに、母親は来月旅行に行くつもりだったのにツアーがキャンセルになった、近所の店の知り合いの親戚がコロナで入院したらしい、と近況をしゃべり出した。特になにかの用でもなく面倒ごとでもなさそうなので、とりあえずれいはほっとして適当な相槌を打ちながら、「みかんの牛乳寒天」を冷蔵庫に入れた。母親は出かけることもなく暇を持てあましているようだ。

　れいの母親は、建設会社に六十五歳まで勤めて、そのあと生まれ育った隣県へ戻った。戻った、といっても、れいの父親と結婚したときに親からは勘当され、きょうだいや親戚ともながらく会っていなかったし、疎遠なままだ。

子供のころ、母の話の中に出てくる「勘当」がなんのことなのかわからなかった。夕方に再放送されていた一昔前のホームドラマで「勘当だっ！」と怒鳴る、たいていは中年以上の父親の登場人物をたまに見ることはあったが、テレビの外でその言葉を聞くのは母親の話の中だけだった。「感動」ではなく「勘当」と書くと知っても、その漢字からも具体的な中身は実感できなかった。もっとあとになって、法律的に親子の縁を切るのは容易ではなく、要するに親に家から追い出され、連絡を絶った状態と理解した。十五年ほど前に母親の両親は相次いで亡くなり、親族から連絡があった。相続を放棄しろって言ってる、別にたいした額でもないのに偉そうに、と母はどうでもよさそうに言って、二日ほど実家に帰ったが、そこで誰とどんな話をしたか、れいには話さなかった。

ろくでもない男と結婚したからといって子供やきょうだいに対してそこまで頑（かたく）なな態度を取れるものなのかれいにはわからないが、母親が自分に話していないこともたくさんあるのだろう。何年かして長兄が急死してから、姉が連絡をしてくるようになった。しかし、今でも行き来はほとんどないらしく、母が言うには年を取ったらきれいな景色を見てたほうが長生きするとのことで、川がよく見えるアパートの一室に住んでいる。高校時代の同級生の何人かとは交流があるらしく、離れた場所でそれなりに一人で暮らしていることに、なによりれいは安堵していた。母親が泣き続けたり怒鳴ったりしなくなったのは、れいがスタジオで働き始めて家を出てからだった。ずいぶん落ち着いたと思う。ときどき、子供のころの記憶は自分が悪いイメージで作り出したものなのではないか、と思うことさえある。誰でも怒られたら怖いし嫌なのであって、そのときの感情を増幅させて根に持って母を悪く思いすぎているのではと、不安になる。実際、怒ったり泣いたりしていなければ母は普通なのだ。普通に会話して、普通に家事をして、友人とごはんを食べに行って楽しく過ごしていたのだった。そう考えても、母から電話があると反射的になにか悪いことが起きる気がしてしまうし、連絡がないときは平穏に感じる。自分から連絡をすることはめったにない。

「コロナで死んじゃうと黒い袋に入れられて顔も見れないからね、かわいそうにね」

母はどこかで聞いてきた断片的な話を繰り返していた。

去年の秋、長く付き合いのある編集者の女性が、遠方に住む祖母がコロナではなく他の病気で長く入院していたが見舞いに行けずそのまま亡くなってしまったのだと涙ぐんでいた。葬儀に行けなかった、介護施設にいる親や祖父母を訪ねられないという話も何人かから聞いた。つらそうな表情に胸は痛むものの、れいにはその気持ちがあまり実感としてはわからなくて申し訳ない気持ちがあった。

母は勘当され、父とは幼いころに縁が切れ、れいは実は身内の葬儀にも法事というものにも行ったことがなかった。「普通の人」「普通の家族」とは自分はなにか違うのだろうな、欠けているのだろうな、と思ってきた。それを気に病んでいるわけでも、卑下しているわけでもないが、自分は道の真ん中をまっすぐに歩いている人ではないという感覚はある。より正確には、まっすぐな道の真ん中を歩いている人と同じようには暮らせないのだろうとなんとなく思っている。そしてそんなふうに思っている自分のことが、ずっと好きではない。

母はひとしきり自分の話したい話をして気が済むと、

「地震もコロナも、とにかく死なないようにね」

と言って電話を切った。

仕事の数や内容は、緊急事態宣言が出る前とそんなに変わらないつもりだったが、インタビューや人の撮影はやはり減っていて、れいは思いのほかさびしく感じた。

写真を撮り始めたころは、人を撮るのは苦手だった。賞をもらった写真も、写っている女の子たちはレンズのほうを見てはいない。それがインタビュー取材やポートレートを撮っているうちに、だんだんと慣れて、人を撮影するのも、撮影のときに話すのも好きになった。カメラを持っていれば、写真を撮るという理由があれば人と話しやすいという利点があったことに、何年かしてから気づいた。

二月の最後の取材も、街歩きの記事だが人物はなく風景のみの撮影だった。

以前にも仕事をしたことがある地域誌の担当者の男性、竹内さんは、駅の改札を出たところで待っていた。確か三十歳くらいだが、丸みのある眼鏡に紺色のコートで、学生に見えるような風貌だった。

「風が強いですね。寒い日に一日外ですみません」

空は晴れていて、人通りの少ない小さな商店には青い影がさしていた。幹線道路に向かって歩きながら、竹内さんは遠慮がちに言った。

「いえいえ。流氷や凍った湖の取材も行ったことありますから」

「流氷！　ぼくも一回見てみたいです。うちの誌面では取材に行くことなさそうだなあ」

外国はもちろん国内でも旅行に行きづらいので、近くを散策する企画は増えている。今日の取材も、駅を起点に神社やお寺をめぐる散歩コースを紹介するものだ。なんとか七福神というのがあちこちにあって、今日のコースにもそれが含まれている。

「御朱印も流行ってますからね。ポケモンゴーとかの歩くゲームと御朱印集めと複数こなしてる人もいて、みなさんそれぞれ街歩きを楽しんでらっしゃるんですよね」

「そういう人には、この景色のなかにポケモンとかポイントとかわたしには見えないものが見えてるんでしょうねえ」

竹内さんには話していなかったが、れいが小学生のころから母親と二人で住んでいたのは、隣町だった。このあたりも風景はよく似ているし、友人の実家や行ったことのある店もいくつかある。七福神は知らなかったので、小さな神社に着くたびに竹内さんから解説を聞くのはおもしろかった。

三つめの神社から川に近い道を歩いて古木のあるお寺に向かう途中、れいは同じ道をやはり仕事で写真を撮りながら歩いたことがあったのを思い出していた。

あれは何年前だったか。

ともかく十年前よりも前だ。震災の前だった。

ベテラン作家の五年ぶりの新作の刊行に合わせて、その小説に登場する街を歩きながらその作家と新人作家が対談するという企画だった。ベテラン作家と新人作家とそれぞれの担当者、記事をまとめるライターとれいの六人というちょっとしたグループで歩いたあの時は初夏で、真夏みたいに日差しが強かった。影が強く出てしまって撮影が難しかったのをよく覚えている。

路地に並ぶ間口の狭い家はよく遊びに行っていた同級生たちの家によく似ていたし、路上に並べられた植木鉢なんかも、れいにはとても親しみのある風景だった。

ベテラン作家は、自分の中で物語が生まれるときは必ず具体的な場所が決まることや風景を描くことの重要性などを話していた。かなり年季の入った木造家屋が並ぶ通りの前で、ベテラン作家は立ち止まった。

——こういう家がなぜ貧しそうというかみすぼらしい感じがするかわかりますか？

れいは、その視線の先を追った。磨(す)りガラスの入った引き戸のその家は、空き家になって何年か経っているようだった。

——みすぼらしい、だとダイレクトすぎるから、わびしい、ひなびた、くらいの趣ある単語にしておきます。

新人作家は何と答えていいかわからないようで、えー、なんですか、と曖昧な笑みを浮かべていた。他の人たちも同じような表情だった。

——床下がないでしょう。お金持ちの家って、床が高いんですよ。盛り土をしてあったり、床下を大きくとっていたり。特に意識していなくても歩いているだけでその風景が刷り込まれているので、路地に直に玄関の戸があるのが見慣れない感じがするんですよ。そもそも、日本だとだいたい高台に住みますからね、裕福な層は。

聞き手を務める新人作家は、ああ、なるほどー、と大仰に頷いた。新人賞をとってデビューしたばかりの彼は、ベテラン作家の作品を読み込んで作家になったということで、終始うれしそうな、はしゃいだ様子だった。

——ぼく、このあいだテレビのドキュメンタリーでボリビアを見たんですけど、ラパスって標高三千六百メートルだからほとんど富士山頂なんですけど、そこは逆でしたよ。高地で、高いところは空気が薄いから、上れば上るほど貧しい人の家で。お金持ちは谷底に住んでるんですよ。

——それはものすごく物理的な理由ですねえ。まさに死活問題だね。

——そうなんです！

若い作家は、自分の話が先輩作家に受けてうれしそうだった。

——ぼくは生まれてこの方東京ですけど、こっちのほうは全然来たことなくって。一年ぐらい住んでみたらおもしろそう。

――住むという経験は、通り過ぎるだけの旅行者とは根本的に違います。そこで暮らしてきた人たちが、どこで日々の食べ物を買い、酒を飲むか、湿度や風をともに感じて、身体としてわかることが重要なんです。

――確かにそうですよね。引っ越してみようかな。

――きみはまだ若いから、どこに行ってもすぐに馴染めますよ。

あの取材はフィルムカメラで撮っていたな、とれいは思い出した。

同じ道を歩いているが、あの家は見当たらない。たぶん、少し先の一画に並ぶ白い壁の建て売り住宅に変わったのだろう。

れいの頭の中に、このあいだインターネットであれこれ検索していたときにたまたま観た、Ｐｕｌｐの「コモン・ピープル」という歌が流れ出した。一九九五年の曲で、ＭＶでボーカルのジャーヴィス・コッカーが立てた人差し指を左右に振る独特の動きがインパクトがあって、当時、友達が真似して歌ってくれた。れいも好きな曲だったが、英語の歌詞なんて聞き流していた。いいかげんに歌ったりもしていたし今も覚えているが、意味を考えたことはなかった。

ネットで見つけたのは音楽系のサイトの数年前の記事で、そこで初めてれいは、歌詞の意味を知った。美術学校で同じクラスの外国から来たお金持ちの女の子が〝庶民〟の暮らしをしてみたい、あなたみたいな〝庶民〟とつきあってみたい、という内容で、その女の子のモデルとなった人はどうやら現在のギリシャの財務相の妻だと噂されている、とその記事にはあった。そして、貼り付けられていたＭＶをれいは久々に観たのだった。

カラフルでポップなスーパーマーケットで、レトロなファッションの男女がとぼけた振付で踊る。

ほとんど歌えるほど覚えていることにれいはちょっと笑ってしまった。あのころは聴いていた英語の歌詞を調べたりしなかったし、階級社会やアイロニーの表現なんて自分はなにもわかっていなかった。あの対談取材のときにこのあたりの風景や家を自分たちとは別の人たちの興味深い文化みたいに言っていた彼らと、たいして変わらない。

「ちょっと曇ってきましたね」

古木のある寺に着いて、竹内さんは空を見上げた。

「これくらいのほうが撮影にはちょうどいいです」

「木はいいなあ。木があるところってなんか安心するんですよ」

取材の許可は取ってあるが竹内さんは寺の人に挨拶に行った。れいは、カメラの位置をどこにするか、石畳や砂利の上を移動しながら、今は葉が落ちて繊細な枝の先までシルエットでよく見える欅（けやき）の大木を見上げた。

仕事を始めてからの二十年と少しのあいだに、東京で生まれたっていうだけで上流ですよ、チャンスが全然違うじゃないですか、実家から通える大学も選び放題だし、というようなことを言われたことは何度もあった。女の子って得してるじゃないですか、と、個展の会場で面と向かって言われたこともあった。女の子らしい感性がいいですね、女性は勘やセンスがいいから、と褒めているつもりで言う人も何人もいた。

しかし、そう言われていちいち反論したり説明するわけでもないから、そう言ってきた人たちはわたしのことをそう思ったままだろう、とれいは思う。東京で生まれ育って楽しく女の子として過ごしていたから、女の子たちのパーティーの写真を撮ってなんだか写真家になり、身の回りのことを写真に撮って女の子らしいやわらかい屈託のない目線なんて評価されたのだと。

それに、自分だって他人のことを勝手にあれこれ推測して判断しているのだろうと思う。高台の床が高い家に住んでるからお金持ちで不自由のない生活に違いない、って。

あのときベテラン作家が刊行した小説は、三年ぐらいして映画化され、好きな俳優が出ていたこともあってれいは映画館へ観に行った。橋や駅など目立つ場所は使われていたが、住宅街や路地は別のどこかだった。よく知っている場所と知らない遠くがつなぎ合わされ、知らない誰かの街や家がよく知っている名前で呼ばれ、作りものの地名の看板が掲げられていたりして、奇妙な感じが残ったまま映画館を出た。

欅の撮影を終えて、次の神社に向かう道すがら、その映画を観たことがあるか竹内さんに聞いてみたが、彼は小説も映画も知らず、そうなんですね、観てみます、と素直に言った。

「文化系の仕事につかせてもらってるんですけど、実は映画はあまり観れないんです。映画館の暗い密閉感も大きい音も苦手で、今は配信もあっていくらでも観れますけど、家は家で集中が続かないっていうか……」

竹内さんは申し訳なさそうに話した。

「じゃあ、街歩き取材は楽しい仕事なんですね。外で広々してて」

「そうなんです！　先週も別の七福神めぐりをしたんですけど、そのときは七福神に詳しい先生とまわって、いろいろ解説していただいたんですよ。七福神て、ヒンドゥー教とか仏教とか神道とかごちゃ混ぜになってる民間信仰なんです。七人の神様の出身もばらばらで、福禄寿(ふくろくじゅ)と寿老人(じゅろうじん)は同じ人とも言われてるんですよ。知ってました？　あ、人じゃないか、神様ですね。あれ、でも寿老人って人ってついてますよね？」

竹内さんの話を聞きながらの撮影散歩は、夕方近くまで続いたが楽しかった。

取材が終わったあと、れいは、帰宅するのとは反対方向の電車に乗った。もう日が暮れていて、車窓から見える風景は昔とは変わった場所も多いがやはりとても見慣れたものだった。線路沿いに大きな工場があったところには、真新しい高層マンションが建ち並んでいた。何百と並ぶベランダの灯りに、目がちらちらした。

改札を出て、すぐ前にあるコンビニは、れいが住んでいたころは酒屋だった。道幅の狭い駅前商店街は、閉まっている店も多かった。前に来たのが何年前のなんのときだったのか、すぐには思い出せない。

商店街を終わりまで歩き、しばらく行くとれいと母親が暮らした団地があった。五階建てが三棟だけの狭い団地だ。

写真スタジオのアシスタントに就職して二年目に、れいはこの家を出て一人暮らしを始めた。この一角だけは風景がそのまま残っている。正確には、そのままではない。見上げるコンクリートの壁は、薄暗い中でもかなり傷んでいるのがはっきりとわかる。緩慢にじわじわと建物も人の暮らしも老朽化していって、昔の記憶があるれいにとってはかえって近寄りがたい感じがする。

住んでいた棟の一階のベランダの下に猫を見つけた。雑草の陰に黒っぽいキジトラの目が光っていた。

れいは、その目をじっと見た。こっちが見ていると、猫は視線を外さない。しばらく見合ったのちに、れいが一歩踏み出すと、猫は途端に逃げた。

えらい。と、れいは思う。

ちゃんと、警戒してる。

それから、来た道を駅へと戻った。この近所には連絡を取っている同級生はいない。駅の向こう側に高校のときに仲のよかった何人かの実家があるが、今はそれぞれ別の街に住んでいる。新しい家族がいたりいなかったりする。みんな、同じように今の状況に少しずつ慣れ、少しずつ疲れていっているだろうか。

駅に着いたが、どこかで事故があった影響で電車はなかなか来なかった。

「ここで写真撮ってもらうの、最初のとき以来じゃない？」

葉子さんの家の二階の部屋で、れいは水色のスクリーンの前に座った。先月のお客さんがアメリカドラマふうのポートレートを撮ったときに使ったスクリーンだった。北向きの窓ガラスはいつもと同じく風が吹くたびにがたがた鳴って冷気が入ってくるが、晴れた空の光で室内はほどよく明るい。

「えー、ここ、押すだけだよね。いいんだよね？」

三脚の上のデジタルカメラを覗いているのは、遥だ。れいは、遥に指示を出しながら、自分も落ち着かない気持ちでいた。写真を撮られる側になる機会は、めったにない。

「なによ？　携帯で毎日何十枚も撮ってるじゃない」

二人の間に立つ葉子さんが笑う。

「全然違うじゃん、高そうだもん、このカメラ」

「値段かよ」

と葉子さんがお笑い芸人口調でつっこみ、れいは少し気が楽になる。

「限りのあるフィルムじゃないし。普通にデジタルだから、何千枚でも撮ってだいじょうぶ」

「そうだけどー」

「フィルムも流行ってるんでしょ？　写ルンですで撮って、写真をスマホに転送してインスタグラムに載せてるって」

「あー、ウチの友達も一時やってたけど、もう誰もやってないかな。お金かかるし、失敗するしさあ」

「それはいいから、早く撮りなさいって」

「はーい、れいさん、目線くださーい」

れいが思わず笑ってしまった瞬間に、デジタルカメラの電子的なシャッター音が続けざまに響いた。

「あっ、連写しちゃった」

何度か撮るうちに、撮るほうも撮られるほうも勝手がわかってきて、遥はれいの顔の向きや視線の方向を指示したりした。

「あっちも使ってみる？」

れいは、棚に置いてある二眼レフカメラを指した。

「あれ、ちゃんと写るの？」

遥は二眼レフに近づき、おずおずと手に取って眺めた。

「昔の機械だから白黒？」

「白黒のフィルムだったら白黒、カラーのフィルムだったらカラー」

「そうなんだ！」

「わたしも最初、同じことでびっくりしたから。なんかうれしい」

　高校の友達からモノクロで撮った写真を見せてもらったときに、カメラは同じでもフィルムで違う、白黒のフィルムをカラーで現像するとセピア色になると教えてもらって、妙に感動したのをれいは思い出した。

　そんな話もしながら二眼レフの使い方を遥に教えていると、遥が唐突に言った。

「れいさんは夢をかなえたんだなあ」

「夢って？」

「写真家。違うの？」

　二眼レフカメラを両手で抱えた遥は、れいの顔を見た。れいは、そのレンズに今自分が写っているのを想像した。

「夢は、なんだろう、どっちかっていうと、世界平和とか、そういうの？」

「世界平和？？」

　遥は首を傾げた。

　世界平和はごまかして言ったな、とれいは思う。たぶん、誰かと毎日楽しくごはんを食べて暮らす眺めのいい家、みたいなイメージだ。それは子供のころからずっと曖昧でぼんやりしていて、はっきり捉えられたことはない。

「れいさんが写真家になったのは、夢じゃなかったら……、天職だったってこと？　目標？」

「うーん、仕事は仕事じゃないかな。他の仕事はバイトしかしたことがないからわからないけど、それなりに向いてて、ここまではなんとかやってこれたっていう感じかなあ」

　れいの回答にも、遥はやはりよくわからないという表情だった。

「ごめんごめん、夢がない言い方だったか」

「遥、わたしの仕事にはそんなこと言ってなかったじゃん」

「だって、葉子ちゃんは仕事の愚痴よく言ってたから、違う仕事したかったのかなって」

「わたしだって、仕事してたらいやなことはあるよ。やりたいことのためにやりたいこと以外もやるのがプロ、って誰か、映画監督が言ってた。誰だったか忘れたけど」

「じゃあなんで、みんなずうっと聞くの？　夢はなに？　将来なんになりたいの？　やりたいことを見つけなさい、みたいなの」

「遥は学校で毎学期ごとにキャリアプランとか書かされるからねえ。仕事なんてやってみないと向いてるかどうかわからないし、仕事して関わる人見てて、こういう仕事あったのかあ、って思うこともいまだにしょっちゅうあるのにね。やりたいことを仕事にすることだけがいいわけでもないし」

「夢をできなかった人は、負けた人、って思っちゃう」

れいは、遥の「夢をできなかった人」という言い方が気になった。遥の周りではそれほどに、「夢」と「仕事」はセットとして教えられたり考えられたりしているのかもしれない。

「えー、じゃあ遥はわたしのことは負けた人って思ってたのお？」

「あれ？　そんなことないか。葉子ちゃんは人生楽しんでる、って思ってるよ」

「なんか上から目線だなあ」

「違うよ。考えてるの、考えることが多いの、多感な十代だから」

遥はやっとそこで笑ったが、れいは遥の言った「夢をできなかった人は負けた人」という響きが、そのあともずっと消えなかった。

そのあと遥は、二眼レフでフィルム一本分の撮影をし、れいは一週間後にプリントを持ってくる約束をした。

三月十一日は仕事が入っていなかったので、れいは部屋の片付けをしていた。

この部屋に移ってきて以来、テレビをつけることはめったになく、代わりにときどきラジオを聴くようになった。スマホのアプリで再生したのをポータブルスピーカーで流す。風呂場にも持って入れるし、仕事の作業や家事をしながら聴けるのがちょうどよかった。

震災関連の番組や特集をやっていたし、音楽などの番組でも合間のニュースは「震災から十年」という言葉で始まった。コロナ禍のために追悼式典は縮小され、政府からの出席者も制限されています、と各時間ごとに別のアナウンサーが同じ文言を告げた。「十年の節目」という言葉が、何度も聞こえた。「節目」ってなんだろう、と思う。なにか変わることがあるのか、れいにはわからなかった。

その十日後に、緊急事態宣言は解除されることになった。

解除を前にした土曜日、れいは、知人が関わっている写真展を新宿まで観に行き、会場で久しぶりに会った専門学校の友人とお茶をした。連休で春休みということもあってどこも混雑していて、お茶をする店を探してうろうろしたが、それも長らくなかった体験で、歩きながらしゃべるのも楽しかった。別れてから大型書店に寄り、ほどほどに混み合った電車に乗って帰ってきた。

電車を降りると、もう暗くなっていた。駅からの商店街の店先には、翌日からの営業時間変更のお知らせが掲示されているところがちらほらあった。居酒屋はガラス越しにお客さんが入っているのが見えたが、誰もがまたすぐに制限が強まるだろう、このまま事態がよくなっていくわけがないと予期しているのをれいはなんとなく感じていた。

家に着く手前の古いアパートの角に、背はそんなに高くないが幹回りがかなり太い桜の木がある。おそらくアパートが建つ前からそこにある木で、枝は曲がり、幹は節くれ立っていた。年季の入った桜の幹の表面は、溶岩みたいにも見える。

たちどまって見上げると、上のほうの枝の蕾（つぼみ）がちらほらと白く開いていた。低いところはまだ咲いていないが、それもだいぶ膨らんでピンク色の部分が見えている。

もうそんな時期か、とれいはしばらく咲いているあたりを眺めた。アパートのどこかの部屋から、子供がなにか歌っている声が聞こえてきた。

れいは、撮影はしていなくても持ち歩いていたデジタルのコンパクトカメラを、肩にかけたトートバッグから取りだした。電源ボタンを押すと、きらきらした音が鳴り、モニターに桜の幹が映し出された。

れいは、カメラを薄明の空に白く光っている小さな花に向けた。

そのとき、宮城県沖を震源とした最大震度5強の地震が起きた。東京でも震度3を記録したが、れいは気づかなかった。

7　二〇二一年四月　石原優子

帰る時間でも明るくなってきた。

石原優子は、車でいつもの橋を渡るとき、空を見た。広い空に慣れてどれくらい経つだろう。実家にいたときは、隣の家との隙間は猫が通るのがやっとくらいしかなく、路地の奥だから二階でも周りの建物に囲まれて空は凸形に切り取られたところしか見えなかった。東京では大阪よりも緑が多いところに住んだが、通勤の電車は地下を走る路線で、職場は高いビルに囲まれた二階だった。東京から離れるとき、今度仕事をするなら地上駅のところにしよう、と思ったのを覚えている。

車で通勤するようになるとは、あのときは想像もしていなかった。

橋を渡ってしばらく走った先に、桜が咲いている木が見えた。このあたりは大阪よりも満開になるのが遅いが、他はもう葉桜になりかかっていたので、まだ薄桃色が残っている大きな木は目立った。ソメイヨシノが一斉に咲いて一斉に散る季節はいつも落ち着かなくて、八重桜や別の種類をもっと植えてくれたらいいのに、と思う。

河田さんを車に乗せるようになったのは、去年のまだ桜が咲いてない時期だったと、記憶をたどる。

河田さんは、同居している母親に癌（がん）が見つかり、その通院に付き添ったり家でもなにかと世話をしたりということで、この数か月は出勤は週に一日か二日だけだ。週四日勤務の優子と重なるのはたまにしかなく、河田さんも感染しないようにかなり気をつけて休憩なども一人で離れているので、話す機会が少なくなってしまってさびしい。仕事中の河田さんはそれまでと変わりなくきびきびと動き、皆を笑わせたりしているが、疲れてるんとちゃうかなあ、気持ち的にもしんどいやろうし、と同僚たちは言っている。

少しぼんやりしていたのか、優子は信号が変わったのに気づくのが遅れ、後続のミニバンにクラクションを鳴らされてしまった。発進し、桜の木を通り過ぎる。来週にはもう散りきっているやろうなあ、と思う。

その先を家とは反対に左に曲がり、五分ほど走ると夫の実家に到着した。

直也は朝から大阪の関連会社で会議に出席していて、会社には戻らずに帰れるので実家に寄る、とメッセージが来ていたのだった。

玄関まで迎えてくれたのは義母の明子だった。奥のリビングから、子供たちと直也の楽しげな声が聞こえてきた。

「あっ、お母さん、おかえりー」

と駆け寄ってきたのは樹で、着替えさせてもらったのか今朝保育園に送ったときとは違うTシャツを着ていた。

「おかえりー」

テレビの前に座ったまま振り返った直也と未緒は、テレビでユーチューバーの配信を観ていた。未緒が同級生たちとよく遊んでいる、ブロックで建物を作ったり絵を描いたりその中で遊んだりするゲームの実況動画だった。直也も元々こういうタイプのゲームが好きだったので、このごろは週末によく未緒とこのゲームをしている。

「わー、今のすごい。今度こんなん作りたい」

「未緒にはちょっと難しいんちゃうか」

並ぶ背中がなんとなく似ている。

優子が仕事の日の夕方は、子供たちがここにいることが多いし、義母も配信サービスの韓国のドラマが観たいということで、先月直也がネットサービスを簡単に見られるようにセッティングした。わざわざ機械をつけたり有料のサービスに加入しなくてもと最初は言っていた義父が、今では配信サービスでアメリカのアクションドラマや映画を毎日のように観ているそうだ。

樹は画面の中でなく実体のブロックで遊ぶほうが好きで、ソファの横で建物と橋を組み立てていた。

「ああ、優子ちゃん。おかえり。今どきの子は難しいもんで遊んでるんやなあ」

にこやかに振り返った義父の横で、未緒が言う。

「難しくないってー」

小学校三年生になった未緒は、少し前までは本を作る人になりたいと言っていたが、近頃はすっかりこのゲームやユーチューブに夢中である。「本を作る人」のことを忘れたわけではないようだが、やはり実際に見ることができて日々更新されていくゲームや動画に興味がいくようだ。友達との共通の話題でもあるし。

義父母は画面を覗いてあれこれコメントし、未緒が得意げに解説している。直也との会話の時間になっているので、それはよかったかなと優子は思っている。優子自身は、反射神経が鈍くてテレビゲームの類はずっと苦手だ。このゲームは撃たれて死ぬのでもないし技を競うこともないが、なかなか馴染めないでいる。

義父母は夕食を食べていくように誘ったが、下ごしらえをして出てきてしまったから、と優子は詫びて、日曜日にあらためて遊びに来ることにした。

運転しようかと直也が言ったが、優子はだいじょうぶ、と運転席についた。

義父母の家を出ると、日は暮れていた。古い家の並ぶ一画を抜けると、田んぼに挟まれた道で暗い。

「直也のお母さんもお父さんも、若いよねえ。あ、気持ちが若いってことなんやけど、新しいものとか流行りのものも抵抗なくチャレンジするよね」

夕闇を照らすヘッドライトをたどるように車を走らせながら、優子は言った。

「いつまでも若いつもりなんちゃう？　ついていこうとしてるっていうか」

助手席の直也は、スマホで明子にメッセージを送っていた。

「東京で働いてたところで、すごく頼りにしてた先輩の女性が、老化っていうのは体が衰えることでもシワが増えることでもない、チャレンジ精神がなくなること、って言うてはって」

優子の母のほうは三年ほど前にやっとスマホに買い替え、ＬＩＮＥの使い方も覚えてくれたが、父からの連絡は母経由だった。

「うちの両親は、特にお父さんやけど、よう知らんのにとにかく流行りとか新しいものとかは受け付けへんくって。こないだも近所にイタリアンのお店ができてお母さんが行ってみよかって言うたんやけど。あんなちゃらちゃらした店、まずいに決まってる、絶対行かん、ってなんでか知らんけど怒りだして。そんなんやから、わたし、就職先のこともデザイン事務所って言わへんかったもん。広告とか包装の会社、ってとにかく漢字で説明して」

「漢字」

と、直也は単語を繰り返して笑った。

「それでも広告関係ってところでひっかかって、浮ついた業界がどうのこうの言い出して。ここしか受かれへんかったんやから、入社せえへんかったら無職になるって説得したんやけど」

「業界ではいいところやったんやろ？」

「そう。若手で評判のいいデザイナーが何人もいてて」

「でも、そしたら真鈴ちゃんは、お父さんから見たらそれこそちゃらちゃらのど真ん中の仕事とちゃうの？　アートとかクリエイターのＰＲとか、カタカナばっかりやん」

「真鈴は特別やから。お父さんもお母さんも、あいつはほんま勝手やからなあ、なに言うても聞かへんわー、とか言いながら変わったことやるたびにうれしそうで」

「まあ、親ってそんなもんやな」

直也は、軽い調子で笑った。直也が細かいことを気にしなかったり何事もポジティブな反応なのはいっしょにいて気楽で、だから優子は直也とつきあって結婚したのだと思うが、家族のことや東京でうまくいかなかった仕事のことなど、話しても伝わっていない感じがすることがときどきある。

「直也は、お父さんお母さんと、普通の話できてすごいよね」

「普通の話？」

「友達のこととか、こないだ遊びに行った話とか」

「うん？」

「うちは、なにを言うても通じへんし、友達のことでもいちいち文句言われるから、話す気にならなくて。こないだも結婚してない近所の同級生のことを性格悪いんちゃうかって言い出して」

「それはあかんなあ」

直也ののんびりした返答を聞くと、自分だって他人のことなら「よくある話」として笑えるのに、と思う。

「おれのとこが比較的良好な関係なんやろなとは思うけど、他の家族の中で育つことってほぼないから、自分の家のことしかわからへんよな。自分の家族が他と比べてどうなんか、結局はわからんのんちゃう？」

「そうやけど……」

自分は真鈴や近所の同級生たちと比べられるのが嫌で仕方なかったのに、両親と誰かの親のことはすぐ比べてしまう。そうしてはまた自己嫌悪に陥る悪循環を、何度も繰り返してきた。「両親と良好な関係だから屈託のない直也」と「両親にわだかまりだらけで自信のない自分」を比べてしまっているのだ。

後部座席で、電子音が鳴り、機械的に変換された声が聞こえてきた。未緒が直也の鞄からタブレットを取り出してさっきの続きをやろうとしていた。

「みーお！　もうすぐ家やから、それまではやらないの」

「えー。いいやん、お母さん、お父さんとしゃべってるんやし」

未緒の反論はこのごろ急に論理的というか、理由や理屈がついてくるようになった。樹のほうは年齢なのか性格なのかまだまだおっとりしていて、今もチャイルドシートで眠りそうになっている。

「ちょっとのあいだぐらい、我慢しなさい」

「ちょっとのあいだやから、いいやんか」

「未緒！　ほら、ごはん食べてからまたお父さんと続きやろう」

助手席から振り返って、直也が言った。

「……はーい」

お父さんなら言うこと聞くんやから、と言いかけたのを飲み込んで、優子はまたあとでね、と声をかけた。

夕食の途中でも、未緒はタブレットやテレビを気にしていた。食べ終わって、テーブルを片付けながら優子が、

「明日の用意、先にしときや」

と言うと、

「わかってるってー、もう」

と面倒そうな声で返した。

優子は、自分がこの年齢のときはどんなだったかと記憶をたどりながら、対応が難しくなるのはまだまだこれからなのだと思った。


翌週の月曜日。天気もよく暖かいので、昼休みを後半の時間にとった優子と三人の同僚は、倉庫横のベンチを並べたところでお昼を食べることにした。

「紫外線が……」

晴れ渡った空から降り注ぐ日光の眩しさに四人はひるみ、ベンチを倉庫の庇(ひさし)の陰に動かした。

「そうそう、この季節のほうが油断したらあかんらしいよ」

「今年の夏は暑なるんかなあ」

「花火大会は今年も中止らしいね」

年末年始の繁忙期と東京や大阪で緊急事態宣言が出たことの影響を乗り切り、やっと業務が落ち

着いてきていた。しかし新年度になってから、配送料が値上げになるから業者を変更するかどうか社長が方針を決められずにごたごたが続いて、倉庫の作業に支障が出ていた。人手が足りないのも慢性化していて、従業員側での工夫や改善も難しかった。

「河田さんがいてへんと、社長に交渉するんも難しいわ」

「うちらが河田さんに頼りすぎなんかもしれへんなあ」

ほどよい春の午後の風に吹かれながら、しかし優子たちはここしばらく似たような冴えない会話を繰り返していた。

「わたしも、母親が癌で亡くなったんやけどね」

と話し出したのは、昨年までは優子といっしょに事務所でTシャツ関連の仕事や事務をしていた長谷川さんだった。

「もう十年も前。そうや、亡くなった直後に東日本大震災があったから、うちのお母さんは知らへんままなんやなあって思うんよね。岩手に親戚がいてて、内陸のほうやから被害はなかったんやけど、お母さんが生きてたらすごい心配したやろうなって思ったのをいつも思い出すんよね」

優子は、同じ時期の祖母の葬儀の光景と重ね合わせた。その記憶はだんだん薄れていっている。

「震災の前の年に、母の看病と実家のことするために、京都で仕事してたの辞めてこっちに戻ったんやん。だから、河田さんが大変なん、すごいわかって」

「そうやってんや。やっぱりねえ、家族のことって誰かがしないとあかんようになるから」

と言ったのは、祖父の介護で母とその兄弟が揉めていると少し前に話していた原田さんだった。

頷いて、長谷川さんは続けた。

「おととしの忘年会のときに、向かいの席になった橋本常務から職歴を聞かれたことがあったんやけど」

常務、といっても小規模な会社で総務も経理も兼ねている部署の部長という感じなのだが、先代の社長の中学高校の後輩だったという橋本常務は長谷川さんの履歴書を見ていたらしい。見た目も喋り方も気のいいおじさんというタイプで、優子は比較的しゃべりやすい人だと思っていた。

これまでに職をいくつも変わっていることを聞かれた長谷川さんは、ざっくりと、それなりのおもしろエピソードなども交えつつ話した。二つしか違わない優子も新卒の就職活動では似た状況だったので、これまでにも何度かひどいエピソードを互いに話したことがあった。長谷川さんの話には母の病気で仕事を辞めたことも、その母が亡くなったことも、含まれていた。

そうすると橋本常務は、

――長谷川さんは、いつもにこにこしてるから、そういうふわふわした生き方ってイメージ通りやわ。

と言ったのだった。愛想笑いで話を終わらせようと長谷川さんが適当な返答をすると、橋本常務はさらに、

――女の人は、そうやってふわふわ生きてきても、いい男さえ捕まえたら幸せになれるから、やっぱり愛想がだいじやなあ。

と重ねてきた。長谷川さんは、さすがに言葉が出てこず、氷だけが残ったグラスを握った手が震えた。そのとき、隣に座っていた河田さんが、割って入った。

――橋本常務、今の話、ほんまに聞いてました？

橋本常務は少々ひるんだが、だいぶ酒が入っていたこともあり、へらへらした調子のまま返した。

――え、聞いてたやん。

——どこ聞いてました？　就職氷河期で圧迫面接やらの末になんとか入れた会社がブラックで激務で体壊して辞めて、資格の勉強しながらバイトや派遣を転々として、やっと契約社員になれたと思ったらお母さんの病気で実家に帰らなあかんくなって辞めた、っていうのの、どこがふわふわしてるんですか。

——いや、だって長谷川さんかて、笑いながらしゃべってたやん。就職運は悪いみたいなんですけどその度にけっこうなんとかなるんですよねー、って。

——会社の忘年会で古参の役員にいきなり職歴聞かれて、深刻でつらい感じで話されへんでしょう。笑わせないとあかん、って妙なサービス精神も染みついてるし。

——いやいやいや、それはそうかしらんけど、ぼくは褒めてんやんか。長谷川さんは、いつもふんわりしたフインキで周りを和ませてるなあ、って。にこにこしてやさしいから、幸せな結婚できてよかったんやし。知ってる？　長谷川さんの旦那さんて、学生時代はラガーマンでモテたらしいよ。

——そんな話してないです。

——すまんすまん。怖いなあ、河田さんは。

長谷川さんが横を見ると、河田さんは表情を変えないままはっきりした声で言った。

——わたしたちの話を、ちゃんと聞いてほしいだけです。

橋本常務は、はいはい、とごまかすように答え、別の話題に移っていた、と長谷川さんは話した。

「わたしほんま、泣きそうやったわ。そんなふうに、ちゃんと言うてもらえて」

「さすがやなあ、河田さん。うちやったら、適当に流してまうわ。どうせ言うても無駄やし、って」

優子も頷いた。

「そうですね。わたしも、そういうときはとにかく早く終わらせたい、その場から離れたい、って思うだけで。それ以上いやな思いせえへんためには、黙って受け流すのがいちばんやってなってしまうんですよね」

職場でも、家でも、自分はいつもそうしてきた。それ以外の選択肢は自分ができるものと思えなかった。はっきり断るとか胸のすくような言い返しをするとか、それはテレビドラマや漫画の中、あるいはSNSで「いいね！」が大量につくような投稿の中にしかないものだった。実際、身近でそういう場面に居合わせたこともない。河田さんにしても「怖いなあ」なんて言われるほどのことではない。すごく気を遣って、社長や常務が怒り出さないような言い方にしている。

「社長に言いに行く？　配送の時間を決めてもらわないと出荷の滞留が増えますって」

「そうですよね」

と、四人で相談し、休憩時間が終わる前に事務所にいた社長に業務で支障が出ている部分と要望を簡潔に伝えた。

社長は、自分のデスクの前に並んだ四人のパート従業員の提言を戸惑った表情で聞いていて、最後にこう言った。

「ぼくも皆さんのためを考えてやってることですからね。前向きに検討しますけど」

四人は倉庫に戻ると、他の同僚にもそれを報告した。

「どうやろなあ、聞いてもらえたやろか」

「うちらの言うてるやり方にしたほうが絶対効率ええのはわかってはると思うし」

「でもプライドが傷つかはるんやろうなあ、パートから指摘されるって」

「難しいなあ」

夕方の集荷時間が近づいたころ、優子が倉庫の外の片付けをしていると、事務所の裏手から、社長の声が聞こえた。

「ちょっと、ここ片付けてって言うたやないですか」

駐車場のトラックの向こうにちらっと見えたのは、社長とその母親だった。

「ああ、ごめんねえ。めまいがしたもんやから、家で休んでて」

「無理やったら無理って最初から言うてくださいよ。誰かにやらせるから。今日はもう、家に戻って」

「悪いねえ」

周りを見た社長は、優子に気づいた。

「あっ、おーい、石原さん、ちょっとー、ここ代わってくれる?」

優子が小走りにそちらへ行くと、社長の母親は少し顔色が悪く見えた。

「だいじょうぶですか?」

「ああ、そんなたいしたことやないのよ。年やからね、気を遣わせてしもてごめんねえ」

「いえ……」

母親は笑みを浮かべつつ、申し訳なさそうに優子に頭を下げ、自宅のほうへと歩いていった。

翌週の土曜日、真鈴が優子たちの家に泊まりに来た。

真鈴は京都のギャラリーに搬入の手伝いに行くとのことで、最初は京都でお茶でもしようと優子に連絡があったのだが、子供たちも会いたがっているし少しゆっくりうちで過ごせば、ということになったのだった。

真鈴に会うのは一年半ぶりだった。

真鈴が玄関を入るとすぐに、未緒と樹が駆け寄って喜んだ。真鈴は、未緒にはキーボードの、樹にはドラムのおもちゃをプレゼントし、京都のギャラリーでもらってきた焼き菓子のセットを優子に渡した。それから、直也が朝から張り切って作ったカレーを食べた。

「人んちの子はすぐ大きくなるなあ。みーちゃんもいっくんも、顔がめちゃめちゃしっかりしてるやん」

「顔がしっかりしてるって、どういうこと？」

未緒が首を傾げた。

「大人になった、っていうこと」

「わたしまだ三年生やで」

「前に会うたときよりは大人やろ」

「そうかなあ」

未緒と樹と、持ってきたおもちゃで遊びながら、真鈴は家の中でも、食事のとき以外はマスクをしていた。

「いや、いっしょやん、さっきごはん食べたし、って感じやけどね、なんか気になってしまうっていうか、落ち着かへんから」

たいていのことにおおらかな性格の真鈴がマスクや手の消毒をかなり気にしているのは、優子には意外だった。

「東京は大変そうやね」

直也が言った。

「そうなんですよ。特に、わたしとか、周りの仕事はもろに影響するとこで」

真鈴の同居人は舞台の美術制作をしているのだが、演劇関係の仕事の人はとにかく感染しないように行動をかなり制限している、久々に再開した連休の公演に向けて、同じ舞台に出演する俳優の女性が真鈴の代わりに同居し、真鈴はその人の部屋に住んでいるのだと話した。

「はあー、そこまでせなあかんのやね」

「出演者に陽性出たら公演中止になりますからね。もう全部なしになっちゃう」

「ときどきニュースになってるね」

「このあいだ、知り合いの役者さんが仕事で大阪に行ったのをツイッターに上げてたんやけど、そのあと周りでクラスターが発生して、その人のせいやって炎上しちゃって。その人自身は陰性やったし、どこから拡がったかわかれへんのに、関係先に電話かけてくる人までいてて。わたしも、京都に行って、さらに滋賀の姉の家に寄ったとは書かれへんわー」

「そうかー」

「ヨーロッパらへんの人のインスタグラム見てたら、もうワクチン打ってる写真がアップされてて。わたしらはいつになるんやろ」

真鈴の話を聞いていると、普段は自分と似たような立場や状況の人としか接していないのやなあ、と優子は思った。元々そうなりがちな上に外出が制限されて、知り合う機会も、たとえば入ったお店で会話が耳に入るなんてこともなくなってしまった。

「まりんちゃんと遊びに行きたい」

と、未緒も樹も真鈴にくっついていて、一家は大型の滑り台がある公園へ車で出かけた。

　翌日は、直也が子供たちを両親の家に連れて行き、優子は、お昼過ぎの新幹線で東京に戻る予定の真鈴を京都まで車で送るついでに湖岸の公園へ向かった。

「ゆうちゃんが運転してるの、まだ不思議な気がするなあ」

　助手席の真鈴は、わざとらしく体を傾けて優子を見た。

「運動もゲームも、素早く動かなあかんことは全部苦手やったもんね」

「みきちゃんちでマリオカートしたとき、ゆうちゃんだけコントローラー握ったまま固まってて。めちゃめちゃ遅れてスタートしたと思ったらひたすらコースアウト」

　二人は、近所の幼馴染みとの思い出を言い合い、ひとしきり笑った。

「慣れるってだいじやわ」

「そうやね」

　湖岸の公園は、家族連れが多く遊びに来ていて、犬を連れている人も結構いた。

　木陰に腰を下ろし、二人はそれを眺めていた。

「広々した景色見てると、全然気分がちゃうなあー」

　真鈴はこの一年、東京の近郊でさえ出かけることがなかったので、遊びに来てよかったと何度も言った。

「オリンピックほんまにやるなんて、信じられへんわ。ポスターとか幟とかそこらじゅうにあるんやけど、2021 になるんやと思ってたのに全部 2020 のままやねん。めっちゃ変じゃない？　ＳＦ設定で異世界に入り込んだ気がしてくるわ」

　話を聞きながら優子はその風景を想像しようとしたが、うまく思い浮かばなかった。

「このへんは、この前の緊急事態宣言も出てなかったんやんね」

「うん、だから京都や大阪から飲みに来る人がいてるらしくて、規制してほしいって言う人もけっこういるね」

「住んでる場所によって全然違うんやろなあ、この一年のことって」

浜辺で遊ぶ人たちのにぎやかな声は、空と湖面に拡散して、繰り返し聞こえる微かな波音が心地よかった。

「実家には寄らへんの？」

優子は聞いた。

「うーん、だって、めんどくさいやん？」

と真鈴は笑った。

「そうやね」

「ゆうちゃんは？」

「春休みに一回、子供ら連れて行った。お父さんが、孫の顔見いへんまま死んだら悔しくて死にきれん、とか言うもんやから」

「言いそう」

「真鈴が心配やって言うてたよ」

「心配っていうか、そう言うことになってるから言う、って感じやん？　わたしがなにをしてるかとか、どういうことを思ってるかとか、興味ないやん、お父さんもお母さんも」

「それは、わたしに対してもいっしょやね」

「真鈴はふらふらしてて心配、優子はしっかりしててだいじょうぶ、って、大阪といえばたこ焼き、ぐらいのことやん」

　真鈴の喩（たと）えに優子は笑ってしまったが、ふっと真顔になった。

「わたし、自分の子供にも同じようなことしてしまうんちゃうかって、不安になる。比べたりとか、自分の思い込みを押しつけたりとか」

「……わたしは子供おらんし、全然言われへんねんけどさ、でも、子供おらんから子供の立場で考えれることもあるかなって。友達とか今まで知り合った人からいろんな親子とか家族とかの話聞いたけど、絶縁してるとかなにがあったわけでもないけど何年も連絡取ってない人もいてるし、むちゃくちゃ仲良くてそんなことまで全部お母さんに話すの？　って子もいるし。仲いいとか仲悪いとか表面的なことじゃなくて、なんやろなあ、しんどそうな人は、親が子供のことを自分と別の人間ってわかってない感じかな」

　ずっと湖面のほうを眺めてしゃべっていた真鈴は、優子に向いて言った。

「わたしも子供いてたら、別の人間って思えたかな？　自分と全然違う性格やったり、たとえば同じクラスやったらめっちゃ苦手で絶対友達になれへんみたいな子とかさ、そうやったらどうしたかな、って思うときある」

　マスクをしたままの真鈴の顔を、優子は、こんな顔やったかな、と思った。実家を出てから、ずいぶん長い時間が経った。

「わたしは、真鈴が同じクラスの子やったら友達になってないかも」

「ええー、ゆうちゃん、そうなん？」

　真鈴は大げさに驚いた反応をした。それから、言った。

「そうやな。ゆうちゃんはわたしのおねえちゃんで、友達とちゃうし。生まれた時からずっとゆうちゃんがおねえちゃんやから、それ以外のことはわかれへんわ」

新幹線の時間が近づいてきて、二人は立ち上がった。


河田さんは、連休明けまで休むことになった。母親が抗癌剤治療で病院に通っていて、その付き添いもあるし、感染の心配を減らしたいからとのことだった。

連休のあいだは、優子たちは遠出はできないものの公園や買い物に出かけたりした。去年の連休に比べれば、ショッピングモールや飲食店も営業していて、少し以前の雰囲気が戻ったようにも感じた。

真鈴も言っていたが、制限のある生活になってもう一年以上も経つのが、優子は信じられないというか、うまくとらえられなかった。

去年のなにかのできごとを、あれは三月になっていたっけ、まだ二月だっけ、とスケジュール帳やスマホに保存している画像を見返さなければ思い出せないこともよくあった。


連休が終わって次の週に、河田さんが仕事に戻ってきた。

お母さんの治療はいったん落ち着いていて、ずっと家にいるより仕事したほうが張り合いもあるし、と河田さんは言った。連休のあいだも、京都の大学に通う長男は、お母さんへの感染が心配ということで、京都の下宿から帰れなかったそうだ。大学の授業はオンラインで校内に入るのも規制があり、友達もほとんどできないまま狭いアパートにいるのはつまらないので家に帰りたいと言っていて、そちらも心配のようだった。

それでも、河田さんの出勤はまだしばらく週に二日だけだった。

優子は、社長からオリジナルTシャツのこれまでの売り上げと在庫状況を整理するように言われ、事務所で作業をしていた。

結局優子がデザインするTシャツは実現しておらず、今回の集計の結果で決めるとのことだったが、優子はそれほどやりたいわけでもなかった。

集計結果を渡すと、社長は東京にいた時期も含めて自分が作ったTシャツやグッズのことを話し始めた。

「震災のチャリティで作ったやつ、評判よかったんやで」

「……社長って、震災のときは東京に住んではったんですよね」

「ああ、そうやで？　ボランティアにも行ったんよ。寄付の荷物の仕分けで」

「そうだったんですか。わたしの友達も瓦礫（がれき）の片付けや家の泥を出すのに参加してました。しばらく毎週通ってたそうです」

「おれは、そういうのあかんのよ。直接的なとこは」

社長の表情は、マスクの下で今ひとつわからなかった。

「つらい場面、見るの苦手なんよ。だから、その仕分けのも東京で送る側のほう。なんか、なにしゃべっていいかわからんというか、見られへんというか」

「……そうでしたか」

それでも社長は行動したのだと、優子は思った。自分は寄付をしたりそれこそチャリティのものを買ったりはしたが、自分の体を動かしてどこかに行ったりボランティアに参加したりはしなかった。ただ動揺して、自分の仕事と生活の心配をしていた。

「石原さんも、まだ東京にいてたやろ？」

「そうなんですけど、わたしはたまたまそのときこっちに帰ってきてて」

「そうかー。いや、あの揺れはすごかったで。新宿におったんやけど、高層ビルがもう、こんな感じで」

と、社長は身振り手振りで自分が見た光景を話した。優子は、当時会社の人たちや友人たちから何度も聞いた話に重ね合わせた。

「十年経ったって、妙な感じするわ」

社長は、なにかを思い出すように天井のほうを向いた。

「原発のことで逃げる逃げへんとか言うてたのも、みんなもう忘れてるやろ。三月になってテレビで特番観たらいろいろ思い出して、非常食やら用意して、またすぐ一年経って」

「そうですね。他の日も、続いてるのに。十年や区切りって言っても、生活は毎日あるものですよね」

「だからウチの会社は意義のある仕事をしてるんよ」

優子はここで働き始めてから初めて、社長の言うことに感心した。

誰かが後片付けをしなければならない、という言葉が、優子の頭の中に浮かんだ。なんの言葉やったっけ、誰かの詩の言葉。

そのあと倉庫の作業に戻ってからも考えていたが、思い出せなかった。

帰宅の車の中で、優子はこのところよく聴いているポッドキャストの番組を流していた。同年代の女性二人がパーソナリティーをつとめていて、学生時代を思い出すようなざっくばらんな会話が楽しみだった。

リスナーの女性からのメールが読まれた。背が高いのがコンプレックスで、高校生のときに憧れていた男の子が自分より背が高い女は嫌いだと話すのを聞いてとてもショックだった、という内容で、パーソナリティーの女性はどちらも背が高いことで嫌な思いをしたことがあって、具体的なエピソードが次々に話されていた。

それを聞いていて、優子は、長いあいだ自分の中にわだかまっていた感情が一気につながったのがわかった。背の高い彼女たちと、背の低い自分の、それは裏表の経験なのだった。

優子は、小中高校と近所の多くの子供がそうだったように公立の学校へ行き、ずっと共学で、それなりに女子と男子の間で誰が好きだとかかわいいとかいう会話もあった。優子は、容姿や成績やスポーツなどの能力で目立つことはなかった。それでも何年かに一度くらいは男子から好意を持たれたことがあった。よく覚えているのは、中学三年のときだ。隣のクラスの、おもしろいことを言って笑わせて目立つタイプの男子が優子に気があると、昼休みに男子たちが言い出した。

——水元さんのことかわいいって言うてるで。デカい女は苦手やから、水元さんみたいにちっちゃくて小動物っぽい子がいいって。

——やっぱり女は小さいほうが得やな。

「小動物っぽい」のがいいのかどうかわからなかったし、それだけでなくなにか落ち着かない感じが胸のあたりに広がって、曖昧に、そうなん、とだけ言った。

——なんなん、その反応。

——だって、しゃべったことないし……。

——かわいいって言われてんのに、もっとうれしそうにしたら。

――あいつは相手にしてへんってこと？

男子の声が急に苛立ち、優子は怖くなった。

――いや、そういうんとちゃうくて……。

――急に言われて困ってるだけやん。ごちゃごちゃ言うたりなや。

気の強い女子が、割って入ってくれた。

小さいってかわいいからええよね、女の子は小さいほうがいいよ、とはよく言われた。その度に、別にモテへんって、高いところの物取られへんくて不便やし、と笑う方向にごまかすだけだった。自分でも、「よい」と言われているのに「いや」と感じるのは悪いことではないかと、その困惑に蓋をしてきた。

それが今、クリアに見えた。

「自分より背の高い女は嫌い」と思っている男に「かわいい」と言われることの悔しさ。

そうか、わたしは悔しかったのか。

今、ようやく自分の気持ちが言葉になった。悔しい。悔しかった。それに、怖い、とも思っていた。

小学校のときは、男子から意味もなく小突かれたり頭を叩かれたりしたことがあった。クラスでおもしろいと人気の男子が漫才のつっこみを真似てすぐ前にいた優子の頭をはたき、「ごめん、ちょうどええとこにあったから」と教室の笑いに変えられたこともあった。

大人になってからも、たとえば遅くなったらタクシーを使えと言われるが、そのタクシーで嫌な目に遭う経験も多かった。一人ではなく女友達二人と乗ったときにも、若い子がこんな時間に、と説教されたこともあるし、アドバイスのつもりだろうが、ピンクとかもっとかわいい服着たほうがモテるよ、と言われたこともあった。

単に無神経な人に当たってしまっただけだと思っていたが、男の人はタクシーに乗っただけでいやな思いをすることはそんなにないのだと、少なくとも女性と比べると確率は相当に違うのだと、知ったのはつい数年前のことだ。

そんなくだらないことで、これまでに生きてきた数十年の時間の中で、何度も何度も何度も、少しずつ自分の感情をすり減らしてきたのかと思うと、それこそ悔しかった。

そして、そんなことにも気づけずに、ただ曖昧に笑ってごまかしてきた自分のことが、いちばん悔しかった。

渋谷で遭遇したあのプロレスラーの姿が、また浮かんだ。

あの姿に憧れるのは、自分も体格や腕力で周りの人に影響したいと思っているからだと、優子はわかっていた。

東京で最初に一人暮らしをした部屋で、近所のリサイクルショップに家具の引き取りを問い合わせたら、電話で応対した愛想のいい女性とは違う中年の男性が二人やってきて、電話での話とは違って引取料を要求してきた。こんなもの、普通なら金払っても持ってってもらえないよ、ウチは良心的だから引き取ってやるけど、とすごまれた。一人暮らしの家を知られているのも怖くて、黙って支払った。その店の前を通るのは避け、翌年に引っ越した。あとから知り合った人がその近くに住んでいて聞いてみたところ、長く地元でやってる店でタウン誌なんかにも紹介されてるが似たような話を聞いたことがある、電話は女の人でいい条件を言うのが手口なんだと言っていた。あれ以来、家に業者が入るときは申し込みの名前は男性にして友人に頼んで来てもらっていた。結婚してからは、家の交渉事や大きな買い物をするときは、直也についてきてもらったり、代わりに行ってもらったりする。自分一人のときに高圧的な態度を取られると、強面（こわもて）の誰かが助けてくれることを想像してしまったりする。そのたびに積もっていく無力感。体格の差があるのは当たり前、助けてもらえばいい、誰かに頼ってうまくやればいいだけ、と言われたこともあるが、それでは自分のやり場のない感情は出口を塞がれるだけなのだった。

夕食を食べ終わってから、優子は直也にその話をした。

「しかもそのリサイクルショップのおっさんに嘘の領収書書かされてん。こっちがお金払ったのに、受け取ったっていう」

「なんで？」

「脱税やん。あー、今やったら税務署に告げ口するのに」

「ははは。それがいちばん効果あるな」

直也は笑ったが、そのあと少し前に話題になっていた、混雑する駅で女性ばかり選んでぶつかる中年男性の動画のことを言った。

「おれも、あの動画見るまでは、気にしすぎちゃう？　って思ってたわ。態度悪いやつはどこでもおるやろ、とか」

「わたしも、自分で体験してみいへんとわかってないことあるんやろな……」

「着ぐるみみたいなのに入れたらいいんかもしらへんな。そういう体験できる装置とか開発されそうな気もする」

直也が予想外のことを言い出して、優子はちょっと気が軽くなった。それからもしその装置ができたら自分はなにを体験してみたいだろうかと考えた。

次の月曜日は曇っていて蒸し暑かった。

経理担当から呼ばれた優子が書類を持って行ったとき、事務所の席にいた社長は、携帯電話で何度か電話をかけていた。相手が出ないらしく、その次に普段はあまり使わない内線電話を手に取ったが、やはり呼び出し相手からは応答がないようだった。

「なにしてんや？」

と首を捻（ひね）り事務所を出て行った。

しばらくして、換気のために開けている窓の向こうから、なにかが壊れる音が聞こえた。

事務所にいた数人の社員は一斉に窓の外を見た。

続いて怒声が聞こえるが、なにを言っているのかはわからない。声が聞こえてくるのは社長の自宅かららしかった。

遠くから、サイレンの音が聞こえてきた。ほどなくして、道の向こうに救急車が見え、そして社長の自宅前で停まった。

従業員たちが見守る中、救急隊員が、家に入って行った。

「なんか、あったんかな……」

従業員たちは不安そうに顔を見合わせた。

家に入って行った救急隊員は、なかなか出てこなかった。十分近く経ってようやく一人が救急車に戻ったが、どこかに連絡をしている。

「どないしたんや」

橋本常務が、自宅へ向かった。その後を追うように、事務所にいた数人も、外へ出た。

社長の家の玄関から、男が飛び出してきた。

ジャージの上下を着た男は、駐車場の手前で躓(つまず)いて転んだ。そのままその場にうずくまり、頭を抱えた姿勢で、

「ごめん！　ほんまにごめん！」


と叫んだ。

社長の弟だと、遠巻きに見ている従業員たちは思った。

社長の弟は駐車場の陰で座り込んだまま動かなかった。

玄関から社長が出てきた。と思ったら、弟に駆け寄り、ジャージの背中をつかんでその体を起こすと、

「なにしてんねん！　なにしてんねん！　おまえは！」

怒鳴ると同時に殴った。

「ちょっと、シュンイチくん、あかん、あかん！」


後を追って家から出てきた橋本常務が、社長を止めた。ようやく、他の男性従業員が二人、社長のところへ走った。

優子は、倉庫の前で同僚たちとその光景をただ見ているだけだった。


社長の母親は、自宅の台所で倒れていた。心筋梗塞で急死ということだった。

弟も家にいたのだが、二階の部屋で寝ていたので気づかなかった。母親が倒れているのを発見し、呼吸も止まっていることに気づいた。いくらかは蘇生(そせい)を試みたようだが、気が動転し、腰が抜けて

その場で動けなくなっていた。

社長の弟は、十年ほど前に勤めていた自動車修理工場で事故に遭い、左手の指を切断しかける大怪我をして仕事を辞めた。そのあと何度かアルバイトに出たがすぐに辞めることを繰り返し、以来ほとんど家で過ごしていた。夜になると車でコンビニや深夜営業の店に出かけたり地元の友人に会ったりすることもあったが、昼夜逆転の生活が続いていた。

社長が戻ってきてからは、先代の知り合いなどに仕事を紹介してもらうこともあったが、うまくいかなかった。この二年ほどは、社長と口もきかない状態が続いていた。

長く勤める人たちからの情報をつなぎ合わせると、そのような経緯だった。

「奥さんは弟さんのことをかわいがってはったからなあ」

とは、長く出入りしている地元の業者が言っていた。

母親はこの数か月ほど体調が悪そうで社長は病院に行くように言ったが、今の時期に病院にはなるべく行きたくないと母親は拒んだらしかった。無理にでも病院に連れて行ってればと社長は悔やんでいると、それも橋本常務から聞いた。

葬儀は金曜日に行われた。世の中の状況を鑑みて、ということでごく身内だけの家族葬で、会社からは橋本常務だけが出席した。社長の自宅には親戚らしき人が出入りしていた。

社長は、翌週の月曜から仕事に戻った。簡単な形式通りの挨拶はしたが、とにかく早く通常に戻りたそうでそれ以上はなにも言わなかった。弟は家を出て大阪に行ったようだった。

Tシャツ関連は当分やらないことになった。

優子は普段通りに倉庫の業務をしながら、つらい場面を見るのとか苦手なんや、と社長が言っていたのを思い出した。そして、先月、自分も社長のお母さんが体調が悪そうなところに居合わせたのに、あのときにもう少しなにか言っていれば、という気持ちが消えなかった。そして、ずっといたのにいないように扱われていた弟のことも、気にかかった。

その翌週、河田さんからまた車に乗せてもらえるかと聞かれた。母親の体調は落ちついてきた一方、京都の生活がつらくなった長男のことが心配だと河田さんは話した。

「いつまで続くんかなあ」

品物を梱包（こんぽう）して箱詰めする作業を続けながら、河田さんは呟いた。

「いつまでかわかれへんまま続けなあかんって、すごいしんどいことやね」

並んで手を動かす優子は、

「そうですね。ほんとに」

と言った。

8　二〇二一年六月　小坂圭太郎

自転車に跨がって信号待ちをしていると、首元や背中に汗が噴き出てくる。六月に入って湿度が上がり、気温はそうでもないのに体力が奪われる感じがする。真夏の自転車通勤はなにか対策を考えないと、と小坂圭太郎は青空を見上げて思った。

貴美子と暮らし始める前、自転車移動がメインだったころはこの道もよく通った。確か、倉庫だか工場だか、灰色の平べったい建物があった気がするが、それは解体され、クレーンから吊り下げられた鉄骨が僅かに揺れている。こんなに広い敷地だったんだな、とそのぽっかりとあいた空間を、圭太郎は眺めた。

大規模なマンションが建つらしい。当然、圭太郎には関係のない高額で売りに出される。都内のマンションが異常に値上がりしていることは、貴美子がしょっちゅう話している。新築はもちろん、貴美子の勤め先で扱うリノベーション前提のかなり古い中古物件もみるみる値段が上がり、いい立地の物件は業者の間で奪い合いなのだという。なんでだろうねー、誰が買ってんだろうねー、と、貴美子はため息交じりに言っていた。自分もいつかは中古マンションを好みの内装にと夢見ていたが無理そうだ、とときどき言う。昨夜も担当中の物件のファイルを片付けながら話していた。このお客さんの夫婦、わたしと同い年なの、ウッドデッキを作りたいからルーフバルコニーがあるこの物件に即決して、と見せてくれたイメージ図はＬＤＫの真ん中にステンレスのアイランドキッチンがあった。

青信号になって、再び自転車を走らせる。ぎりぎり歩道寄りの車道を走るのは、車が多い時間帯は少々危ない。今の時間は車も自転車も少ないが、夜帰宅するときはフードデリバリーの自転車やバイクがけっこういる。

住宅街の狭い道に入って、圭太郎は昨夜見たマンションの図面をまた思い浮かべた。それを見ながら話していた貴美子の言葉も。

リノベマンションは無理そう、と貴美子が言うとき、その「今後の展望」に自分は入っていないのではと、感じてしまうときがある。つばさが小さいあいだだけ手伝う存在なのかな、と。

本気でそう思うのではないし、そのことについて深く考えることもしないし、貴美子に聞いてみたことはもちろんない。たぶん、かつての仕事先や知人の男たちにこの話をしたら、稼ぎが少ないっていう嫌味なんじゃないのか、嫁なんてがつんと言ってやらないとだめだ、など返ってきそうな言葉が思い浮かぶが、圭太郎は自分にそんな甲斐性だとか男らしさだとかは求めていない。その要素が少ない自分が男同士の中で下に見られることが嫌だったから、できるだけ離れていたいと思っていて、むしろ、貴美子が圭太郎の収入に対してあまり気にしてなさそうなのは気楽だった。

ただ、貴美子が想像するその「好みの内装のマンション」に貴美子とつばさの姿だけがあるんじゃないか、と気になってしまう。自分の存在が宙に浮いているような心許なさを、このところ感じてしまうのだった。

四月から圭太郎は、新しい店に勤めている。

家とは別の私鉄沿線の駅近くにある、オープンして三年目の南欧系の創作料理の店で、オーガニックワインの品揃えが豊富だ。ここしばらくは店内でゆっくり飲むのは難しいのだが。急行が停まる駅で、有名人も住む高級住宅地にも近く、洒落た飲食店や雑貨店などがある街だ。都心に近いエリアの家賃高騰の影響で有名店が移転してきたりしてこの五、六年でビストロやエスニック料理の店が増え、「グルメ注目の街」としてメディアで紹介されることもある。圭太郎が面接に行ったときも、店主から雑誌に載ったページを見せてもらった。

「こっちに移転したタイミングがよかったんですよ。オフィス街や繁華街の店は今、散々でしょ」

「ｏｂｒｅｒｏ」店主の三木拓真（みきたくま）は、圭太郎よりも三つ年下だった。飲食店を始める人は、他の業種に比べるとおそらく平均して若いし、前にも自分より若いオーナーや料理人の下で働いたことはあった。だから、そこは気にならなかったし、むしろ若いから楽観的というか、この状況も利用して事業を広げていこうという野心みたいなものが感じられ、今の圭太郎にはそれがなんとなく好ましく思えた。

年末にシゲさんから店を閉めると聞いたときは、てっきり今の状況のせいだと思ったが、メインの理由はビルの持ち主からの立ち退き要請だった。一画にビルを建てる計画が何年も前からあり、シゲさんや周辺のビルの他の借り主は何度か打診されていたが承諾しない人が多く、計画は延び延びになっていた。それが今回の状況で閉店したり事務所を移転したりするテナントが相次ぎ、一気に進んだのだと言う。ビルの持ち主は立ち退きの好条件を持ち出しつつ強引に話を進め、他の階の借り主たちがそれに乗り、一年近く世の中の状況や行政の急な要請に振り回されて疲弊していたシゲさんもこれ以上は難しいと判断したのだった。

落ち着いたら郊外の地元で夫婦だけで小さい店をやろうかと思ってる、急な話になってほんとうに申し訳ない、とシゲさんは何度も頭を下げた。コロナ関連の支援金の申請は今までもやっていて、失業保険などもすぐ下りるように手続きするとのことだったし、圭太郎も含め、従業員たちには知人のつてなどで再就職先を紹介してくれた。圭太郎は、いくつか候補があった中で二つの店に面接に行き、条件が折り合った今の店に決めたのだった。オープンのときから働いていた調理人が奥さんの地元に移住することになって人を探していたとのことだった。

住宅地の入り組んだ道から商店街に出て、線路の高架をくぐって反対側の商店街から少し入ったところにある店に着いた。自転車通勤は、始めてみると快適だった。結婚してからは自転車に乗るのはつばさを保育園に送るときだけになっていたが、子供を乗せるための電動自転車に慣れていたから、自転車置き場で埃を被（かぶ）っていたロードバイクを整備して走ってみるとその軽さに驚いた。うっかりするとスピードを出しすぎるくらい、軽々と滑るように走れた。電車では感染者数が増える度に周囲が気になったり混む時間はなんともいえない抑圧感があったりしたのが、自転車なら今の状況を思い出させるのは汗の溜まるマスクだけだった。雨の日は少々難儀するが、都心から離れるとありがちな、直線距離なら近いのに電車だと乗り換えてかなり遠回りになる場所でもあり、自転車で通うしかない。

斜め向かいの居酒屋は、緊急事態宣言が出ている間は店内の営業をやめて弁当を売っている。店員たちが店の前に折りたたみのテーブルを出して準備をしているところだった。

「おはようございまーす」

と声を出しながら「ｏｂｒｅｒｏ」の店内に入ると、三木さんとアルバイトのリカちゃんがキッチンで作業を始めていた。

薄いミントブルーの壁に、どこかの倉庫に使われていたという板を張った床。明るい木目のテーブル。通りに面した大きな窓から光が入って、全体に軽やかな雰囲気だ。夜はほどよく落ち着いた照明になり、どちらの店内も圭太郎は気に入っていた。

三木さんには四歳と二歳の子供がいて、奥さんと一緒に何度か遊びに来た。コロナ禍の前は、週に二回くらい来てたんですけどね、今はなかなかねえ、と三木さんは言っていた。

近い年ごろの子供がいるというのもあり、圭太郎の勤務時間や休日などを柔軟に考えてくれるのも、ここを勤め先に選んだ理由だった。今はラストオーダーが夜七時なので午前十一時から午後八時までの勤務になっているが、通常の営業になればディナーの時間帯メインでと言われている。オフィス街にあった前の店は日曜が休みだったが、ここの定休日は火曜。あと一日平日のどこかを休むことになっている。貴美子のほうは、ＩＴに詳しい人が役員に就任したとかで週に三日以上在宅勤務が可能になり、四年ほど続いたつばさを育てるチームのローテーションを組み替えることになった。まるでアルバイトのシフトを組むように毎週スケジュールを検討し、最初は慣れずに慌てることもあったが、急な変更があったりしてもやっとなんとか対応できるようになってきた。

状況が落ち着いたら、貴美子とつばさをこの店に連れて来てみるのもいいかなと思っているが、「落ち着いたら」がいつになるのか見通しは立たない。

ランチタイムは店内の営業もしているが、ランチボックスやオードブルのテイクアウトとデリバリーのほうがメインになっている。容器はクラフト紙の洒落たもので、夜や土日は四、五人分の盛り合わせの予約も結構入る。家では飲み会とかしてる人多いんですかね、オンライン飲み会はもうやってる人いないですよね、などと適当な会話をアルバイトのスタッフたちと交わしながら、料理をきれいに詰めていくのは圭太郎にとってはどちらかというと楽しい作業だった。

働き始めてみると、予想はしていたが客層は前の店とけっこう違った。広告やＩＴ、出版関係の仕事をしている人が多そうだった。仕事関係より、友人や家族で来る。ミュージシャンやアート系の人もけっこういるっぽいな、と圭太郎はお客さんの外見や会話から推測していた。

新宿や渋谷で働いていたころも有名人はよく見たが、テレビタレントやお笑い芸人などわかりやすい人たちだった。この店に来る「有名人」は、知ってる人は知ってる、というタイプだ。三木さんと親しげに話してスマホで写真をたくさん撮っていたモデルみたいな容姿の女性が、教えてもらったインスタグラムでは何万人もフォロワーがいたりした。帰宅して話すと貴美子もフォローしているということが何度かあった。

　どんな人だったかと好奇心を持って聞いてくる貴美子にちょっと驚いて、圭太郎は言った。

「貴美ちゃんて、あんまりそういう感じじゃないのかと思ってた」

「そういう感じって？」

「キラキラインフルエンサーの世界というか」

「職業柄、インテリアの流行りは知っとかないといけないし。……と、言いつつ、若いときに憧れてたモデルさんとか、やっぱりなんか近い感じがしちゃうというか、わー、今こんな感じなんだ、って、見つけるとフォローしちゃうんだよね。えーっと、あ、この人はね、高校生のとき、雑誌切り抜いてファイルしてたし、薦めてる映画もすぐ観て」

　貴美子がこちらに向けたスマホの画面には、雑貨がきれいにスタイリングされた部屋や野菜の色どりが華やかな料理の画像が並び、その中に長い髪でナチュラルメイクの美人が佇んでいた。見たことがあるようなないような顔だった。貴美子が解説するには、若いときはもっとモード系のファッションだったのが、三十代になってから「白っぽい写真」に方向転換したそうだ。

「へー」

「圭ちゃんは、そういう人って誰？」

　圭太郎が画面から顔を上げると、貴美子の目がすぐ近くにあってどきりとした。

「あー、普通にサッカー選手とかかな」

思いつかなかったので、適当に答えた。

「そっか、日韓のワールドカップとか盛り上がってたころ？」

好きなものの話をしたからか貴美子は妙に楽しそうだった。

「まあ、そんな感じ」

「ワールドカップあったときって何歳？」

「……中三？」

圭太郎は、脳裏に浮かんだいくつかの光景に動揺して、質問と答えが一瞬わからなくなってしまった。

「なに？」

「ううん。貴美ちゃんの意外な面、けっこうあるなと思って」

「そう？」

「知らないこと、多い」

「わたしも圭ちゃんのことよく知らないよ」

貴美子が笑って、圭太郎は自分は今までになにを話してなにを話していないだろうかと思った。

「緊急事態宣言が明ける、ってなんか梅雨明けみたいな言い方」

と、朝の支度をしながら、時計代わりにつけているテレビの情報番組から聞こえてきた言葉を貴美子が繰り返した。

「明けたと見られる、とか言うんだよ、今は」

「後からじゃないとわからないってことだよねー。緊急事態宣言とかなんとかだって、ほんとにこれでいいのか誰もわからないよね」

自分で着替えたつばさは、食卓の椅子にちょこんと座って、テレビの中でしゃべる人たちと圭太郎と貴美子を順に見ていた。

「まんぼうになったらパパはお仕事増える？」

圭太郎と貴美子がこの数日使っていた言葉を、つばさはすぐに覚えてしまった。

圭太郎は、つばさに朝ごはんを用意して隣に座った。

「今のところ変わらなそう。すぐ戻るんじゃないかって、みんな言ってるから」

「戻るって？　どこに？」

「緊急事態宣言に。つばさは心配しなくていいよ、保育園はいつもどおりだし」

「パパもママも、お仕事変わったじゃん」

つばさの声には抗議が含まれていた。

「そんなに変わったってつばさは思う？」

「うーん、まあまあ変わったと思う」

「そっか。土日、遊びに行けなくてごめんな」

「べつにいいけど」

と、保育園の友達がよく言うので覚えた言い方を、つばさはした。

圭太郎の父親と母親からは、一月ごろまでしょっちゅう電話がかかってきていた。緊急事態宣言が再び出たことは、彼らに会わない理由になるという面では幸いだった。

父親と母親の話は貴美子に対する不満ばかりになり、年上だから、親にも会わないような家の育ちだから、最初から反対だったがおまえのためだと思って我慢していた、などと言うようになり、電話に出るのをやめた。

貴美子にも何度か電話があったようだ。適当に返事しといた、としか貴美子が言わないのは、詳しくは言いたくないからかもしれない、と圭太郎は薄々感じていた。しかし、圭太郎自身もあまり考えたくなかったし、仕事先が変わってそれなりに疲れていたこともあり、それ以上聞くことはしなかった。

六月の終わりの水曜日、昼と夜の営業の合間に、「ｏｂｒｅｒｏ」に取材の人たちが来た。

女性向けのカルチャー誌で、沿線の散歩企画とのことだった。編集者、ライター、写真家、モデルと四人とも女性だった。貴美子の職場も今は女性のほうが多いと聞いていたので、こんな雰囲気で仕事をしているのだろうか、と挨拶をしながら圭太郎は思った。

すでにパン屋や和菓子屋、ブックカフェを回って来て、今日はここの取材で最後だとのことだった。三木さんと編集者はオンラインで打ち合わせは終えていて、店内を確認してカメラ位置や撮影の手順を決めていった。髪をミルクコーヒーみたいな色に染めたライターが、三木さんと話している。

「テレビも散歩もの増えてるんですよ。遠くに旅行も行けないし、スタジオ撮影も対策に気を遣うでしょう。人の少ない屋外だとちょっと気楽だし、なんといってもお金かからないですからね」

「ぼく、あれが好きなんですよ」

と、三木さんはお笑いコンビが地方の小さな町へ行って行き当たりばったりで地元の名物料理やおもしろい人を訪ね歩く番組のことを言った。カメラをセッティングしていた写真家の女性が、あれおもしろいですよね、と話に加わった。

圭太郎は、三木さんと編集者の要望に応えて普段とは少し違う盛り付けにした皿をテーブルに並べた。窓際のいちばんいい席で、エッセイも連載しているという前髪の短いショートボブのモデルが、おいしそう！　と声を上げた。モデルが指示にすぐに反応して表情やポーズをさっと作るのを、圭太郎は感心して見ていた。圭太郎は写真を撮られるのは苦手で、つばさの写真を整理していても自分が写ったものはとても少なかった。

撮影が終わり、編集者と三木さんがページ構成の確認をしている横で、写真家は機材を片付けていた。黒いキャリーバッグにすべてが収まると、彼女はカウンターに立つ圭太郎に聞いた。

「こちらは、買えますか？」

間近で見ると、貴美子よりも年上だった。マスクで顔が隠れていたし重そうな機材をてきぱきと設置する動作を見ていたから、もう少し若い印象だった、と言うと失礼になるかな、と圭太郎は思った。

「今日の晩ごはんにしようと思って」

「ああ、もちろんです。ありがとうございます。今日は、このローストポークと紫キャベツのコールスローのがおすすめで」

写真家は、そのセットと自家製ピクルスの詰め合わせも買った。

「写真って撮り方で、全然違う店みたいに見えますね」

さっきノートパソコンの画面で見せてもらった写真を思い出しながら、圭太郎は言った。店に置いてある今までに掲載されたページとは少し違って、ほのぼのとしたかわいらしい雰囲気の店に見えた。

「そうですね。媒体やページのデザインとかイメージに合わせて、まず撮る人がセレクトされて、企画のディレクションもあるし」

「なるほどー」

「何年か前のレシピ本並べるとおもしろいですよ。料理の撮り方にもこんなに流行りがあるんだなって。今は、真上から撮るのが多いでしょう？」

「ああ、なるほどー」

と、圭太郎が繰り返した相槌がいかにも適当に聞こえたようで、写真家は少し笑った。

「生まれ変わったら料理をする人になるのもいいなあ」

「そうですか？」

「自分で食べたいものが作れたら、今日も楽しいって思えそう。って実際のお仕事は大変なことも多いですよね」

「ああ、でもそれはそうですね。ちょっと疲れてても、あれ作って食べようと思うと多少元気にはなれます」

「いいなあ。あ、今日は帰ったらこれ食べれるから、わたしも今元気です」

「ありがとうございます」

帰っていく四人を見送りながら、圭太郎はなんとなく、写真家の後ろ姿をどこかで見たことがあるような気がした。

大方の人が予想した通り、七月が始まってしばらくすると再び緊急事態宣言が出されると報道があった。それなのにオリンピックをやるっておかしくない？　どうやってやるの？　と、店に来る客もスタッフたちも貴美子も言うのを圭太郎は毎日のように聞いた。あるいは、ワクチンの予約が全然取れない、接種券もまだ届いてない、という話も。ＳＮＳでも飽きるほど見た。しかし、どこかではやっているらしい抗議デモに参加するなどなにか行動をする、あるいはしたという人は身近にはいなかった。それは今の状況で人が集まることに対する忌避感というか集まってはいけないという刷り込みがあるからだし、そもそも誰かがどこかで決めること、どこかで決まったらしいことに、どうやって反対すればいいのか、自分たちが介入できる場がどこにあるのか、誰も知らないからだと、圭太郎は思った。そして誰より、自分自身が、どうせやっても無駄なことに「声を上げる」などといかにも正しい人間のような振る舞いをするのに、傍で見ていてどうしようもなく羞恥を感じてしまい、フォローしていた知人のアカウントをいくつかミュートにした。そして、リアルな生活では、ああ、ほんとにね、と曖昧な相槌で流すことにしていた。

朝だけ時計代わりにつけているテレビでは、外出しないように、人に会わないように、というメッセージと、オリンピックが盛り上がってきましたね、選手たちの意気込みを、という別の世界からとしか思えない「今日」が伝えられていた。自転車で、以前と、というのはたとえば一昨年あたりと変わったところはない、もちろんオリンピックが間近に迫っているのを示すものもなにもない住宅地を眺めながら走っていると、人の多い電車や駅の通路に充満していた緊張感や抑え込まれながらも浸みだしてくる攻撃的な視線などももう遠くに消えてしまったような気がして、むしろ以前よりも静かでのんびりした空気に思え、ふと、自分が今、どこにいるのかわからなくなるような瞬間もあった。

　翌日から再び緊急事態宣言が出されるという日曜日、「ｏｂｒｅｒｏ」は三木さんが店や家の片付けやら事務的なことを済ませたいからと休みになった。

　貴美子とつばさと三人とも休日が一致したのは四月以来初めてのことで、つばさは早朝から起き出してきて元気だった。

　三人で散歩がてら広い公園へ遊びに行き、駅前のスーパーで買い物をし、帰り道に買ったソフトクリームを舐めながら、つばさはずっとしゃべり続けていた。

　もう少し遠出してたとえば動物園なんかに行く案もあったが、混み具合が予想つかなかったし、にわか雨の予報も出ていたので、近所にしたのだった。つばさは電車の乗り換えがあまり好きではなく、特に人混みの中で狭い階段を上り下りするようなときは機嫌が悪くなったり泣いたりするので、蒸し暑くはあったが自分のペースで歩いて行ける場所にしてよかったと、圭太郎と貴美子は話しながら帰ってきた。空を見上げると、灰色の分厚い雲が広がり始めていた。

　家に着いて、よく遊んでよくしゃべったつばさはすぐに寝入ってしまった。そして案の定、ベランダから見える空はみるみる暗くなり、雨が降り出した。視界が白く煙るような、豪雨だった。

「すごい雨」

　ソファに並んで、二人はしばらくその雨を眺め、叩きつける水の音を聞いていた。

「さっき、スーパーでレジに並んでるとき、近くにいた女の子のこと見てたよね？　二十歳くらいの子」

　唐突に、貴美子が言った。

「そうだっけ？」

　と圭太郎が返したのはとぼけたわけではなく、自分では「見ている」と言われるほどの行動ではないと思っていたのだった。しかし、確かに見ていた。隣の列に並んでいた、ベースボールキャップを被った小柄な若い女。グレーのスウェットパーカも覚えていた。似ている彼女のことを思い出したことも。

「前から、何回か同じような感じの女の子を見てるなーって思ったことあって。華奢な、ちょっとヤンキー系っていうか。圭ちゃんの好みってああいう感じだったっけ？　とりあえずわたしとは違うよね」

軽い調子で言う貴美子は、咎めている様子も、あるいは嫉妬している様子もなかった。シンプルな疑問や質問というふうだった。

「知ってる人に似てて」

圭太郎は答えた。

「元カノとか？　初恋の人的な？」

薄暗い室内で、貴美子の目の光はちょっとした好奇心という感じ[illegible]。

「中学の、三年のときに同じクラスだったんだけど」

どう話そうか、というよりは、どうごまかそうか、圭[illegible]は見通しのないまま、答えた。

「確かにちょっと、見た目はかわいらし[illegible]雰囲気は大人っぽい感じで」

好きだったかと聞かれれば、[illegible]方が好きだった。だからといってすごく執着していたというわけではなく、か[illegible]たから話してみたい、仲良くなりたい、というくらいの、その年ごろによくある好意[illegible]た。三年で初めて同じクラスになり、席が近かったので気になった、その程度のこと[illegible]た。

連[illegible]前の四月に修学旅行があって、京都と奈良に行った。クラス替えがあったばかりで作った五、六人の班で観光名所を回るのはぎこちない空気がずっとあり、グループ行動の時間はなんとなく所在なかった。

最終日の奈良で、しおりに書かれたお寺を順に回っているうちにもう一つの班といっしょになり、鹿があちこちにいる奈良公園の森をだらだらと並んで歩くことになったそこに、彼女がいた。

圭太郎は、浮き足立っていた。すぐ横を歩く彼女は、やはりかわいかった。色白でどこかはかない印象がありつつ、ちょっとぞんざいな喋り方とのギャップにまたときめいた。

二月堂を目指して歩いているうちに他の生徒たちと距離があき、圭太郎と彼女ともう一人の女子という組み合わせになった。女子二人が並んで歩き、圭太郎は少し後ろにいた。春の観光シーズンで人出は多く、他の学校の修学旅行や遠足の一行もあちこちにいたし、外国からの観光客も結構いた。おそらくは、その外国の人たちを見てなにかしら会話が始まったのだと思うが、どういう流れだったのか圭太郎はよく覚えていない。もう一人の女子が、外国にすごく行ってみたい、行ってみたいところある？　中村さんはハーフだって聞いたことあるんだけど、と言っていた気がする。

——わたしのお父さんが韓国人。

と、彼女が言ったのははっきりと覚えている。へー、そうなんだ、ともう一人の女子がごくフラットな調子で返した。お母さんと外国で知り合ったの？

——おじいちゃんからずっと日本に住んでるから。

彼女も平坦な言い方だった。圭太郎は、「おじいちゃんから日本に住んでる」を深く考えなかった。ただ、彼女のことをちょっと知ることができてはしゃいだ気持ちだった。

んー？　中村さんは日本人だよね？　ともう一人の女子が聞いたところで、うしろから彼女と同じ班の声の大きい男子たちが追いかけてきて、圭太郎たちの間に割って入り、さっき鹿に襲われてさあー、と笑い出した。

中間テストが終わり、六月に入って体育祭の準備が始まった。放課後、五、六人の生徒が応援のための旗を作る作業で教室に残っていた。大きな白い布にアニメのキャラクターを描き、マジックインキで塗りつぶしていて、溶剤のにおいが充満した教室では窓を開けていても頭がふわっとする感覚があった。

圭太郎もいたし、彼女もいた。誰かが、何日か前にレンタルビデオで観た映画の話を始めた。在日韓国人の高校生の青春を描いた映画で、その話をした女子は主演俳優のファンだった。一人の男子が、おれも観た、おもしろかったよな、と言い、あらすじを大げさな動作を交えて解説して何人かが盛り上がっていたが、圭太郎はその映画のことをなんとなくしか知らなかったので適当に相槌を打っていた。

そのうちに、最初に話した女子が言った。

――でもさー、今どきあんな感じの差別ってないよね。ちょっと昔の世代だよね、ウチの親だって韓国の人の友達いるし、料理も好きだし。差別がある、なんてぴんとこない。

うん、うん、と他の生徒たちも頷いた。そうだよね、だってワールドカップ共催してるし、盛り上がってるし。あんなふうに差別があるとかって教えるほうが、逆に差別することになっちゃわない？　だって、わたしも特別に意識してなかったもん。単に外国人ってだけじゃん。

「その子も、笑顔で聞いてたんだよね。なにも言わなかったけど、みんなと同じように思ってると思った。もうそんな時代じゃないよね、自分たちは仲良くしてて、国とか何人(なにじん)とか関係ないよね、って」

圭太郎は自分でも、なぜこんな話をしているんだろう、と思いながら、言葉を続けた。誰かに話したのは初めてだった。記憶をたどると、思いのほか鮮明に教室や机や椅子が浮かんできた。

「それで、おれ、中村さんもお父さんが韓国人なんだよね、って言ったんだ」

貴美子は、なにも言わずに圭太郎の話を聞いていた。雨の音と圭太郎の声を聞くのに集中しているみたいに動かなかった。

「自分が、その子と話せる関係だっていうのを自慢したかったのかもしれない。単に、その子と話せたことに舞い上がってて、とにかくなにか話しかけたかったんだと思う」

彼女は、あー、うん、と曖昧に言った。えー、そうなんだー、と圭太郎の隣にいたサッカー部の男子が言った。へえー、じゃあ、韓国行ったことあるの？　と、彼女の隣にいた女子が聞いた。

ない。とだけ、彼女は答えた。

苗字(みょうじ)はお母さんのほうの？　それか別の名前があるの？　別の誰かが聞いた。

あー、そのへんはめんどくさいからいいじゃん、とけだるげに笑ったその感じは、普段から大人っぽくて学校の外のほうが友達が多そうな彼女の雰囲気に合っていて、圭太郎はなんだかかっこいいなあとさえ、その場では思った。会話の内容は聞き流していた。皆の話がまたサッカーのことに移り、ドイツやイングランドの個性的な選手たちの名前が次々に出た。そこに加わっていた圭太郎がふと彼女を見ると、彼女も圭太郎を見ていた。それは圭太郎にとっては「無表情」という言葉でしか表しようのない顔で、ただじっと圭太郎の目を見ていた。圭太郎は、思わず目を逸らし、そのあとは、彼女のほうを見ることができなかった。視界の隅で、彼女が他の男子や女子たちとサッカーの話を軽く笑ってしているのがわかった。

それから、彼女が圭太郎と話すことはなくなった。自分が言ってしまったことが原因なのではと、気にしはじめたのは一週間ほど経ってからだった。それでも、圭太郎は心の中でそれを打ち消した。

だって特別だとか違うとか誰も思ってない、って言ってたし、差別なんかもうないし、たまにニュースでなんかやってるけどあれは北朝鮮だから違うし、修学旅行のときの話し方では別に隠してるって感じでもなかったし、先週だってどっちかっていうとみんな外国に縁があるのはなんかいい感じって雰囲気だったし。

ただ、決勝トーナメントで日本が負けた後も韓国が勝ち進んでいくにつれ、韓国代表選手の悪口を言ったり、熱狂的な応援を揶揄したりする同級生は増えていった。準決勝で韓国が敗退すると、それは収まった、というより、安堵が混ざった強がりのようなコメントをクラスの中心的存在だった男子が言うのが聞こえてきた。

そのあと、彼女に対していじめなどがあったわけではないし、韓国ルーツだということで誰かがなにか言ったことも、圭太郎が知る限りはなかった。知る限り、なんてごく狭い範囲の表面に過ぎないのだが。卒業式の日、門の周りで生徒たちが写真を撮り合ったり部活の後輩から花束をもらったりしている中で、圭太郎は彼女を目で探した。仲のいいグループでカメラにポーズをとっていた彼女は、圭太郎の視線に気づいた。笑顔は消え、感情の読みとれない目で圭太郎を見た。しかし、それはほんの一、二秒のことだった。彼女は泣いている後輩の肩を抱いてなにか言い、二人で写真を撮り、そのときには笑っていた。

高校は別の学校だったし、二回ほど駅で見かけたことはあるが向こうは気づかなかった。そのころには韓国のテレビドラマがブームになっていて、やっぱり気にするようなことじゃなかったんだ、と圭太郎は思った。地元の友達の近況話では、確か彼女は結婚して子供がいるとのことだったが、それを聞いたのもかなり前のことだ。

東京で働くようになってから、在日韓国・朝鮮人の人たちに対する偏見やあからさまに悪く言う言葉が耳に入るようになった。韓国や中国の人たちを侮る言葉もあり、聞くたびに圭太郎は動揺しつつも、曖昧に流して黙っていた。自分には偏見はないし在日の友人もいるが実は彼らの一部にはこういうつながりがあって、などといかにも裏の事情を知っているふうに解説してくる人もいた。それを聞くたびに、「今どき差別なんてないよね」と言い合っていたあのときに疑いもしなかった自分はなんだったんだろうか、と思った。

「マスクをするようになって、すれ違う女の子がその彼女に似てる気がすることが増えた。もしかしたらワールドカップ 2002 とオリンピック 2020 の言葉が似てて思い出すのもあるかもしれないし、なんていうか、つらい経験をしてきた人の言葉とかをネットで読むようになって……」

言いながら、去年公園で知り合った「パパ友」らしきアカウントに並んでいた誹謗(ひぼう)の言葉が頭をよぎった。

そして、話しながら思い出しているうちに、修学旅行での会話は自分にも向けられたものだと思っていたが、彼女ともう一人の女子の話を後ろで勝手に聞いていただけじゃないかと思えてきた。しかしそれを貴美子には言い出せなかった。

圭太郎は、貴美子の顔を見ていた。外が暗いのに部屋の電気をつけないままだったから、考え込むようなうつむき加減のその顔は、少し怖くもあった。隣の和室でタオルケットを掛けて眠っているつばさは、ずっと静かだった。雷が鳴っても、起きる気配はなかった。

しばらくの沈黙のあと、貴美子は言った。

「そうかー」

圭太郎は、その続きを待った。

「言ってしまったことは、消せないよね」

貴美子の言葉の響きは簡潔だった。

圭ちゃんは悪くないよ、と言うのを待っていた。そんなの、誰にでもあることだよ、きっとその子もちょっとびっくりしただけだよ、そのあともなにもなかったんだし。そう自分が思っていたことを、圭太郎は気づかされた。

今でも、圭太郎が気にしているのは、自分が悪く思われたのではないか、ということだった。今の世の中の流れで、差別した側だと責められることが怖かった。

それが、自分自身でよくわかった。

「わたしの話をしてもいい？」

貴美子は立ち上がって、冷蔵庫から麦茶のピッチャーとグラス二つを持ってきた。自分の分を飲み干して、さらに注いでから、話し始めた。

「わたし、小学校二年で転校したのね。叔父さんの家に住むことになって、夏休み明けに。その前の小学校はほとんど登校してなかったし、新しいそこはクラスの人数も多くて、どうしていいかわからなくて。おどおどした態度だったのが余計に周りをいらいらさせちゃったらしくて、軽く仲間はずれというか。よくあることだけど」

圭太郎は、今までに少しだけ聞いていた貴美子の元の家族とそのあと暮らしていた叔父家族のことを思い浮かべた。しかしその情報はあまりにも少なかったので、貴美子が話す家や小学校の光景は、自分の知っている場所に置き換えられていた。

「隣の席だった子だけ、話してくれたんだよね。その子も、女子たちのグループには入れなかったから」

小学生女子たちの姿は、なぜか、圭太郎が以前読んだ漫画のキャラクターとして思い浮かんだ。

「その子は、見た目を気にしてない感じだったし、話しても空気読めずに自分の興味あることだけひたすらしゃべってて。わたしはその子としかしゃべれないから、休み時間もいっしょにいて、体育で二人組作れって言われてもいつもその子とわたしだった。だんだん、わたしとその子がセットみたいな扱いをされるようになって、なんだか嫌だった。クラス替えしてから、やっと他の友達ができた。従姉妹と音楽教室で仲いい子が何人かいたりもしたから。その子もまた同じクラスで、やっぱり他の子からは浮いてて、だから一学期は音楽室とかに移動するときにいっしょだったりしたけど、ついてくるのがうっとうしくなって。二学期になると、わたしは女子のグループにいつもいるようになって、その子とはほとんど話さなくなった。休み時間にはその子は一人でうろうろしてたりしたけど、元々変わった子だから別にいいよね、って思って。話さなかった、というか、話しかけられても、うんとか別にとかしか返さなかったし、避けてた、話しかけられないように。考えないようにした。冬休みが終わったら、いなくなってた。親が離婚して、お母さんのほうの実家に行ったらしいって、その子の家の近所の子に聞いた。神戸、って行き先も」

貴美子がそのとき、まず思ったのは、これで自分が悪いって思わなくて済む、ということだった。一人でいるその子の姿がいつも視界のどこかにあり、落ち着かなかった。同級生がその子の陰口を言うのに頷くたびに、こんな気持ちになるのもその子のせいだと思った。それがなくなると思って、ほっとした。

実際、貴美子はその子のことをすぐに忘れた。学校で楽しいことは増えていったし、叔父家族との生活もそれなりに落ち着いて、離れた両親のこともその子のこともとにかく考えなければいいのだと思った。一つ上の従姉妹が借りてくる本や漫画に夢中になり、絵を描くのが楽しみになって、すぐに二年、三年と過ぎた。

それが起きたのは小学校に通うのもあと少しという、六年生の一月のことだった。連休明けの早朝、まだ真っ暗な時間だった。貴美子が住んでいたあたりもかなり揺れたが、従姉妹に起こされるまで気づかなかった。なにか大変なことが起きたらしいのはわかりつつ、学校は通常通り授業があり、なにが起きたのかをはっきりと理解したのは帰宅して倒壊した高速道路やビルの映像をテレビで目にしたときだった。遅くまで、貴美子は、次々と新しい映像が映し出されるテレビを見続けた。叔父と叔母はあまり見ないようにと注意したが、彼らもテレビを消すことはできず、貴美子はそこから動かなかった。夜になってそこら中から黒煙を上げて燃え続けるその街、行ったことのないその街の名前は、貴美子にとってはあの子と結びついていた。それから当分の間、テレビや新聞で伝えられる犠牲者の名前を、貴美子は何回も何回も確かめた。

あの子が本当に神戸に引っ越したのか、今も住んでいるのか、知らなかった。離婚してお母さんのほうに行ったなら苗字は変わってるかもしれないし、と妙なところを気にしつつ、同じ年齢を探した。よくあるその名前は、いくつか見つけた。だが、それがあの子だとわかる要素はなかった。それに何千人という恐ろしい死者の数の何倍も大怪我をした人や家を失った人がいて、その中にあの子がいるかどうかを知ることはできなかった。日々伝えられるニュースを見ながら、貴美子の中であの子の存在は大きくなっていった。家族の事情があって、転校して、クラスの子たちとうまく仲良くできなくて、きっと似たところがいくつもあったのに。話したらわかることがあったのに。周りにいる、家族と仲良くて楽しそうな子たちには言えないことを、たぶんあの子も経験してたのに。それなのにわたしは拒否した。

しかし結局のところ、二か月経って卒業して、中学へ行ってまた新しい同級生たちとの関係に悩み、楽しいことも面倒なこともつらいことも次々にあって時間が過ぎると、だんだんそれは薄れていった。今では年に一度、特に東京に移ってからはほんとうにその日だけある報道を見たときに、あのときの気持ちや、もうはっきりと思い出せないあの子の姿が心の中に戻ってくる。

「でも、そんなの全部、わたしの罪悪感の話でしかないよね」

貴美子は、雨の勢いが弱まってきた外に目をやりながら、言った。ごうごうという音はしなくなったが、薄暗いままだった。

「その子のことを考えてるわけじゃない。だって、会いに行こうとか、探そうとしたとか、そういうのはないから」

圭太郎には、小学校一年のときに起こったその震災の記憶はそこまではっきりとはなかった。家族の誰も関西に親戚も知り合いもいなかったし、被害のあったあたりには父親が仕事で一度行ったことがある程度だった。テレビの向こうの、それこそ映画みたいな感覚で見ていた気がする。

「わたしは、自分のことしか、話してない。あんな大きな被害のあった震災のことでさえ、自分の感情に置き換えてしまってる」

貴美子には今なにが見えているんだろう、と圭太郎はその横顔を見て思った。するとその顔が自分のほうを向いた。

「圭ちゃんも、そうじゃないの？」

圭太郎は、なにも言えなかった。

思わぬ話をどう受け止めていいかわからなかった。ひょっとして自分が言ってもらえると期待していた言葉を言えばいいのだろうか。貴美ちゃんは悪くないよ、誰にだってそういうことってあるよ、その子もきっと元気にしてるよ。たぶん、違う。貴美子は、圭太郎になにか回答を求めているわけではないと、わかる。それは、自分もただ言いたかっただけなのだと、自分の話をしただけなのだと、思い知ることだった。

「止んだね、雨」

ガラス越しの外は、雲が少し明るい白に変わり始めていた。

「あのさ」

圭太郎の声に、貴美子が振り返った。

「貴美ちゃんの家族の話、聞いていい？」

圭太郎の視界の端で、なにかが動いた。和室で寝ていたつばさが起きそうだった。

「また今度ね」

貴美子は言い、つばさのそばへ行った。

翌日から、四度目の緊急事態宣言が出されたが、街の様子は特に変わりはなかった。皆そうなるだろうと予想していたし、「自粛」が身についていた。

圭太郎が自転車で走る道にも「TOKYO2020」のポスターが目立ち、商店街の街灯にはペナントがつるされ、記念のスタンプラリーイベントも開催されていた。

昨年は、『ＡＫＩＲＡ』の「開催まであと413日」という看板に「中止だ　中止」と落書きされた場面の画像がツイッターでよく流れていたが、今年は皆それに飽きてしまったのか忘れてしまったのか、あまり見かけない。「中止」を求める声も、少なかった気がする。だからといって、開催を希望するという人の話も、テレビのニュース以外では圭太郎は周りで聞いたことがなく、どこかで誰かが勝手にやっているなにか、という感じしかしなかった。どこかで誰かがやっていて、自分たちはそれに関わることができないし関わりもない、という諦念みたいなものだけが漂っていると、圭太郎には思えた。だけどそれは、自分の周りの狭い範囲のことなんだろうとも思う。「ｏｂｒｅｒｏ」に勤め始めてからはその最寄りの駅名でも検索するようになったＳＮＳには、反対するなんて選手がかわいそう、応援しています、という文字もよく並んでいた。

「2020」。健康な歯を残すのは「8020」だっけ、とどうでもいいことが頭に浮かんだ。


開会式の日、圭太郎は出勤だった。

朝からつばさが、パパが遊ぶって言った、約束したのに、とめずらしく大泣きして、なかなか家を出られなかった。

連休でパパは家にいると思い込んでいたのかもしれないし、保育園の友達が祖父母の家や海に遊びに出かけると聞いたから自分も遊びに行くつもりになっていたのかもしれない。ともかく、貴美子と二人でなだめ、何度か遊びに来てつばさがなついている貴美子の友達に連絡したら来てくれることになり、スマホの画面越しに彼女と話してなんとか落ち着いてくれた。

三木さんに連絡をすると、だいじょうぶですよ、そういうことってありますよねえ、と気のいい返事でほっとしたが、三十分近く遅れそうで、圭太郎は自転車を普段よりだいぶスピードを上げて漕(こ)いだ。

晴れ渡って、空は青かった。暑かったが、不思議とそれほど不快ではなかった。マンションの建設が始まった広い敷地にさしかかったとき、ごーと妙な音が聞こえた。見上げると、そこだけ広く抜けた空の先に白い飛行機雲が見えた。あ、そうか、と圭太郎はペダルを踏み込んでいた脚を止めた。

　ブルーインパルスの飛行だった。どれくらい離れた空を飛んでいるのかわからないが、飛行機の姿は小さく、そこから白い煙が伸びていった。遠いのに、風向きのせいか音ははっきり聞こえた。

「わあ、見えた」

　と子供の声がして視線を移すと、すぐそばの三階建てマンションの階段に、親子がいて空を眺めていた。圭太郎と同じかもう少し若いくらいの父親が女の子を抱き上げ、その子が白煙の方向を指差している。その横で母親も同じほうを指して、すごいすごい、と声を上げていた。

　女の子は、三歳か、四歳くらいだろうか。圭太郎は、彼らを見上げて、車道脇で停まっていた。

　去年の緊急事態宣言が解除されたとき、貴美子とつばさと虹を眺めたことを思い出した。

　自分と貴美子とつばさも、あんなふうだろうか、と階段で楽しそうな親子を眺めた。どこにでもいる家族、ごく平凡な、とりあえず今のところ幸せそうな家族。

　そう見えていれば、いいなと思う。


　七月の最後の日は土曜日だった。

　三木さんの知人にオリンピックに出場している選手の友人がいて、本人はいないが慰労会をしたいとのことでシャッターを下ろして九時過ぎまで貸し切りにしていた。いつもより帰宅が遅くなった圭太郎が家に着くと、つばさはもう眠っていて、貴美子はめずらしく居間のテレビでオリンピックのダイジェスト番組を観ていた。競泳の決勝が放送されていたが、日本の選手は出ていなかったようで、淡々と結果が報告されていた。

「お客さんいるのといないのと、どっちがやりやすいのかなあ」

　ほとんどが空席の会場を見ながら、貴美子が言った。応援する人たちもいるにはいるが、通常のオリンピックに比べると全体の雰囲気はまったく違うし、静かだった。

「おれだったら、こういうほうがいいな。プレッシャーに弱いから」

「たぶんそうね」

「応援してくれる人がたくさんいるほうが勝てる、って人がオリンピックに出れる選手になるんじゃない？」

「なるほど」

　オリンピックの報告は一旦終わり、テレビは定時のニュースに変わった。

「あのね、圭ちゃん」

　貴美子の声に、圭太郎はなんとなく前に座ったほうがいいんだろうな、とソファの向かいの床に腰を下ろした。

「離婚しない？」

　その言葉は圭太郎には唐突すぎて、意味がつかめなかった。貴美子は、今日あったことを報告するような調子で、話を続けた。

「生活はこのままで、形式上というか。そうしたら、お義父さんとお義母さん、距離を置いてくれるんじゃないかな」

「ちょっと、よくわからないんだけど……」

　圭太郎はそう言うのが精一杯だった。

「つばさをいっしょに育てていくことには変わりないけど、結婚してなければ圭ちゃんの両親とは関係ないってことになるじゃない？　いちおう」

「うちの親、まだ貴美ちゃんに電話してきてた？」

「うん。これ以上なにか言われたくない」

貴美子はきっぱりと言った。

そもそも深くつきあっていたわけでもないし、突発的に妊娠を伝えられて動揺した自分が結婚すると言ってしまったわけだし、「子育てユニット」として結婚してたほうが不便がなさそうぐらいの理由だと圭太郎自身が言っていたのだったが、「離婚」と言われてみると、たとえ生活はこのままだとしても自分が一方的に関係を切られる感覚が拭えなかった。

六年間いっしょに暮らしてきて、同じように思って生活していたはずが、相手は全然違っていたと突きつけられてしまったようで、頭の中が真っ白になった。

父親のことも母親のことも面倒でこの数か月の言動にはうんざりしていて、その関係を切れるなら切りたいのは自分のほうなのに、なぜ貴美子からそれを提案されるのか。離婚って、なにが変わるんだっけ。親権とかそういうの、どうなるんだっけ。

なにをどこからどう考えていいかわからず、断片的なことがその頭の空白に渦巻いていった。

「や、ちょっと、わかんない。なんでそこまでしないといけないの？」

「わたしとあなたとつばさと、三人で生きていくことをだいじにしたいから」

圭太郎は、ますます混乱した。

「わたしのお母さん、わたしが今のつばさくらいのとき、わたしを道連れにして死のうとしたんだよね」

「なにそれ？」

　思わず言った自分の声があまりに頓狂で、圭太郎は動揺した。貴美子のほうは、冷静だった。少なくとも、声は。

「誰もそうは言わなかったけど。お父さんがしばらく帰ってこなかった時期があって、お母さんはわたしを車に乗せて三日くらい山を走って、夜も車で寝て。何度か、暗い中で車を降りて橋の上にわたしを連れて行って。川にかかってる橋。山の中だから結構高さがあるやつ」

　淡々と話し続ける貴美子は、知らない人みたいに、圭太郎には思えた。今までにも、何度か、圭太郎は貴美子のことを急に見知らぬ人のように感じることがあった。

「それで、じーっと、長いあいだそこに立ってて。とにかく寒かったから、車にいたい、家に帰りたい、って言ったんだけど、なにか言ってないと、黙ったら終わりだ、って思ってたのかもしれない。話し続けてないと、この人はここから飛び降りるんだって。車の中にいても、お母さんはずっと黙ってるし、なにも見てないみたいな目だし、次の瞬間になにが起こるかわからない感じで、ずーっと怖かった。四日目の朝に、なにがあったか知らないけど家に帰って、なにごともなく普段通りの生活をして、一週間くらいしてお父さんが帰ってきた。

　だいぶあとになってから大人がしてた話を横から聞いてつなぎ合わせただけだけど、お父さんとお母さんは大恋愛だったらしいんだよね。大恋愛、ってほんとに言ってたの、親戚の人が。そんな言葉普段リアルな人に使わないから笑っちゃうよね。北海道かどっか旅行先で出会った瞬間に恋に落ちて、みたいな、それはお母さんからも直接聞いたことあって。お父さんは元は東京の人らしいんだけど、そのままお母さんの地元についてきて。それがなんでそうなったのかは知らないけど、その直後に、一年ぐらいしてお父さんはお母さんと別れて元カノと暮らすことを決めたんだけど、お母さんの妊娠がわかって、それで結婚することになったんだって。

お母さんは、子供が生まれたらお父さんは自分のほうを見てくれるって考えたみたいなんだけど、逆で。お父さんは子供が育つにつれてどんどん責任が増していくのを感じて逃げ出したくなって、実際逃げた。お母さんはそれで、心のバランスを崩してって感じ？　お父さんに出会う前に何かつらいことがあったらしいから、それで依存ぽくなってたのかも。

そのあと、わたしはしばらく祖母の家にいて、そしたらなんと、お父さんはお母さんのところに戻ってきた。この人を助けられるのは自分しかいない、って思ったらしいよ。子供よりも自分が必要なんだ、って。お父さんがいないと生きていけないから貴美子とは暮らせない、ってお母さんは、わたしに言った。そうだよね、お父さんいなかったら死ぬところだった。殺されるところだった。それよりは、おばあちゃんか誰かのところで生きていくほうが全然いいかなって。こういうのはわたしがあとから解釈した話だけどね、自分が納得いくように。だってわけわからなすぎるじゃない？　無理心中って言葉があるけどさー、使うのやめてほしいよね。殺されたのに心中とか言われる子供はどうなるのって思う」

「よくわからないんだけど……」

圭太郎には、貴美子の話は、サスペンスドラマかバーでアルバイトしていたときに聞いた酔った客の身の上話みたいにしか思えなかった。

「わからないよね。わたしもわからない。自分が子供を持ったらわかることもあるかなって思ってたけど、ほら、よく言うじゃない？　子供を育てたら親の気持ちがわかって感謝するようになった、って。でも、つばさがあのときのわたしの年齢に近づいてきて、絶対わからないと思った」

圭太郎の頭の中で、貴美子の話に出てきた夜中の橋の上に佇む母子が、貴美子とつばさとして映像になった。しかし、二人とも健康そうに笑っていて、貴美子の話とはまったく違うシーンになってしまった。

「だから、妊娠したのがわかったとき、それを理由にして結婚したり、相手の生活を変えてしまうのは嫌だと思った。自分が責任を持って生きていこう、って」

貴美子が、圭太郎をじっと見た。

圭太郎は、聞いた。

「あのとき、なんで話してくれたの？」

「いちおう、信頼してたんじゃないかな」

その言葉には、少し安堵した。

「たぶん、世の中には、結婚だとか子供だとかそういう関係だと自分の一部みたいに思う人がいるんだろうな、とは思うの。いいか悪いか以前に、そう思う人はいる。自分と区別がつかなかったり、持ち物みたいに思ったり頼り切ったり。思っちゃう人は仕方ないから、こっちはそれでどうすればいいか考えてみて、離婚したら、少なくともわたしのことを息子の子供を産むための存在じゃないって気がついてくれるかなと」

貴美子の話を聞いているあいだ、圭太郎の頭の中に浮かぶもう一つの光景があった。貴美子の話とは違うけれど、そのことを考えるようになったのは、圭太郎にとってもつばさが四歳、五歳と自分の記憶がある年齢になってきたせいかもしれない。いつからか、ごく普通に使われる言葉として頻繁に聞くようになった「虐待」や「ＤＶ」。それに付随する解説。何度それを目にしても、自分に関係があることだとは思っていなかった。ついこの間までは。

そして今も、半分くらいは、自分のことではない、思い込みだという気持ちがある。よくあることだし、たいしたことではなかったし。

「なんかごめんね、妙な話になっちゃって」

　圭太郎が固まっているので、貴美子は心持ち明るい声で言った。

「ううん、こっちこそ……」

「どうしたの？　なんか……」

「だいじょうぶ。ちょっと、うちの親のことはほんとに、なんとかするし……」

　圭太郎は、頭の芯が痺れるような感覚のまま、言った。

　ついたままのテレビは、再びオリンピックのダイジェストを流していた。トランポリンの男子選手が高く高く跳ねていた。

9　二〇二一年八月　柳本れい

商店街沿いのマンションの非常階段から空を見上げている人がいて、柳本れいは自分もその視線の先を見た。

曇った空には、飛行機はいなかった。

先々週、撮影の仕事で訪れていた出版社の会議室から、五色の飛行機雲を見ようとしたのだった。その会議室は今までにもインタビュー取材の撮影で何度か訪れたことがあったのに、担当の編集者が作家の提案で窓を開けたとき、あ、開くんだ、と思った。そして五階に位置するその窓から外を見ると、周りのビルやマンションのベランダや階段のあちらにもこちらにも人の姿があった。中には、店舗ビルの屋上にのぼっている人や非常階段の柵に立っている人もいて、いつもなら人の姿を見ることがない都心の一角の風景が違ったものに見えた。普段は地中にいる生き物たちが春になって出てきた、みたいな感じですね、と作家が言い、だってもう長いこと旅行もできないし近所ですら出かけること少ないですもんね、夏休みのイベントはこれぐらいじゃないですか、とその場にいた人たちで言い合った。その窓からは、結局飛行機は見えなかった。音だけが聞こえ、近くの建物の窓から身を乗り出している人が上空を指差していたので、あっち側からなら見えたんだろうなあ、と作家は残念がりながら、皆それぞれのスマホでＳＮＳに上げられた画像を見た。

だから、れいは非常階段で空を見上げている人を見て、今日もなにかが飛んでくるんだっけ、と思ったのだった。

今日はオリンピックが始まってから十三日目。あと四日で閉会式。

自分が今住んでいて仕事もしていて、機会が減ったとはいえ週に一、二度は都心へ往復しているこの街でオリンピックが開かれていることが、れいにはいまだに信じられなかった。駅にも商店街にもそこらじゅうにポスターや幟は並んでいるが、それ以外に変わったことはない。人が増えたわけでもなく、外国から来た人を見かけるわけでもない。

交通規制で仕事に行くのに迂回することはあっても、競技に関するものが視界に入ることはない。競技場近くに勤める友人は花火が見えてかすかに音楽が聞こえたとツイッターに書いていたが、気配があるのに近づけない様子がかえってどこかで行われている幻のイベントという感覚に近かった。

そういえば、観戦チケットがいくつも当選して支払いが百万近くになると言っていた出版社の人がいたが、どうなったのだろう。無事に払い戻しがあったのだろうか。

オリンピックが近づいてから、チケットの高額な数字も観客数の予想もずっと嘘みたいにしか思えなかったし、昨年の春ごろに延期が決まったときも、今年に入ってから開催を前提とした話を聞いても、れいには現実味がまったくなかった。五月や六月ごろに変異株のニュースが増えだした時期には、これで中止になるんじゃないかと思っていた。しかし現実は、オリンピックの準備は変わらず進められ、緊急事態宣言が出て住民の生活のほうが制限された。

コロナもなにもなく当初の予定通りにオリンピックが開催されていたら、自分にもなにか関連の仕事があっただろうか。

午後の住宅街は静かで、白く曇っている空の下で、蒸し暑さだけが今が夏だということを思い出させた。首に流れてくる汗を拭い、れいは少しめまいを感じた。

競技の撮影はなかっただろうが、関連して東京や文化事業をＰＲするイベントや仕事はいくつもあり、その撮影はあったかもしれない。何百万人も東京に人が来て大渋滞で宅配便も送らないように要請が出るみたいなとこで仕事なんてできないから長期休暇を取ってどこかに脱出すると言っていた友人も何人かいた。

オリンピックに関連したイベント、というのはつまり、予算がつくことだ。と、三、四年前に仕事先で久々に会った小規模なイベント企画会社の社長が言っていた。彼は、「オリンピック関連イベント」の仕事もいくつかやっていると具体的に教えてくれたが、それはスポーツイベントではなく、一見関係ないような文化系のイベントだった。オリンピック招致の条件として文化事業に予算がついて、だからそれで公演したり仕事もらったりしてる「文化的」なやつらがオリンピック反対なんて言ってるのは笑っちゃうね、と彼が訳知り顔で言ったのを、れいはなにかしら関連のありそうな仕事をするたびに思い出していた。

れいは、ワクチン接種を受けに行った帰り道だった。七月に接種券が送られてきて予約が取れたのは八月の下旬だったのだが、数日前に仕事関係の人から企業の集団接種枠があると連絡をもらって、急遽(きゅうきょ)受けられることになったのだった。自分が受けられたのはよかったが、大企業に勤める知人たちが七月にどんどん接種をしていて、こんなところでも差がつくのだと複雑な思いを持っていた。オリンピックにまつわることも、新型コロナウイルスが拡がり始めてからのことも、自分はフリーランスでありつつ、大企業やたとえば富裕層向けの商品やホテルに関連した仕事も多く、友人たちは演劇のスタッフだったり飲食店で働いていたりするれいにとっては、あまりにも違う複数の世界が常に目の前にあった。それが一年以上続いていることで気持ちがどんどんすり減っているのを、このひと月は特に感じていた。

緊急事態宣言が出ても、昨年の四月や五月のように突然状況が変わって仕事やイベントが中止になったり自宅待機になることもなかった。しかし、旅行取材の仕事は取材先の施設からNGが出て延期になり、先週は俳優のインタビューも本人が陽性で中止になったがそれは表だって発表されていない。感染を公表したことで放送中のドラマに影響が出たりして俳優がバッシングされ、公表していない人でも周囲に謝罪してまわったりするのが耳に入ってくる。

オリンピックをやっていて、他のイベントや飲食店は厳しい制限を受け、仕事は通常通り続けなければならず、好きな場所に出かけることも、親しい人に会うことも難しい。この夏に進行しているできごとが、自分の体や気持ちをばらばらにしていく感じがする、とれいは思った。

家に着いて、帰り道で買ったペットボトルの炭酸水を一気に飲んだ。

今のところ、体調に大きな変化はないようだ。れいは、こういうときあれこれ心配してインターネットで情報を探しては準備をしてしまうほうで、数日分の食べやすい食料やゼリー飲料やアイスクリームやなんやらを冷蔵庫に詰め込んでから会場に向かった。今、冷蔵庫の扉を開けてみると、あきらかに詰め込み過ぎでうんざりする気持ちになった。

注射した左側の肩から肘にかけてだるさがあるのと少し腫れているぐらいでたいしたことはなさそう、と思っていたら、夜になって熱が出てきた。友人は副反応がひどくて四日寝込んだと詳細をインスタグラムに書いていたが、そこまではなさそうで、熱は三八度を超えないくらい。頭痛もあったが、二十代のころから悩まされている偏頭痛のひどいときよりもましだった。ただ、蒸し暑さのせいもあってエアコンをつけていても寝苦しかった。

翌朝、窓の外から、裏手の保育園に子供たちを送ってきた親たちの話し声が聞こえてきた。れいは寝転がったまま、それをぼんやりと聞いていた。保育園の送り迎えの保護者たちは基本的に忙しいので、長話をすることはない。挨拶をして、一言二言交わす程度だ。その短い会話の中に、この二週間はオリンピックのことがたいてい混じっている。今も、その声を聞いていて、昨日はスケートボードやってたのかー、とれいは思った。

ぼんやりしたまま、枕元の体温計を取って測ってみると、熱は下がっていた。そのまま寝転がっていると、誰かと話したような気がしてきて、夜中に見た夢だった、とその光景を少しずつ思い出した。

ようやく起き上がり、シャワーで汗を流して着替えた。保育園からは、子供たちの歌う声が聞こえていた。オリンピックをやっている実感がないのは、テレビを見ていないからなんだろうな、と床に座って牛乳を飲みながられいは思った。

テレビをつけていなければ、オリンピックを見ることもないし、見なければやっていないのと変わりなかった。

世のたいていの人が「世界」だと思っているのはテレビの中のことじゃないかと考えることがある。テレビを見る人が減っていると言われつつ、ＳＮＳや動画でも元はテレビでやっていたことが話題として流れてくる。いや、今はネットの動画をテレビで流しているから、映像を見なければ現実の出来事と思えない、映像があれば現実だと思うということだろうか。

写真家の友人が、二〇〇一年九月十一日のアメリカ同時多発テロのときに徹夜で暗室作業をしていてスタジオでそのまま仮眠して、昼ごろに起きてやっと事件のことを知った、と話していたのを思い出す。そのときのことを今でも考えちゃうんだよね、なにかが起きていて、自分はそれを知らなくて、その知らなかった間の時間ってなんなんだろうって。二〇一一年の地震が起こったときも暗室にいたんだけど、そのときは一度目ですごく揺れたから外に出て、本震のときは事務所のテレビでニュースを見てた。なにかが起きた場所との距離の違いってことなのかな。その話を聞いたのは、二〇一五年の年末だった。友人はその年の十一月に起きたパリでの同時多発テロの前日までパリ・フォトのために滞在していて、しばらくして会ったときに話を聞いたのだった。

れいは、二〇〇一年のあの日は、一人暮らしのアパートでテレビのニュース速報で第一報を見た瞬間から動けなかった。朝までそのままテレビを見ていた。ケーブルテレビのニュースチャンネルも見られたので、いろんなチャンネルに変えながら、ひたすら画面の前に座り込んでいた。徹夜したままアシスタントの仕事に行くことになってしまい、眠気をこらえていた現場でも誰もがその話をしていたのを覚えている。帰宅すると、アメリカのニュースチャンネルの画面には「under war」の文字が表示され続けるようになっていた。

今、テレビを全然見ていないし、動画の類もあまり見ない自分は、見ている人と同じ世界で生活していると言えるのだろうか。同じ街にいて、同じ店で買い物をし、窓の外から声も聞こえてくるけれど。

れいは、窓を開けた。保育園の園庭には子供の姿はなかった。ぬるい湿った空気が、部屋の温度を一気に上げた。

オリンピックが終わった。始まった実感がなかったオリンピックが終わっても、街の様子はほとんど変化がなかった。

お盆休みは、葉子さんの家の写真館の予約を一日二組限定で受けた。

一人目のお客さんは、三十歳の女性で、やっとお金を貯めてカナダに語学留学する予定だったのに行けなくなった、その代わりになにかしてみようかと思って友人から聞いたここに来たと話した。向こうのエージェントの人の話だと、ワクチン接種も進んでて秋にはどこの学校も通常授業が再開するって言うので、準備はしてるんですけどね、と話す彼女は不安よりも期待のほうに向かっている表情で、れいは少し羨ましく思った。

撮影が終わり、次の予約者が来るまでに二時間ほどあいていたので、一階に下り、れいが持ってきた桃を剝いて、ダイニングテーブルでお茶をした。

「遥ちゃんは？　お盆には来ないの？」

れいが聞くと、葉子さんは大きなため息をついた。

「それがさあ、わたし、遥に余計なこと言っちゃったみたいで」

遥の弟は志望していた中高一貫の私立校に合格し、家の中の緊張も和らいでいると四月ごろには聞いていた。遥は、葉子さんの家に長く泊まることはなくなったが、よく遊びに来ていたし、写真館の予定があるときにやってきて、れいにカメラや写真のことを習ったりもしていた。それが、ここしばらくは葉子さんも会っていないようだったので、れいは気になっていたのだった。

葉子さんが言うには、遥も受験で夏期講習に通ったり同級生といっしょに勉強したりしているみたいだから自分が気にしすぎているのかもしれないが、七月の定期テストが終わったあとにここに来て学校のクラスで流行っているという漫画や小説をずっと読んでいて、横からついあれこれ言ってしまい、そのときは遥は適当に頷いていたが、それ以来一度も来ていない、ということだった。

「そういうのもいいけど、これがおもしろいよ、って、わたしが好きな本のおもしろさを語った上に何冊か押しつけて持って帰らせちゃって。ＬＩＮＥの返信も少なくなったんだよね」

落ち込んでいる葉子さんに、れいは、でも高校三年の夏休みなんて友達と会ったり受験勉強もあるし、と言ってはみたが、それで葉子さんの慰めになるわけではないのはわかっていた。

「あーあ、もう、そんなの自分が遥くらいのときに言われてすごいヤだったのに、うるせえなあーって思ってたの全然覚えてるのに、なんで言っちゃうんだろうねえ。というか、それだけじゃなくて、ほかにも押しつけがましいところがあったかもしれない。頼られてる気がして、から回ってたのかも」

確かに、遥がいるときは葉子さんはごはんを作るのも張り切っていたし、楽しそうだった。それはれいも同じだった。カメラや写真のことを教えてほしいと濁りのない目を向けられると、自分も役に立てるような気がした。仕事や生活にままならないことが多い状況が続く中で、遥の存在はそこだけ明るい感じがしていた。

「ああ、でもわたしも最近、仕事で接する人が実はすごく年下だったりして、自分ではそう思ってないけど気を遣わせちゃったりしてないか心配になる。かといって、たとえ話にミュージシャンとかの名前出して、あっ、知らないよね、古かったよね、みたいに自虐っぽく言うのもすでにプレッシャーかも、とかも思うし」

「わかるー。自分が若いときに二十歳上の人ってすごい遠く感じてたなあ、って思い出したりして」

「子供いないし、わたしの場合は甥(おい)とか姪もいないし、身近に接する機会ないもんねえ。遥ちゃんぐらいだもん、しゃべったりするの。自分が子供産むって想像もほとんどしてなかったから、『自分が産んでてもおかしくない年齢の』って言い方ちょくちょく聞くけど、それもなんかぼんやりした感じなんだよね。計算したら確かにそうか、ってぐらいで。そんなくらいだから、子供がいる友達を見てるとほんとに感心するよ、みんななんでこんなに偉いのかなあ、って。葉子さんだって、遥ちゃんにとってはすごく助けになってるって、わたしはずっと思ってたよ」

　れいは、あっという間に食べてしまって最後の一切れになった桃を口に入れた。

　葉子さんは、台所へ立ってポットにお茶を入れ直してきた。

「ちょっと聞いてみるだけなんだけど、れいちゃんは子供ほしいって思ったことなかったの？」

　れいは、すぐに言葉が出てこず、葉子さんの顔を見た。

「あっ、ごめんね、立ち入ったことだったよね」

「あー、全然全然。そういうのじゃなくて、ない、って即答していいのかな、って。ないんだけどね」

　葉子さんは、カップに中国茶をなみなみと注いで、れいの正面に座った。

「そうか。まず、自分の話するね。わたしはね、自分は子供産むんだってずっと思ってたの。それもさらに違って、産むとか産まないとかそういう意識でもなくて、大人になったら子供がいて当たり前で、そうじゃない生活があるって考えたこともなかった」

「そう」

「だから、子供がいない今の自分のことが、ときどきうまく受け止められない感じもするし、だから自分が親だったらみたいなことをつい考えちゃうとこあるのかなって」

　葉子さんのうしろに位置する柱には、傷がたくさんついていた。これ、うちの父とかその兄弟の身長を測った跡もあるんだよ、と前に葉子さんが言っていた。れいは、親戚づきあいがほとんどないまま育ったから、そういう話を聞くと小説やドラマの中みたいで不思議な感じがした。

　れいも、自分のカップにお茶を注ぎ足した。

「わたしはたぶん逆で、自分に子供がいるって想像が全然できなかったのね。育った環境があんまりうまくいってない家族だったし、早々にいなくなった父親とは親子の関係ってほどの記憶はないし、母親は不安定な人で、小学生のときにはすでにこの人は子供っぽいよなあ、めんどくさいなあ、でも自分がなんとかしないと生活が成り立たないし、みたいに思ってて、子供を産むとか育てるとか怖いとしか思えなかった。母が持って帰ってくる週刊誌にときどき虐待の記事が載ってて、自分が親になったらきっとこうなるだろうな、って。もう少し大人になって、もしかしてつきあった人が子供が大好きでおおらかで子供がどうしてもほしいみたいな感じだったら産むこともあるかも、とちらっと考えたことはあるけど、ほんとうにそれくらい。そしてそういう人と知り合うこともなかったことに、どこかでほっとしてるかな。相手も機会もなかったから、産むか産まないか現実的に差し迫った問題として悩むこともなかったから。でもずっと、子供を産みたいと思わない人間はだめなんだろうな、申し訳ないなって気持ちは消えない」

葉子さんは黙って聞いていた。いつもと変わらない、丸っこい輪郭とパーツの、のんびりしているとかほんわかしているとか言われがちな顔で、れいを見ていた。

「今、葉子さんにもこんなこと言ってだいじょうぶかな、って思ってる」

葉子さんは、テーブルに肘を突いて、少しほほえんだ。

「なんでだろうねえ。わたしとれいちゃんと全然違う方向から来て、でも、二人とも、子供を産んでないことに、罪悪感というか、人としてなんか欠けてるんじゃないかって気持ちを持っちゃってるよね」

古い家の台所は、裏の建物が近いせいもあって日が差さず、昼間でも電灯をつけている。たぶん葉子さんがここに住み始める前から長く使われている黄色いホーローの笠がついたもので、れいは今度引っ越したらああいう照明にしようと思って、実際似たのを探して買った。

「結婚して三、四年経っても妊娠しなくて、夫だった人は、きみが決めればいいよ、って言ってた。おれはきみの気持ちを尊重したいから、きみが決めたことに協力するよ、って」

離婚してこの家に移るときに、葉子さんはほとんどの家具や使っていたものを処分した、と言っていた。

「なんにでもそう言う人だったの。晩ごはんなににするか聞いても、旅行をどこに行くか聞いても、きみが食べたいものでいいよ、行きたいとこでいいよ。わたしがなにかするって言っても、しないって言っても、『いいよ』って答えが返ってくる。あるときに、そのことをちょっと言ったのね。いいよ、いいよ、ってなんで全部許可みたいに言うの？　って。そしたら……」

葉子さんは、テーブルの木目を目で追っていた。

「きみの希望をずっと聞いてきたのに、結婚したいって言うから結婚したし、仕事をするって言うから協力したし、全部自分が決めたことなのに、おれのせいにするの？　って言われて。ああ、そうか、わたしは二人で結婚を決めたと思っていたけど、この人にとってはそうじゃなかったんだな、わたしばっかりやりたいことをやってそれに合わせてることになってたんだ、って。……彼が一方的に悪いとは思ってない。わたしもそれを確認しないで、自分の都合のいいように解釈してたから。でも、それがわかったらもう同じように会話はできなくて」

れいは、頷いた。葉子さんは、少し姿勢を直した。

「離婚の話し合いの時にも聞いたんだけどね。いいよ、の何が悪いの？　なにも押しつけてないのに、なんでおればっかり責められるの、みたいな感じで、嚙（か）み合わないままで……。なんて言っていいのかわからなかったし、今もわからない」

聞きながら、れいは、ずいぶん前のことを思い出していた。

写真学校で学生同士の自主的な合評が開かれたときだった。何度か同じ顔ぶれで実習や合評をしたことのある十人ほどが教室にいて、講師は確か誰もいなかった。二年目だったし参加者の作品を順に話し合う経験も積んでいて、厳しい意見が出ることも日常だったし、撮影者でない者同士の見解が対立することもよくあって、れいはそのこと自体は意義のある経験だと思っていたし、自分の作品について思いもしなかったことを言われるのも参考になることのほうが多かった。

そのグループの中で講師たちからも注目され、写真雑誌の入選経験もある学生の写真について皆が主に賞賛の意見を言っていたとき、一人の男子学生が、自分はいいと思わない、と言った。ヨッシーと呼ばれていたその男子は口数が少なく写真の技術に関しても不器用なタイプで、しかし暗室で黙々と作業をしているところをれいはよく見かけていた。ヨッシーは、前にいいって言われたものをなぞっているだけに見えるし、被写体に対しても勝手な思い込みがある感じがする、と訥々と話した。他の学生たちは、そうかなあ、と首を傾げたりしていたが、撮影者と仲がよく、そのクラスの中心的な存在でもあった山岡という男子学生が、批判するならもっと明確な理由を言うべきだ、と苛立ちを隠さずに言った。ヨッシーは、うーん、うまく言えないんだけど、もう少し、違う撮り方があると思うっていうか、と途切れ途切れに言ったが、自分の意見自体は変えなかった。撮影した学生は、そういうところもあるかも、と聞いていたのに、山岡は、説明できないってことは正しくないってことだろ、単なる感情でしかないじゃん、納得させられないんだからその時点で間違ってるんだよ、ちゃんと考えてからしゃべれよ、と、声を荒らげた。ヨッシーは、黙り込んでしまい、教室は気まずい雰囲気になった。誰かが、まあ、とりあえず次の作品にいこうか、時間ないし、と言って、れいもその一言に安堵して同意した。

その場面を、これまでにもれいはときどき考えることがあった。確かに合評の場ではもう少し具体的に説明すべきだったろうとは思う。しかし、説明できないことは正しくない、納得させられないなら間違っている、とたたみ掛ける言葉を、れいは自分にも向けられたように感じた。それまでにも、似たような気持ちになったことが、何度もあったから。

　そして、その記憶は、れいが三年前までいっしょに暮らしていた人の記憶とつながっていくのだった。

「わたしがいっしょに住んでた人は」

「話しやすい人だったし、理解ある感じだったよね」

　葉子さんもいっしょにごはんを食べたことが二、三度あった。それはれいと彼との時間の中では例外的なことだった。彼は決して気難しいとか愛想が悪いタイプではなかったが、あまりれいの友人と会いたがらなかったし、れいが彼の友人と会うことも少なかった。葉子さんとは写真館をいっしょにやっているというのもあったし、葉子さんの人当たりの良さも理由だろう。

「うん」

　彼は、れいがグループ展をしたギャラリーの運営会社の人だった。搬入や片付けを手伝ってくれ、荷物を運んでくれたりしたのがきっかけで、ごはんを食べに行き、つきあうようになった。その何年か前に離婚して、子供はいないと聞いた。美術や文化的なことの知識が豊富で、話していて楽しかったし、穏やかな人だと思った。一年ほどつきあったころに、彼の住んでいたマンションが道路の拡張で取り壊しになったのを機にれいの部屋に引っ越してきたのだった。

「わたしの家族が複雑だって話も、普通に聞いてくれて、家族と難しい関係にある話って、嫌がる人はほんとに嫌がるんだよね。そういうこと言わないほうがいいよ、とか、なんでも親のせいにする人って嫌いだとか、言われたり」

もっと若いときにつきあった相手には、れいは父親のことを話したことがなかった。小さい頃に離婚したから記憶もない、と適当に言っていた。しかし、そのストーリーになると、がんばって娘を育てたお母さんなんだから感謝するべきだと言われることもあった。

「彼は、大変だったんだね、って聞いてくれて。それだけでも、ほっとするところがあったんだよね。でも、いっしょに暮らしはじめてからだんだんと、ニュースなんかで虐待だとか難しい親子関係の話がでるたびに、そんな大変な人たちも世の中にはいるんだな、自分も親とけんかしたりもしたけど、恵まれてたんだなあ、って言い方をするのが気になりだして。きみも、普通の穏やかな家庭で育ってたらそんなに苦労しないで済んだのにね、って同情っぽく言われたときはさすがに、いや、どっちにしても自分は自分だから、って言ったんだけど」

葉子さんは、ときどき大きく頷いていた。

「仕事で悩んでるとか、人間関係でちょっと気に掛かってることがあるとか話したら、ぼくはそんなふうな考え方はしない、いつもこうしてて、そしたら周りの人も自然と助けてくれるんだよ、ってアドバイスというか。最初は、確かにそうも考えられるか、みたいに視界が広がる感じがして、だからつきあったし、いっしょに住んだんだけどね。わたしが何の話をしても、誰でもそれくらいのことはあるよ、みんないろいろあるけどがんばってるんだから、れいも前向きにやってけばいいよ、って。それで最終的には彼はうまくやってきたって話になるから、なんだろう、わたしの経験が別のことに書き換えられていくような感じがして」

「わあ、なんかその感じ、わかるかも。嫌味じゃなく、当たり前にそう言う人っているよね。ポジティブに。本人も、確かによくできた人だったりするから、そうじゃなくてとも言いにくいというか」

「そう、そうなの、わかってくれる？」

とれいは葉子さんとひとしきり頷き合ったが、ふと、言葉を止めた。彼と過ごしていた部屋の光景が浮かび、それはいつも彼がリビングのソファに座っている背中であり、声をかけようとして声が出てこない自分の記憶だった。

「……でも、なんだろ、人に話そうとすると、結局はわたしが誰かと生活するのが無理だっただけ、って気がしてくる。他人と生活するのはとにかく忍耐と譲歩がだいじ、って友達に言われたけど、わたしにはそれがないもんなあ」

「れいちゃん、その彼のこと、前の奥さんと離婚した理由がよくわからないって言ってたじゃん？ 話したがらないし、ちょっと触れると機嫌が悪くなる、って。それはなんか怪しいよ」

「そう思う？」

「絶対、そう。って、勝手な推測だけどさー。自分に悪いところがあるか、説明できないってことじゃない？ なんでなのかわかってないんだよ、きっと」

葉子さんは、わざと大げさな言い方をした。れいは、それが自分の気を楽にしてくれようとしているのだろうとわかっていた。

「ああ、彼が悪いとかじゃなくてそっちのほうかもしれない。なんでだったのか、あの人自身もわからないから、話さなかったのかもなー」

共通の知人がいなかったので、れいは彼が結婚していたときの話を知る機会がなかった。元妻がどんな人だったのか、単純な興味で聞いてみただけだったが、彼は詮索されるのは好きじゃない、自分のことが信用できないの？ と苛立った。れいは彼が言ったように自分が疑ったような言い方をしてしまったと思っていたが、苛立ちは別の理由だったのかもしれない。

「……でも、それは、わたしも同じかな。説明しようとすると、結局わかりやすいところとか、人の共感を得られそうなところばっかり話すことになって。今も、葉子さんに頷いてもらえること、自分に都合のいいことだけにどんどんなってる。話してるうちに、あのときに自分が実際に受けてた苦しい感じ、体の周りに紐みたいなのが引っかかって巻き付けられて動けなくなるような感じみたいなのとは、離れていってしまう」

れいは、自分の言葉を確かめるように話した。葉子さんは、しばらく考えるような顔をしていた。

「それは、話がしたかったってことだと思う。ちゃんと話したかったけど、できなかった」

れいは、黙って頷いた。

それから、両腕を天井に向かって大きく伸ばして、言った。

「四年もいっしょに住んでなーんもわからなかったなあ」

「わたしは十年だよ！　十年！」

葉子さんが力を込めて言って、二人で大笑いした。

「普通に話すって難しいね」

次の予約の時間が近づき、葉子さんはテーブルを片付け、れいは撮影の準備を始めた。

八月の最後の金曜日、れいは、家でオンラインのトークイベントを見ていた。小説も書いている映画監督の高梨直己の撮影の仕事が先月あった。そこで高梨かられいが参加したグループ展を見に行ったことがあると言われて、新作の試写状をもらったのだった。残念ながら試写には都合がつかずに行けなかったのだが、この公開記念のトークがあるのを知り、チケットを取っていたのだった。

ノートパソコンに表示されるオンラインイベントの画面も見慣れたなあ、とれいは思いつつ、商店街で買ってきた唐揚げを食べながら見た。ゲストとして、いわゆる「歯に衣着せぬ」毒舌を交えた話が人気で、強面の風貌で俳優としても重宝されている映画監督の仁科武雄と、司会役として若いライターが呼ばれていた。

会場は小規模な映画館で、映画の上映を終えた後に抽選に当たった十人ほどの観客がいるとのことで、拍手やときどき笑い声が聞こえた。

ゲストの仁科監督の映画は、れいも若い頃に何本か観た。不条理な展開や激しい暴力シーンの中に独特の笑いや哀愁があって、演じる俳優たちもそれまでのイメージを破る魅力を発揮していた。

始まってすぐに、仁科が唐突にしゃべり出した。

「今もてはやされてる映画って、くだらないものばっかりじゃん。あんなのは全部屑！　観に行って感動してるやつは全員薄っぺらい、なんも考えてない人間なんだよ！」

会場の人たちが笑う声が小さく聞こえた。

「でも、この人の映画は違うんだよ、本物。登場人物はそれこそ全員屑だけどさ、世界に対する愛がある。なあ、そうだろ？」

高梨とライターは、マスクをしたままなので表情がわかりにくくはあるが、曖昧な笑みで頷いていた。ライターが、仁科の発言を引き取り、ストーリーや制作の経緯を解説しながら、高梨に質問を始めた。

仁科の言葉や言い方を、れいは懐かしいと思った。参加したイベントでも仕事場でも、ああいう感じの言葉が飛び交い、その場にいる人たちが笑って頷く場面を、二十歳前後の時期は何度も経験した。れいも、その中で同じように笑っていた。もっと具体的に名指しであいつはばかだ、あんな作品はだめだ、と露悪的に揶揄することも多かった。その中に自分が普段からよく思っていない名前があれば、自分は「わかっている」のだという気分になれた。そんな場が居づらく感じるようになったのは、二十代の後半だろうか。揶揄の対象が次々に変わり、その場の中心にいる人、つまり「力のある人」や「人気がある人」が次に何を言うのか、若い人や下の立場の人たちが空気を読むことに必死になっているのがよくわかるようになった。自分自身も、そんな場での評価が正しいと思い込んでいたが、それに縛られて思うように写真が撮れなくなってきたことに気づいた。気づいていることを自分で認めてこの場から離れなければだめだと思ったのだった。

先月から、れいは、誰かに話したいとずっと思っていて、だけど誰にどう話していいかわからないまま、自分の十代や二十代のころのことを思い返すことが何度もあった。

オリンピックの開閉会式に関わる人が過去に差別的な言動をしていたことで相次いで解任になり、それにまつわる過去の言動を記した八〇年代や九〇年代の雑誌の記事などがインターネット上に溢れた。れいが買っていた雑誌で、聞いていた音楽で、見ていた番組だった。自分がどんな文化の中で過ごしていたかを今の自分の感覚で目のあたりにするのは、かなり複雑で難しい体験だった。

当時のことを分析したような記事やブログもいくつか、SNSに流れてきた。それぞれに、共感やあるいは否定のコメントがいくつもついた。それを読むたびに、れいは何かを思い出し、何かを言いたくなり、気持ちが波立った。その中に、「八〇年代はきれいごとが重視されていたから、それに対する反発があった」という要旨が書かれたものがあった。

書いたのはれいよりも少し若い人だったから、世の中に対する実感がまた違ったのだろうとは思う。四十代も後半の今では五歳分でも違いは誤差にしかならないが、中学一年生と高校一年生では、受け取り方は全然違っただろう。

れいの記憶では、そのときに周りを覆っていたのは、「きれいごと」というよりは、「明るいこと」だった。ひたすらに明るく軽くふるまうことに価値があって、暗いことや深刻なことは忌避された。「暗い」の中には、「真面目」や「悩む」や「考える」も含まれていたし、学校の中で社会的な問題について意見を言うことなんてありえなかったし、そんな本を読んでいるのを見られるだけで、笑われたり揶揄されたりする対象になる要素でしかなかった。

社会的な問題や陰惨な事件などもなんでも「ネタ」にしてしまうのはその「明るさ」「軽さ」でもあったし、学校の教室みたいな場では出せない「暗さ」が、そのうちにサブカルと呼ばれるような過激だったり露悪的だったりするものを好む文化につながっていったのもあるんじゃないか、それも雑な解釈ではあるし、だからってあのときはあれでよかったとも思わないんだけど、とれいはこのひと月ほどいろんな人がいろんなことを言ったり書いたりするのを見ながら思っていた。

写真学校の友人の一人は、死体写真やグロテスクな表現を集めていて、その写真家や漫画家に直接会いに行ったりもしていた。学校でも家でも人間関係がつらく家出を繰り返していた彼女が、それらの表現になにかしら救われているのは感じていた。

一方でアルバイト先の飲食店で仲良くなった中に、同い年でたまにファッション誌にストリートスナップが載るようなかわいい女の子がいた。いわゆるミニシアター系の映画やオルタナティブ・ロックを好んでいたから、れいはよく話をしたし、映画を観に行ったこともあった。彼女は、休憩時間がいっしょになると、インターネットの掲示板の話をしょっちゅうしていた。興奮気味に彼女が話す「今盛り上がっていること」は、れいにはよくわからなかった。あるときなんの気なしに、掲示板って悪口とか暴露（ばくろ）話とかあんなにいっぱい書かれてるの読んでて怖くならない？　と聞いたことがあった。そうすると彼女は、なんで？　と不思議そうにれいを見た。

——自分のことじゃないのに、なんで？

れいは、返す言葉が思いつかなかった。

自分のそういうところが、偽善的なのかもしれない。結局は自分自身も、そのときに流行っていたものを深く考えずにおもしろがっていただけだ。

自分が撮影した写真が、思い浮かぶ。夜通しのパーティーを続ける友人たちの写真。賞をもらって、「東京の女の子たちの日常のリアル」と評された写真。

そのあとも、クラブのオールナイトイベントから帰る友人を早朝の電車で撮ったり、始まったばかりのロックフェスへ向かう道中を撮ったりしたシリーズも、それなりの評判を得た。

わたしはあのときなにもわかっていなかった、と今は思う。撮りたいと思ったなにかは自分の中には明確にあって、それはそのときの世の中でよいとされていたものや価値があるとされていたものに対する疑義や抗議の表明も含んでいたのだが、「女の子たちの日常」「今を幸福に生きる若者たち」として都合よく枠にはめられてしまった、と気づいたのはそのあと何年か経ってからだった。

今なら、もっと別の提示の仕方ができるに違いない。あのときもっと自分が理解していれば、自分が表現したいものについて語る方法を知っていれば、「なにげない日常こそがかけがえのないもの」「お金がなくても楽しんでいる若者」みたいに都合よく解釈されたり、もしくは「判で押したように紹介されたりすることに、抗（あらが）うことができたかもしれない。

たぶん、そうじゃない。

自分の写真がその枠を越えられなかったのだと思うし、今でも、わたしはあまりにわかってなさすぎるし、うまく語ることなどできはしない。

人と会ってしゃべらないとなあ、とれいは床に転がって、天井を見つめた。

なにかについての話というのでもなく、どうでもいい話、あちこちに話が飛んで収拾がつかなくなって、なんの話してたっけ、忘れたね、というような会話の中でしか出てこない言葉、浮かんでこない思考、とらえられない感覚がある。

それがないから、いつまでも自分の頭の中だけで過去のことがループして、煮詰められて、つまらない愚痴みたいなものにしかならない。

ノートパソコンの画面では、二人の映画監督とライターが会話を続けていた。

仁科は、上機嫌で高梨の肩を叩き、

「おまえは天才だよ！」

と言った。

スマホでグーグルマップの画面を見ながらたどり着いた大学は、ほとんど人の姿がなく、静かだった。

小雨が降ったり止んだりで、空はどんよりと薄暗いままだった。今年の夏は天気が悪いなあ、とれいは八月と九月に屋外で撮影した仕事を思い出してみた。

住宅地の中にある小規模な大学で、春に竣工（しゅんこう）したばかりの新校舎と図書館は建築雑誌に載るようなシンプルで美しい建物だった。

学生募集のためのサイトや冊子を今までとは違ったストーリー性のあるものにしたいとの企画で、何度か仕事をしたことのある広告デザイン事務所から写真の依頼を受けた。今日は撮影も少しするが、学校の担当者も含めた現地での打ち合わせと詳細の確認で、担当者に案内されながら校舎内を回った。

校舎も図書館も、吹き抜けや広々としたオープンスペースがいくつも配置され、グループ学習やミーティングをする設備が充実していた。

学生はまばらにしかいなかったが、ガラス張りの明るい自習スペースで本を積み上げて熱心に資料整理をしている姿がぽつぽつとあり、今の学生は勉強熱心だなあ、とれいは思った。

れいは自分が大学に通うことはなかったが、友人の通う大学に遊びに行くことは何度かあった。人数が多い世代だったから、どこに行っても人が溢れていた。大きい教室にも学生食堂にも机と椅子が詰め込まれ、狭い隙間をすり抜けるように移動した記憶がある。

「学生、いいなあ。こういうところなら、学生やってみたい」

「ですねえ」

編集者やデザイナーもれいと同じように今の学校風景に感心していたら、大学の担当者はさびしそうな顔になった。

「登校にはかなり制限があるんですよ。去年の春入学の子たちは、同級生に会う機会もごく限られたままで……」

来週の撮影でも、学生には許可を取ることや、授業や実習のシーンも少ない人数でどう活気があるように見せるかなど、打ち合わせは続いた。がらんとした教室で、撮影位置を探しながら、れいは来年は大学生になっているだろう遥のことを考えた。また葉子さんの家に来るだろうか。写真やカメラのことを話したりできるだろうか。

雨が降り出して、大きなガラス窓に水滴がついた。

九月の末に、やっと緊急事態宣言が明けたあと、れいは電車で西に向かい、駅で待ち合わせた編集者と車に乗って撮影場所に向かった。

二、三十代の働く女性がメイン読者の雑誌で、郊外に移住した夫婦や小規模の会社を取材する企画だった。今日れいが撮影するのは、昨年までは恵比寿の建築事務所で働いていた設計士の夫婦で、四歳になったばかりの子供がいた。駅から車で十五分ほどかかる、住宅地の開発が進みつつも畑や果樹園に囲まれた丘陵地で、長らく空き家だった平屋を自分たちで改装して住んでいる。これまでの仕事もリモートと週に一度の出勤で続けながら、少しずつ地元の個人住宅やコミュニティスペースの設計などの仕事を受け、自宅の隣にある畑の一部を借りて野菜を作ったり子供といっしょに近所で出会う植物や虫の名前を覚えたりするのが楽しい、と編集者がインタビューで聞いているあいだに、れいはそのポートレートや家を撮影した。

ゆったりしたところで子供が成長したほうがいいと思って、コロナで自粛生活やリモートワークが言われるようになる前から計画を進めてたんです、と若い夫婦は話していた。夫は横浜、妻は名古屋のマンションが建ち並ぶ街で育って、突然田舎暮らしなんて無理じゃないのって親からも仕事関係の人からも散々言われたんですけど、もう、全然、すごくいい感じで暮らせてます、こういう場所のほうが自分たちには合ってたんだなあって毎日言ってます、生まれたところが誰でもいちばんいいわけじゃないですよね、旅先で運命的に自分にとって生きやすい場所に出会うことだってあると思うんです。

れいは、庭先から畑を見渡せる場所に移動して、周囲の風景を撮影するポイントを探した。

よく晴れて、木々の多い風景を撮るにはぴったりの青い空が広がっていた。れいには種類のわからない鳥の鳴き声が、空の高いところから聞こえた。

盛り土で少し高くなっているところに、れいは三脚を立ててカメラを山のほうへ向けた。

遠くまで見通せた。隣の広い畑は、土地を貸してくれている農家が野菜を作っているそうで、ビニールをかぶせた畝（うね）がある区画や大根の葉が伸びてきている区画などがパッチワークになって広がっていた。

建物の密集した場所で育ったれいにとって広い場所は落ち着かない。夜になったら遠くまで真っ暗で、あの家で一晩を過ごすのは不安じゃないのかなと思ってしまうが、さっき彼らが話していたように住んでみたら意外にだいじょうぶなのかもしれない、と考えてみたりもした。

カメラのモニターで、写る風景を確かめた。ビニールの畝の先は、収穫が終わったばかりらしく、耕している途中らしい土の表面が広がっていた。かなり遠くに農家の家屋と倉庫が小さく見えていた。

カメラのファインダーも覗いて見ていると、右手から、大きな犬を連れた人が歩いて来た。

土の表面がずっと続いている真ん中を、犬と人が歩いていく。ここからは一面の土にしか見えないが、犬が先にまっすぐ歩いていくあそこには道があるのだ、とれいは思った。

そう気づいた瞬間、その光景は、別の場所と結びついた。

九年前。二〇一二年の二月。

れいは、宮城県の石巻（いしのまき）市にいた。

寒い日だった。雪も雨も降っていなかったが、今にも降り出しそうな灰色の重い雲が頭上を覆っていた。車から降りて歩くと、そこにはかつてあった家の基礎が並んでいた。地中から数十センチだけのコンクリートの壁が、間取り図のように四角い形を見せていた。ここが玄関だったんだろうな、とわかる形だった。しゃがんでみると、土にお茶碗の破片が埋まっていた。そこは、十一か月前にテレビで何度も中継されていた場所だった。れいがテレビ画面を通して見たときには、屋根や自動車や木や壁や石が押し流されて積み上がったままだったが、今そこは、何も知らなければ空き地か造成中の土地に見えるような、広い場所だった。ずっと先に、海が見えた。反対側を見上げると、高台の上には家が並んでいた。ごく普通の住宅地に見えた。家の壁は白く、汚れも見えなかった。あの窓から、ここにあったなにもかもが黒い波に押し流されるのが見えたのだと、突然れいは実感して、しばらくその場から動けなかった。

その五年前に、れいと森木(もりき)さんは同じ場所を訪れていた。

旅行エッセイの企画で、小説家の森木奈央(なお)と小説雑誌の編集者二人の四人で、この街を訪れた。石巻で一泊し、それからバスで牡鹿(おしか)半島の港、船で金華山(きんかさん)の長い歴史がある神社を訪ねる旅程だった。初夏の気候のいいときで、天気もよかったしとにかく海がきれいだった。島に渡る船から見たリアス海岸の木々や崖の風景と、港から海を覗いたらウニがごろごろいて、それは磯焼(いそや)けといって海の中で砂漠化が進んでいる現象であってこのウニはすかすかで食べるところはないのだと、博識の編集者が話していたのをやたらと覚えていて、それから港の旅館で食べた魚貝がおいしかったのもその旅の思い出で、しかし、また来たいなあと思ったのがいつまで経ってもそのままという、それまでにも訪れた場所と同じ旅先の一つにすぎなかった。

二〇一一年の三月。

訪れた地名のいくつもが、テレビから繰り返し何度も聞こえた。れいは、その地名をインターネットで何度も検索した。ボランティア団体の物資の募集があれば送り、寄付もしたが、自分自身がそこや、ほかの被災した場所に行ってなにかをすることはなく、時間が過ぎた。

行ってみませんか、と森木さんから編集者を通じて連絡があったのは、翌年の一月だった。一年経つ前に、自分の目で見ておきたいと思って。取材というわけではないですし、個人的に行ってみたいというだけで、柳本さんにご連絡してもいいものか、迷ったのですが。電話で森木さんが言ったことは、れいが思っていることでもあった。

ウニの話をした編集者は退職していたし、もう一人の編集者も今は別の部署だし小さい子供がいるということで、れいと森木さんと二人で行くことにした。森木さんが知人から持たされた線量計を、新幹線で窓際に置いていたのを覚えている。数値が上がる場所はあったが、それがどれくらいのレベルなのか判断はつかなかった。線量計のことも、今はどれだけの人が覚えているだろう。十年後には、抗原検査のキットもパルスオキシメーターも、ああ、そんなのあったかも、と言われるのだろう。

一度目に行ったときは仙台から仙石線に乗ったが、復旧にはまだ遠く、長距離バスに乗った。石巻駅から、編集者が探してくれたボランティア活動をしている人に、車で案内してもらった。なにか記事や本を書く明確な予定があるわけでもなく、社会的な調査でもなく、行ったことがある場所がどうなったのか見たいだけ、という自分たちの動機をどう話せばいいかと思ったが、彼はなにも聞かなかった。

駅前から離れると、建物がない場所が目立った。さらに行くと、一階の壁がなくなった家がそのまま残っていた。

特に甚大な被害があった海沿いの街へ出て、車を降り、彼の説明を聞きながら、少し歩いた。二月の風は冷たくて、カメラを握った手がかじかんだ。そこからまた車で別の地区へ移動した。五年前に路線バスから見た風景と一致する場所が次々に見えた。津波が来なかった場所はなにも変わらないように見えたし、津波が来た場所はなにもかも変わってしまっていた。

れいは最初は何枚か写真を撮った。

燃えた跡が残る学校の校舎や行き交う大型トラックや集められた瓦礫の山にカメラを向けて、二、三回シャッターを切った。しかし、そのあとはカメラを構えることもなかった。最初に撮影したのも、撮りたい、と思ったのではなかった。ここまで来たのだから記録しておかなければ、と手を持ち上げるような感覚しかなかった。

森木さんも、ほとんどなにもしゃべらなかった。ガイドをしてくれる彼の話に、そうですか、とときどき言うくらいだった。

五年前に船に乗った桟橋は、ひび割れて水没していた。鯨のオブジェが載る、波の形をしたゲートの柱は片方が倒れそうになっていた。博物館に展示されていた鯨の骨が、駐車場の隅に寄せられていた。

津波が来た二週間後だったか、れいはユーチューブに上げられていた、この場所の動画を見た。バイクに乗った人が沿岸部を回って撮影したものだった。瓦礫が積み上がっていて、どこに店があってどこが船乗り場だったのか、その画面からはわからなかった。人は映っていなかった。

既に、船乗り場の周辺はあらかた片付けられていたが、五年前に泊まった旅館の建物はそのままあった。コンクリートの三階建てだったが、二階の窓に椅子が突きささっていた。流されてきたものか、旅館の中にあったものなのかわからなかった。泊まった部屋がどこに位置していたのか、れいも森木さんもわからなかった。一階の入口はコンクリート片や板で埋まっていた。

バス停のほうへ戻る道に立つと、川沿いに高台のほうへのぼっていく道路の途中で、どこまで波が来たのかはっきりとわかった。ある家が残り、隣の家は流された、その境目があった。

そのあと、二十メートルを超える高さの津波で甚大な被害を受けた町へ移動した。そこは、五年前には訪れていない町だった。

もう夕方になっていた。

コンクリートの建物が根元から折れて横倒しになっていた。信号や道路標識の鉄の支柱が折れ曲がって倒れていた。浜辺まで行って見ると、水は、澄み渡っていた。底の砂がくっきりと見えた。なんてきれいな海なんだろうと、五年前に来たときと同じ海なのだと、れいはようやくそこで思った。

あの上にある病院まで波が来たそうです、とガイドの彼が言った。見上げた崖はマンションなら七、八階分はありそうな高さがあり、あんな上まで波が来たとは到底信じられなかった。

薄暗くなって、仮設の街灯がついた。車を停めている場所へと歩き始めた。一帯は、瓦礫の撤去と整地を進めているようで、土砂や資材を運ぶトラックだけがときどき通った。自分たちの他には、人は歩いていなかった。

そこに家や店や公共の建物があった、その形を思い浮かべることは、れいには難しかった。建物がなくなった場所に、道だけが残っていた。その道を、トラックが走っていった。道だけが、そこにあった暮らしを遺(のこ)していて、トラックは頑なにその形を守っているようにも思えた。

車の近くまで来たとき、ふと丘のふもとのほうを見ると、犬を連れた人が歩いていた。

ダウンジャケットを着込み、ニット帽を目深に被ったその人は、どんな人か遠目からはわからなかった。どんどん歩いていく犬に引っ張られて、だんだんと夕闇が迫るその場所を、まっすぐに歩いていた。

どこをどう通ることもできそうだと、ここに何があったのかを知りもしない自分には見える場所で、車も、人も、道を通っていた。

犬は、どんどん道を歩いていった。

静かだった。

なにもかもが変わってしまったその場所で、犬は変わる前と同じ道を散歩していた。たぶん、毎日。

れいも森木さんも、何も言わずに犬を見ていた。

悲しいと感じたのか怖いと感じたのかもっと別の感情だったのか、いまだにわからない。

ただ、散歩する犬と人の姿が、そのまま、れいの頭に焼きついている。

「柳本さん」

編集者に呼ばれて、振り返った。

「お庭でお子さんが遊んでいるカットも入れたいので、そちらが終わったらお願いします」

急に、周りの空が目に入って、眩しかった。

「ああ、それはいいですね。すぐ、行きます」

れいは、畑に向けていたカメラの位置を、もう一度合わせた。犬と犬を連れた人は、もういなかった。

10　二〇二二年一月　石原優子

暗い道路にヘッドライトの光が伸びていた。

今年はいつもより一日多く五日までが年始の休みで、仕事始めは六日。今日は七日で金曜日だった。

「年末に言うてくれたらよかったのにね、ってもう何回も言うてるけど」

後部座席の河田さんは、石原優子が座る運転席のシートに手をかけて言った。河田さんが優子の車に乗るのは何か月ぶりだろうか。冬休みで戻ってきている長男が車を使っているとのことで、優子の車に乗ったのだった。

「いやあ、ほんまに。年末年始のあいだに家族と相談するとか、どっかに連絡したりなんやったら会って話したりもできたやん、ってわたしも毎回同じこと答えてますけど」

「その年末年始にやっと話がまとまったんやって社長は言うけどさあ」

事業を売却する、と社長が皆に告げたのは昨日の朝、年始の挨拶の冒頭だった。皆さん、明けましておめでとうございます。今年もよろしくお願いします。さて、ぼくはこの会社をやめることにしました。

事務所の壁際にお互いの距離を気にしながら立っていた従業員たちは、すぐには意味が理解できなかった。社長は普段の業務連絡と変わらない調子で続けた。父の知人で同業の会社がこのコロナ禍で通販事業が伸びて倉庫と人手が足りないそうで、ちょうどいいと話がまとまりました。まあ、こんな言い方したらええ加減に決めたと思われるかもしれませんが、一年以上前から協議を進めてきて年末に条件がまとまりました。もちろん、皆さんの仕事と待遇の確保を第一に話し合ってまいりました。うちよりも規模が大きく業績も好調な会社ですし、皆さんにご迷惑をおかけすることがないように、引き継ぎまで精一杯やらせていただきます。

社長の横で、先代から長らく会社を支えてきた橋本常務がうつむいて涙をこらえている様子なのを除いては、その場にいる人たちは顔を見合わせ、困惑するばかりだった。

社長は、どないされるんですか？

システム担当の男性社員が聞いた。

ぼくは神戸の友人が経営している会社で働きます。正直言うて、経営者は向いてなかったと思います。申し訳ない。

そこで社長は頭を下げた。人事から詳細を説明して面談をする予定ですので、ご面倒おかけしますがよろしくお願いします、と話を終えた。

人事担当者からは、引受先になる会社は大津の他に枚方（ひらかた）や川西（かわにし）にも事業所があり、そこに移ることも可能だとの説明があった。社員から先に一人ずつ会議室に呼ばれ、河田さんや優子は今日の午後に説明を受けた。

「辞める人も多そうですよね」

「せやねえ。勤務条件とかもあるやろけど、急に社長の一存で、あの説明で済まされて、ほんまにだいじょうぶかって思って当たり前やわ」

会社の規模や信用度では引受先のほうが条件はいいに違いないが、社員や役職のついている人たちは待遇がどうなるか不透明だった。優子たちパートの従業員は、家族経営の会社ゆえのいい加減さや面倒ごとがあったものの、一方で勤務形態に融通がきくことで仕事を続けられてきた子供や家族の都合が優先の立場の人がほとんどなので、それはそれで不安だった。早速その会社に勤める知り合いから勤務の状況を聞いてきた人もいたし、もう次の仕事探しを始めた人もいた。以前勤めていた会社が倒産した経験のある同僚は、それよりは全然いいから社長が決断してくれてよかったんちゃう、あのときは出勤したら会社に入られへんくて難儀したから、などと話していた。

社長は、淡々と日々の業務をこなしているように見えた。相変わらず地元の知り合いが仕事半分私用半分で訪れて世間話をしているときもあり、表面的にはなにも変わらないように見えた。

河田さんも優子も、今のところはこのまま勤務するつもりだったが、会社都合での退職になるこの機会に辞めて別の仕事を探したほうがいいんじゃないかと、昼休みに同僚たちは話していた。

「まあまあ、なんとかなるよ。ここでしかできへん、ていう仕事でもないし、探したら仕事もあるやろうし」

後部座席の河田さんは、スマホに届いた誰かからのメッセージを確認しながら、優子に言った。

「今のとこは、こうして石原さんとしゃべれるのも楽しいし、とりあえずは続けるつもりやけどね」

「そうですね。新しい会社になったほうが働きやすいかもしれへんし」

「あー、それはめっちゃ期待してる！　社長、ほんま経営向いてへんと思うもん。自分でもわかってたんや、って挨拶のときに思ったよね」

優子は、頷いて笑った。

交差点で信号待ちをしていると、目の前の横断歩道を自転車に乗った高校生が何人か通り、ヘッドライトの明かりに照らされてはまた薄闇に消えていった。

「跡継がなあかんっていうのも、しんどい話ですよね」

「跡がなにかによるんちゃう？　それは。資産とかええとこの土地やったらどんどん継ぎたいわ」

「河田さんが社長やったらよかったのに」

「えー？　まあ、あの社長よりは向いてたかもしれへん。事業を売却って言うてたけど、要は土地と倉庫を売っただけやん」

河田さんはスマホを鞄にしまい、凝った肩をほぐすように首を左右に動かした。

「起業でもしよかあ」

「やるんやったらなにします？」

「主婦の経験を生かして家事代行業！　は、そんな思いつきみたいなことでできる仕事やないしなあ」

「競合多そうですもんね」

「そもそも、わたし家事好きとちゃうし」

「え、そうなんですか？　てきぱきしてはるし得意そうやのに」

「人よりさくさくできるねんけど、好きではないなあ」

小学生のときに母親が両親の介護で不在がちで家事を担っているうちにできるようになり、できることでその後どこに行っても家事的なことが自分の役回りになってしまうので、やらなくてもいいならしたくない、との河田さんの話を意外に思いつつ、優子はアクセルを少し踏み込んだ。

「好きなことと、向いてることと、やりたいことと、それぞれ違いますよね」

「せやね。一致してたらラッキーやけど、たいていはそんなこともないから、どこらへんをとるかやね」

「ラッキー」

河田さんの言葉を、優子は繰り返した。そして、東京での職場の光景を思い浮かべた。

「そうか。ラッキーじゃなかったっていうだけなんや」

「石原さんが？」

「そうですね。なんか、アンラッキー、ぐらいの言葉が日本語であったらいいですね。不幸とか不運とかやともうちょっと悲しい感じするじゃないですか？」

「それは外国語やからちゃう？　英語で育った人に聞いたらけっこう悲しい感じかもしらんで」

「そうか。でもなんか、それくらいのことって考えたらよかったんかな、って気がして」

今こうして難なくやっている車の運転は、ここに引っ越してくるまでは自分にはできないことだと思っていたのがすっかりできるようになったし、できるようになってみれば好きかもしれないと思っていることを、優子は考えた。

「わたしはなにをやっても一致してなくて、自分はずっと、今度もできなかった、どこがだめやったんやろうって気持ちだけが残ってたから」

「そうかー」

河田さんはそれだけ言った。その視線がずっと自分に向いていることを優子は感じていた。

「アンラッキーとアンフォーチュンやったらどっちが悲しいんやろう。アンハッピーは？」

優子の言葉に河田さんは笑った。

「なんでアンのほうで比べるん？　ラッキーとフォーチュンとハッピーを比べようよ」

「それもそうですね。どっちにしてもわたしと河田さんで考えてても英語のニュアンスはようわからんけど」

「ハッピー・ゴー・ラッキーって歌あったよね」

「プリキュアですか？」

「えー、憂歌団（ゆうかだん）やん。パチンコ屋の歌」

「パチンコ？」

「パチンコ屋のＣＭでかかってたやん。知らん？」

と言って、河田さんはその歌を歌った。初めて聞いたその歌はのんびりしたというかなんとかなるようなのんきさが漂うメロディで、ハッピーやラッキーがそんな感じならアンハッピーでもアンラッキーでもたいしたことはないように優子は思って、そして河田さんの家に着いた。


年末から年度末にかけての時期は直也の仕事は毎年忙しく、今日も帰宅は八時過ぎになると連絡があった。

直也の実家に未緒と樹を迎えに行ってから帰宅し、まずは暖房を入れた。もう慣れたが、大阪に比べるとこのあたりは冷えるし、広い家は暖まるのも時間がかかる。実家は古い木造だったからそれはそれで寒かったけど、と思い出すと長らく実家にあった古い石油ストーブが頭に浮かんだ。

お正月には直也も子供たちもいっしょに実家を訪ねた。子供たちを連れていくのは半年ぶりで、去年のお正月は帰らなかったし、父母は上機嫌でお年玉を以前の倍くれた。来年小学生になる樹のランドセルはうちが買うからと気の早い話をしていた。なんだかんだと理由をつけて実家に帰ることが減ったこの二年で、父母に対する優子の意識はかなり楽になっていた。世の中の状況が元に戻ったとしても、会うのが年に二回くらいのことに父母が慣れてそのままならいいな、と優子は思っていた。どちらかが体調を崩せばそうも言っていられなくなるだろうが、とりあえず今は今のままでいい。

樹はお正月に祖父母に買ってもらったブロックの動物のレスキュー車を組み立てて遊び始めた。ほかにほしがっていたのは救急車や農場のセットで、どうもなにかの世話をすることに興味があるらしい。未緒のほうは相変わらずバーチャルな画面の中のブロックに熱中しているが、今日は学校の授業で作った地元の名所地図の続きをやり始めた。

優子が夕食の支度をして、お皿を食卓に運びかけると、未緒はまだテーブルに広げた地図に色を塗っていた。カラフルな見出しをつけ、一部は折りたたんで開くと名産品が現れるようになっていた。

「未緒、まだ本作る人になりたいと思ってる？」

「そうやなあ、まあまあ思ってるかな」

未緒は色鉛筆を動かす手を止めずに、言った。

「お母さんといっしょにデザイン事務所しようか？」

「デザイン事務所？　今？」

頓狂な声で返した未緒は、優子の顔を見た。

「あー、未緒ができるときで」

「なんで？」

まっすぐに見る未緒の目は、誰かに似ている気がした。優子は、少し考えてから答えた。

「せやなあ、やりたいから」

「お母さんが？」

「そう、わたしが」

ふーん、と未緒は言ってしばらく首を傾げていた。

「考えとくわ」

「考えといて」

優子は言い、未緒とテーブルを片づけた。


年初からコロナの変異株の感染者が増えそうだとの報道が盛んで、東京や大阪では今までにない数で一気に増えだした。これまでと違って今回は子供の感染者が多いらしく、小学校で学級閉鎖になったとか、子供が陽性になって自宅待機になったり子供の世話で出勤できない人が続出していると、優子は真鈴から聞き、職場でも東京や大阪の親戚や知人がそんな状況にあると話す人が多かった。

優子が暮らしている県はこれまで感染者は少なく、今回も大都市のような増え方はしていないが、それでも身近なところで感染した人の話を聞くようになった。

いよいよこのへんもかなあ、でも今回は症状はひどくないらしいよ、ワクチン打った人でも感染するってほんまかな、などと話しつつ、倉庫の業務は変わりなく続いていた。

事務所には、社外の人が出入りすることが増えた。引受先の社の人、税理士、工事業者、それに対応する従業員たちの動きで、多少慌ただしい雰囲気になってきていた。

裏手の社長の自宅には引っ越し会社のトラックがやってきて荷物を運び出し、翌日には廃品回収業者が来た。

「もう来週には取り壊しが始まるみたい」

優子が倉庫の前からそれを見ていたら、通りかかった同僚の原田さんが言った。

「事務所を建てるらしいよ。こっちの建物は古くて設備とかも難儀してたからねえ」

年末年始で話がまとまったと社長は言っていたが、大方のところはもっと前に決まっていたのだろうと皆話していた。今の事務所がある場所には倉庫を拡張して、仕分けなども機械化されるとのことだった。

社長の自宅は、年末までと建物自体はなにも変わっていないのに、もうすっかり、誰もいなくなった家、壊されるのを待っている廃屋のように見えた。家は人が住んでいるから家なんやな、と思いながら、優子は運び出される古い冷蔵庫や洗濯機などを見ていた。

作業着姿の社長が、二階の窓辺でなにかを指示している姿が見えた。玄関を出たり入ったりしているのは、アルバイトなのか高校生にも見える若い男だった。

「誰かが後片付けをしなければならない」

優子がそう言うと、原田さんが振り返った。

「っていう、詩があるんです」

と優子は説明した。

「まだ東京にいるときに、妹が企画したイベントにお客さん少ないからって呼ばれて。そこで、作家の人が朗読してた詩で、ポーランドのヴィスワヴァ・シンボルスカっていう、あ、名前の発音難しいから間違ってるかもしれないんですけど、ノーベル賞取った女性の詩人で」

「へえー、石原さん、よう知ってはるね」

「いえ、たまたまそのイベントで知っただけやし、こないだまで忘れてたんですけど」

誰かが後片付けをしなければならない
物事がひとりでに
片づいてくれるわけではないのだから

「戦争のことを書いた詩なんですけど、ほかのいろんなこともそうやなって、思うことが多くて」

震災も今のコロナのことも、他のもっと身近なことも、と優子は話した。

「後片付けをする誰か、って誰なんやろうね」

原田さんは、言った。そして振り返って倉庫を見上げた。

「ここは、わたしらがすることになりそう」

「でしょうね」

優子は頷いた。

「だいたい、始めた人は片づけへんもんよね」

「せめて知っててほしいですね。片づけてる人がいることを」

「そうやねえ」

話しながら、二人は倉庫へ戻り、作業の続きを始めた。


午後になると、優子は長谷川さんと事務所の整理に呼ばれた。

Ｔシャツ関係の書類や資料は処分するとのことで、二人で棚のファイルボックスを仕分けしていったが、社長の私的な書類が混ざっているし分類も適当で、思ったより面倒だった。

文句を言いながら作業をしていると、Ｔシャツを刷るのはけっこうおもしろかったよね、という話になった。事務所の裏の元物置がTシャツ製作の作業場だったが、何か月も閉め切ったままになっていたところに、今は社長が寝泊まりしている。

「Tシャツの機械は、新しい会社にはいらないやろうなあ」

「不要な機械関係はまとめて処分するって言うてたんちゃうかな」

シルクスクリーンで細かい線もきれいに出るいい機械なんだけどなあ、六色仕様だったし、と優子が思っていると、長谷川さんが言った。

「石原さん、もらったら？」

「えっ、なんで？」

「石原さんのデザインしたTシャツおしゃれやったし、社長のより全然。Tシャツ屋さん、石原さんがやったらええんちゃうかなと思って」

「いやいやいや」

「……せやね、こんな大きい機械持って帰っても置くとこないか。なんか思いつきで言うてもうたけど」

長谷川さんは笑った。

優子は、六枚の羽が回るような機械の形やインクがついた台やそのにおいを思い出した。

「刷るのだいぶ大変やし、子供のんぐらいやったら作りたいけど、それならもっとちいさい機械のほうが……」

「そらそうや。ごめんごめん、つい、なんでももったいないと思ってもうて」

「そうですねえ」

廃棄の箱に入れた書類には、優子が作成した注文書やデザイン見本が何十枚もあり、けっこう作ってたんやな、と思った。

帰り道、優子は一人で車を運転しながら、Ｔシャツの機械はどこになら置けるだろうかとつい考えてしまっていた。直也の実家のガレージは広くて奥を物置にしてるからあそこを片づければ……、などと勝手な想像が浮かぶ。置かせてもらったとしても毎回そこで作業するのは無理だから、やはり自宅のどこかでなければ……、でもＴシャツを作って売れるものなのかな、学生時代の友人にはオリジナルのテキスタイルでバッグを作ってネット通販をやっている人もいるけど、どれくらい売れたら仕事として成り立つものなのか、それとも趣味としてやったほうがいいのか、と考えていたら、曲がる角を過ぎてしまっていた。

二週目の終わりには、未緒の学校でも家族が陽性になって欠席する児童が出たそうで、同級生の母親たちとのグループでメッセージがやりとりされた。しかし、対策といっても今まで以上に自分たちにできることもなく、家族の誰かが陽性になったら家の中でどうやって生活空間や行動を分けるかについての誰かの経験談が伝えられるくらいだった。

残業続きの直也が帰ってきたのは夜九時前だった。

直也の勤める会社の東京支店でも、数人が自宅待機になり、急遽リモートに切り替える会議があったり取引先の対応に代わりの人をやりくりしたりと、慌ただしかったようだ。

テーブルで夕食を食べながら直也がそれを伝えるのを、優子はソファで聞いていた。未緒と樹は、帰ってきた直也と少し話したあと二階に上がってもう眠っていた。

直也は食べ終わると、冷蔵庫から二本目の発泡酒を取ってきた。

「今回は子供の感染多いみたいやから心配やなあ。子供に症状出たらっていうのがもちろんいちばん心配やけど、無症状でも自宅待機とかになったら困るよなあ。おれこの時期は出社しないとあかん仕事が多いし、もし学校とかで感染者が増えるようやったら自主的にホテル生活とかしたほうがええんかなとか考えてて」

「えっ?」

どういう状況を言っているのかすぐにはわからず、優子は直也の顔を見た。

「周りの人も狭い家の中で四人とか生活するのリスク高いよなあって。東京支店の仕事でいつもやりとりしてる樋口(ひぐち)さん、前に開発部のときにチームリーダーやった人、中三と小五のお子さんいてはるんやけど、五年生の子のクラスで感染者が次々出て、その子は陰性やったらしいねんけど、受験生の上の子といっしょにしばらくホテル暮らししてるって。受験生が感染したら困るし、樋口さんも今重要な案件があって納入先に通わなあかんから……」

「それは、なんかあったらわたしは当然仕事休んで子供とか家のことやるってこと?」

優子は直也の話が今ひとつわからないというか、具体的にどんな状況を想定しているのか、少し前に子供の同級生の母親たちから聞いた事例も浮かべつつ、混乱したまま聞き返した。

優子の声が普段より厳しかったので、直也ははっとしたようだった。

「いや、だって今、いちばん忙しい時期で何日も休むわけにはいかへんし」

「わたしの職場だって人が足りなくて大変やし」

「それはわかってるけど、どっちかがって考えたら……。それに、もちろん、未緒や樹が感染したらおれだって家でできることはなんでもやるし、その前提で」

「それはそうやけど、考えたってそうなるやろうけど、考えてなかったやん、わたしのほうはどうなんかって」

　優子は苛立ちが声に出るのを抑えられなかった。

「ごめん、言い方が悪かった。優子の仕事がたいしたことないなんて思ってなくて、ただ、現実問題として早めに決めといたほうが」

「現実はそうやけど、それが現実やけど」

「現実」って「事情」という意味だろうか。飲み込まなければならない事情。当然、わかってる、という言葉で納得するしかない事情。当たり前すぎて意識もされない。

「現実やとしても、最初から決まってるわけじゃない」

「……わかった。そうなったらなったときに、また考えよう」

　直也は申し訳なさそうに、ごめん、と繰り返した。

　そうなったらなったとき、は、明日かもしれない。そう思うと、優子は気が重くなった。


　土曜日の予定は、直也が未緒と樹を湖岸の公園に連れて行き、夕食に石窯のあるピザ店のピザを買って帰るという直也からの提案で決まった。

　優子は一日家でゆっくりするつもりだったが、なんとなく落ち着かず、午後にショッピングモールに出かけた。

　モールは、感染者が増えているのを警戒してか年末よりは人が減っていたが、それでもそれなりに賑やかだった。楽しそうな人を見ると、優子は気が晴れるように感じた。雑貨店や輸入食品店を、特に買うものがあるわけでもなく順に覗いていると、一人でこんなふうにぶらぶらするのはとても久しぶりかもしれないと気づいた。

雑貨店で食器を見ていると、未緒と仲がいい同級生の母親、八木さんにばったり会った。病院に勤めている八木さんに会うのはこの状況になって以来のことで、店の中で思わず大きな声を上げて近況を伝え合った。冬休みには子供たちといっしょに集まろうと計画を立てていたのに、あっという間に感染者が増え始めてできなくなってしまっていた。そんなことばっかりやんね、ほんまにね、また会いたいよね、しゃべりたいよね、とひとしきり話した。

月曜日は十七日で、優子は、五時半に起きた。

外は真っ暗で、まだ夜の続きに思えた。

優子は音を立てないように居間に降りて、テレビをつけた。音量を落とし、NHK総合にチャンネルを変えた。

まだ暗い中、公園には人が集まっていた。竹筒にろうそくが灯(とも)され、ダウンジャケットの寒そうな人たちの顔を照らしていた。あの日のできごとを話す人、亡くなった家族の話をする人、そのときにはまだ生まれていなかった人が、画面に映し出された。

寒かったな。優子の薄れていく記憶の中でそれだけはとてもはっきりしていて、この公園の寒さ、ここにいる人たちが感じている寒さを思った。

その時間が来て、優子は目を閉じた。

社長の自宅の解体が始まり、白い幕で囲われた中で重機が大胆に屋根や壁を壊していった。

倉庫では、通常業務のかたわら、在庫の処分や棚の整理が始まった。優子はピッキングや梱包の作業のままだったが、河田さんや長谷川さんなどは整理作業のグループになり、奥の棚から仕分けが進められていった。

お昼休みには、同僚の一人が、四月に子供が高校に入ったら働ける時間が増えるから新しい仕事を探すと話していた。

倉庫と事務所を行き来すると、解体の作業をする人たちが、壊した家の残骸をトラックに積み込んでいるのが見えた。一人は長いホースで地面に水を撒（ま）き続けていた。

それを見るたびに、優子は「終わりと始まり」の言葉を思い返した。

去年、優子が詩のことを思い出して真鈴に話したら、詩集を送ってくれた。届いた本の装幀（そうてい）は覚えていた。あのイベントのあと気になって、図書館で借りて読んだのだった。いくつかの詩は、覚えていた。覚えていた言葉も、忘れていた言葉も、それから繰り返して読んだ。

戦争が終わるたびに
誰かが後片付けをしなければならない
物事がひとりでに
片づいてくれるわけではないのだから

誰かが瓦礫を道端に

押しやらなければならない
死体をいっぱい積んだ
荷車が通れるように

誰かがはまりこんで苦労しなければ
泥と灰の中に
長椅子のスプリングに
ガラスのかけらに
血まみれのぼろ布の中に

勤務時間を終えて、優子の車の後部座席に乗り込んだ河田さんは、石原さんの車に乗せてもらうのも当分ないかも、と言った。なんだかんだと理由をつけて車を使っていた長男は下宿に戻ったし、今日は夫が修理に出している車の代わりに乗っていったとのことだった。

「あのときは、連休明けやったなあって、今朝テレビ観てて思い出した」

走り出してしばらくして、河田さんも今朝は早く起きてテレビを観ていたと言った。

「そうですね。前の職場の人で、スキーに行って夜行バスで大阪に帰ってきたところで揺れが来て、って話してはった人がいました」

「高速道路走ってるとこやったら大変やったね」

「そう言うてはりました」

　高速道路が倒壊した場所に転落寸前で停まっていたバスの写真を、優子も河田さんも思い浮かべていた。あのバスも確かスキー場からの帰りで、運転手のインタビュー記事を優子はいつか読んだことがあった。

「前に、ってめっちゃ前やけど、神戸で外車ディーラーに勤めてたときによくしてくれたお客さんの話したやん？」

　赤信号で停止しているときに、河田さんは言った。

「あ、はい」

「わたしな、電話してみてん。去年の秋、母の病状が一気に悪くなって入院して、もう僅かな時間しかないのに面会もほぼできなくて」

　うしろから聞こえてくる河田さんの声に、優子は振り返って顔を見ることができなかった。振り返ったとしても、マスクで表情はそんなにわからないのだが。

「もう人生がここまでやっていうような、手立てが尽きてなんもかもどうしようもないとき、そのときが来たら連絡してきてや、って言うてはったから。今はそうかもしれへん、と思って」

　信号が変わって、優子は車を発進させた。

「呼び出し音はなるんやけどな、誰も出えへんかった」

　前を行く軽自動車のうしろには「ＢＡＢＹ　ＩＮ　ＣＡＲ」のステッカーがあった。

「次の日にもう一回かけてんけど、やっぱり呼び出し音がなるだけで。そうやんな、あのとき勤めてた会社ももうないし、そこの社長は何年か前に癌で亡くならはったって聞いたし。あの人も引っ越さはったんか施設に入らはったんかもしれへんし、生きてはるかも、わかれへんのやし」

　ビリケンさんみたいな感じ、と河田さんが言っていた、会ったことのないその人を、優子は想像しつつ聞いていた。

「母の葬儀が終わって、休みもろてたからなんかぽかんとあいた一日があって、神戸のほうへ行ってみてん、車で。その外車ディーラーがあったとこに行ったら、マンションに建て替わってたわ。隣にめっちゃ古い喫茶店いうか食堂みたいなとこがあって、そこはそのままで。なんか変な感じやんね、古いものから順番になくなるんじゃなくて、ずっと残ってるものと、どんどん変わっていくものとあって。

　それで、山のほうにも上がってみようかなって。あのとき、そのお客さんとドライブした道のりで、六甲山牧場まで行ってみて。ソフトクリーム買って、ベンチに座って、前とおんなじように、街とその先の海を見ててん。

　わたしがここに初めて来たんやったとして、地震のことをなんにも知らへんかったら、この景色はどんなふうに見えるんやろうなあ、って。

　穏やかな海が見える、きれいな街やなあ、ってただそういうふうに見えるやろか。

それか、あれからもずっと働いてたり住んだりしてたら、毎日見続けてたら、自分が生活してる、暮らしてる街として馴染んでいって、そういう風景に見えてたかもしれへん。

　二十年以上経ったなんて、信じられへんけど、その間にあったできごとは全部確かにあったことで、上の子は二十歳になるし、母は死んだし、わたしは四十四歳で、どの人にもどの場所にも、同じだけ時間が過ぎて、それは消えない」

　河田さんが話すあいだも、車は走り続け、河田さんの家の近くまで来た。優子は、その手前の田んぼのかたわらで車を停めた。

「今は八十歳は超えてはると思うねん。満州から引き揚げてきてって言うてはったなあと思って、そしたらふと『火垂（ほた）るの墓』の最後思い出して。最後、現代の街の夜景を見てるところで終わるやん？　観たことある？」

優子は、頷いた。しかし、ほんとうはその場面はうろ覚えだった。

テレビで放送されていた『火垂るの墓』を優子が観たのは小学校六年生の時で、あまりに怖かったのでそれ以来一度も観ていなかった。小さな子供がだんだん弱って死んでしまうのも誰も助けてくれないのも恐ろしかったが、住宅街で目の前に焼夷（しょうい）弾が落ちてくる光景が自分が生活している家の前の道と同じに見え、その後しばらく外を歩くのが怖くなってしまった。つまり、戦争も空襲もほんとうにあったことで、それは今、自分が生きている世界のことなのだと初めて全身で理解したのだった。

「空襲があって、地震があって。その街でわたしは学校に行って、働いてたんやな、と思った。あのおばちゃんが長いこと、わたしがまだ体験してない長い時間、見続けてきた街やったんやな」

河田さんの声を聞きながら、優子は、河田さんが見た神戸の街も、そのおばちゃんが見た神戸の街も、自分はまだ知らないのだと思った。

「その人が、わたしに、なんもわかってない二十一、二の子に、助けたるから電話してきいや、って言うたんやなと思ったら、それだけですごいことやと思えて。あのとき言うてくれたことで、今、ちゃんとわたしは助けられてるってわかった」

河田さんの顔は見えなかったし、それほど声が変わったのでもなかったが、河田さんが泣いているのが優子はわかった。

「わたしは、河田さんがその話をしてくれて、その人の言わはったことをわたしに言うてくれて、よかったなって思います」

「そうやね、人に話したことなかったかも。あのときたまたま、なんか思い出して」

あのとき、河田さんがなぜ神戸で働いていたときの話をしたのか、優子は思い出せなかった。話を聞いているときに見た信号の青色は覚えていた。それから、河田さんはその電話番号が今もその人につながっていると信じているのだと思った。

「あ、そうか。去年みたいに思ってたけどおととしか。なんか時間の感覚おかしくなってるよね」

「あのときはまだ、感染者がいるとかいないとか、そんな感じやったのが信じられないですね。マスクとトイレットペーパーを必死で探してたとか」

「もう忘れそうやな。二年しか経ってないのに。まだ続いてるのに」

「……終わることってあるんですかね」

優子は、つぶやいた。

「なにも終わらないのに、次々始まって、忘れていくばっかりで」

「そうやね」

そのあとしばらく、二人ともなにも言わなかった。優子は車を発進させ、角を曲がった先がすぐ河田さんの家だった。

「ありがとう」

降りてドアを閉めかけて、河田さんは言った。

「また明日」

優子は体をひねって、河田さんの顔を見た。

「はい、明日」

家に入る前に、河田さんは振り返って手を振った。

子供たちは眠って、直也は風呂に入り、優子は台所を片づけたあと、ソファに座ってスマホでブックマークしてあるブログを開いた。

優子が東京で引っ越し先を決めた日に渋谷の坂道で見たプロレスラーが、五年前に試合中の事故で頸髄（けいずい）を損傷し首から下が動かない状態だと知ったのは、去年の秋、河田さんのお母さんが亡くなったころだった。

プロレスをほとんど知らず、たまにテレビのバラエティ番組に登場したりスポーツ新聞の見出しになったりした有名レスラーの名前を知っている程度だった優子は、あの渋谷の日以降の彼のことをほとんど知らなかった。名前もうろ覚えなくらいだった。

去年の秋、なんとなくＳＮＳをだらだらと見ていたとき、ふと思いついて検索してみた。まず、ウィキペディアの記述を読んで愕然（がくぜん）とした。それから見た彼の公式ブログには、病院で寝たきりの生活を送りながらリハビリを続ける彼の姿が妻によって記されていた。金髪だった髪は黒く短くなり、顔つきもずいぶん変わっていた。スタッフによる支援を募る投稿も定期的にあった。

優子は、さかのぼって事故の日からの記事を全部読み、それから事故以前の試合に出ていた記事も読んだ。

何も知らないまま、あんなふうに大きく強そうな体だったらと思い続けてきたことを、五年も経ってからようやく理解したのだった。

それ以来、ときどきブログを確かめる。

頻繁に更新されるわけではないので同じ記事を読み、カメラに向かってほほえんでいる彼の顔を見つめた。

十八年前。一度だけ、たまたま目の前を横切っただけ。彼のほうは優子に気づくこともなかった。それでもずっと、優子にとっては、あの悠々とした巨軀（きょく）は目に焼きついて、何度も鮮やかに思い出せた。

憧れたのとも羨ましかったのとも違う。

いまだにうまく言葉には表せないが、自分がそれまでこもっていた小さな狭い世界とは違う場所があるような気がしたのかもしれなかった。

そして、体が動かなくなり、周りの人に助けられている彼の姿を見ていても、自分にとって特別な存在であることは、一度だけ見たあのときの感覚が失われることがないことは、この数か月でわかったことだった。

「まだ起きてるの？」

風呂から上がった直也に声をかけられて、優子は画面を閉じた。

「あ、もう寝る」

振り返ると、ドアのところにスウェット姿の直也が立っていた。年を取った、と優子は思った。東京を離れて、大阪に戻って、十年が過ぎて、わたしも直也と同じだけ年を取った。河田さんが言ったように、その時間とその間のできごとは確かにあって、消えなくて、わたしはここで暮らしてきた。

「明日も仕事やから」

優子は立ち上がり、リビングの照明を消して、直也と二階へ上がった。

翌週に出勤すると、社長の自宅があった場所は更地になっていた。

優子は、勤務時間より早めに着いて、事務所へ向かった。入口のスペースには書類を詰めた段ボール箱が積んであるのが見えた。

ちょうど、そこから社長が出てきた。優子は、思い切って声をかけた。

「社長、Tシャツの刷り機、処分するだけなんだったら、譲ってもらえませんか」

突然言われた社長は、一瞬何のことかと思ったようだったが、

「Tシャツ、作るん？」

と真顔で聞いた。

「作ってみようかと思ってます」

「あれ、先週引取先が決まったんや。処分するにも金かかるし、どこもなかったら全然もろてもうてんけど」

社長は、機械が置いてある作業場のほうを指差した。事務所の裏にあるそこは、ここからは見えない。

「そうですか。そうですよね、すみません」

優子は倉庫へ引き返そうとしたが、社長は話を続けた。

「最近は手軽で高性能のがあるで。プリンター方式のやつ」

優子が買えるような金額では到底ないのだが、そんなことはかまわずにいくつかの機種をすすめる張り切った表情を見て、この人はそんなにTシャツ作りが好きだったのかと、優子は思った。

「社長は、Tシャツ作らないんですか？」

「もう社長とちゃうで」

そう言った彼に対して、優子は、向いていない仕事をしなければならなかったことに少し同情は感じたが、まだ二か月は社長なのに無責任だとも思った。

「当分は、新しい仕事に専念するわ。世の中も落ち着かへんことやし」

今朝も冷え込んで、風もあった。上着を着ずに出てきた社長は寒そうに肩をすくめた。

「わたしは、Tシャツじゃなくても、なにか作ると思います」

優子が言うと、社長は今度は家で手作りを楽しめるシルクスクリーンキットの解説を始めた。


退勤の五時には、まだ日が暮れていなかった。

冬至からもうひと月も経つもんな、早い、と思いながら、優子は車に乗り込んでエンジンをかけた。シートもハンドルも車内の空気も冷えていた。

道路は少し混んでいて、車の流れはゆっくりだった。着くのが遅くなるかもしれない、と義母にメッセージを送ってから、先週配信されたばかりの宇多田(うただ)ヒカルの新しいアルバムをかけた。

行きと帰りといつも通る橋にさしかかった。夕暮れが迫る空が見渡せて、そのグラデーションは美しかった。

橋を渡りはじめて、優子は、かかっている曲に合わせて歌ってみた。まだ数回聴いただけで歌詞を覚えてもいないし、声を出して歌ってみるのは初めての歌だから、ところどころしか歌えなかったし、そもそも宇多田ヒカルの歌は声の高さが合わないのもあっていつも優子には難しかった。

次の曲になって、もっと大きい声を出してみた。わからないところは適当に、ほとんどただ叫んでいるみたいに歌った。その次の曲も、その次も。

　アルバムが終わって、自動的に次のなにかが流れる前に止めた。

　急に静かになった小さな空間に、かちかち、とウインカーの音だけが聞こえた。

　慣れてもうほとんど自動的になった動作で左折すると、まっすぐな道路の先、湖の向こうに消えかけている夕日が見えた。

11　二〇二二年一月　小坂圭太郎

駅前のロータリーにはほとんど人の姿がなく、古い型の白いタクシーが一台、後部座席のドアを開けたまま停まっていた。

なんもないとこなんで、なんもねえよなあ、ウチの地元、とこれまでに何度言っただろうか。ぽかんと空いた空間を眺めて、小坂圭太郎は思った。

この駅で降りたのは、コロナ禍の行動制限がまだなかった二年前の正月以来だった。

一月の終わり、平日の昼過ぎ、中途半端な時間。冬の曇り空の下で、駅前の空間は時間が止まっているというか、時間が行方不明みたいな雰囲気だな、と圭太郎は思った。じわじわと人が減って店が減っていくだけの、しかしそこに住んでいればむしろあまりの変化のなさにうんざりする、そんな感じ。

携帯には、貴美子からメッセージが届いていた。今駅で、これから実家に行くとこ、とだけ返信した。

しかし実家に向かうバスには乗らず、まずは駅から市役所の方へ続く商店街へ向かった。商店街といっても、店は二、三軒おきにしかない。圭太郎が高校生のころまでは、地方の小都市のさびれつつある商店街とはいえもう少し活気があったが、今はほんとうに静かだ。駅から離れると店の間隔は開き、営業しているのかしていないのかよくわからない店も増える。

駅に近い、スーパーマーケットを曲がってすぐ、このあたりではいい立地であるベーカリーの前で圭太郎は足を止めた。ガラス張りなので店内がよく見える。この数年内に改装したらしい店内は明るい木の色を基調にして清潔感があり、棚にはパンが整然と並んでいた。ちょうど客はいない。レジカウンターには白いベレー帽を被った女性が一人。

青いテントの店名を確かめて、中に入った。

いらっしゃいませー、と店員の声が響き、圭太郎はなんとなく棚のパンを見るようなそぶりをしつつ、彼女の顔を確認しようとしたが、大きめの白いマスクに覆われていて確信が持てない。

思い切って、声をかけた。

「あの、城田(しろた)さんだよね、二中の……」

「……え、もしかして小坂？」

同級生たちのＳＮＳを巡回して、城田真衣(まい)が実家の店で働いているのを知った。結婚して子供が生まれてから地元に戻り、数年前からは両親がこの場所で長く営んでいるベーカリーで働き、だんだん自分がメインでパンを焼くようになっている。確かに、棚には記憶にあるクリームパンやメロンパンだけでなく、カンパーニュやバゲットなども並んでいる。

自分のことも同級生たちに勝手に知られているのだろうな、と圭太郎は思う。

「小坂、同窓会とかも来たことないじゃん。実家？　なんかあったの？」

「いや別に、たいしたことない用なんだけど」

圭太郎はとりあえず自分の情報を開示した。今は東京で調理の仕事をしてるんだけど、子供は女の子で六歳なんだけど、ほんとは実家に連れて来たほうがいいんだけど、ほらまたコロナの感染者が増えてるから……。

「えー、子供いるんだ。意外ー。うち？　小学生が二人」

互いに子を持つ親の会話をする。お店大変だったんじゃない、と圭太郎が聞くと、最初の緊急事態宣言の時は閉めた日もあったけど家で食事をする人が増えて需要はあるので忙しくなり感染対策やらなんやらで特に両親は気疲れしててほら一つ一つパンをビニール袋に入れてるでしょ、コストはかかるけど値上げできないしやめ時を逃してるっていうか、こっちのほうがいいって言うお客さんもいるし……。

「食べもの系は苦労させられてばっかりだよね」

圭太郎は大きく頷いた。

そこからしばらく世間話的に同級生の近況などを伝え合ったが、城田真衣から圭太郎が期待する名前は出てこなかった。

「あのさ」

意を決して、しかし不自然ではないようにと意識して、圭太郎は言った。

「城田さんて、中村さんと仲良かったよね」

城田真衣は、一瞬虚を衝(つ)かれた顔になり、そして言った。

「なんで?」

ベレー帽の下で眉間にしわが寄った。

「小坂、アヤになにかしたの?」

圭太郎は動揺し、その動揺をできるだけ出さないように努めたが、さっきまで自分がなにをどう聞こうとしていたのかわからなくなった。

「えーっと、いや、なにもないと、思うけど……」

怪訝(けげん)そうに圭太郎を見つめていた城田真衣は、ようやく言葉を続けた。

「……怖い、って言ってたことあったから」

「おれのこと？　中村さんが？」

城田真衣は圭太郎の顔を見たまま頷いた。

「……うん」

「おれが余計なことを言っちゃったことがあって、それで……」

誤解っていうか、と口から出かけたのを飲み込んだ。誤解じゃないのは自分がいちばんわかっている。

「そっか」

城田真衣は曖昧に笑みを作ろうとし、元気だよ、とだけ言った。

「よかった」

圭太郎もそれだけ答えた。

突然現れた男が特に親しかったわけでもない同級生の消息を聞くなんて不安にさせて当然だよな、そもそも、「怖い」と言っていたのを覚えていたから、知っている同級生たちの近況を話す中には名前を出さなかったのかもしれない。圭太郎は地元のことに話題を逸らし、父母が好きなあんパンとつばさが好きなクリームパンと貴美子が好きなカンパーニュと自分にはフォカッチャを買って店を出た。


家に入り、居間の戸を開けた途端、父親の怒鳴り声が飛んできた。

「何を考えてるんだ！　どういうつもりなんだ！」

和室の座椅子で腕組みをした父親は既に頬が紅潮していた。上着も脱がずに圭太郎は父母の前に座り、貴美子との離婚の経緯を淡々と報告した。

父親の隣で母親は泣いていた。

そんな大ごとかなあ、と父母の反応が激しくなればなるほど、圭太郎は自分の気持ちが冷めていくのがわかった。年末に離婚届を提出し、貴美子は旧姓に戻り、つばさの姓はどうするか話し合った末に小坂のまま、親権は貴美子で、他は今までと同じ生活が続く。

「制度上のことだけなんで。おれたちの家族としての生活はそのままだから」

「だったらなんでそんなことしなくちゃいけないの！」

「女の言いなりになって、恥ずかしくないのか！」

意味わかんねーな。

圭太郎は頭の中で自分の声を聞いた。

こんな意味のわからないことを押しつけられなくなるなら、離婚したのは正解なのだ。ついでに、勘当だ！　とでも言ってくれればいいのに。

「つばさにとってはおじいちゃんとおばあちゃんだし、つばさも遊びに来たいって言ってるから。落ち着いてくれないと、連れてこれないし」

しかし、話し合うということはできそうになかった。圭太郎は、ちょっと荷物持ってくから、と部屋を出た。

階段の端には埃が溜まっていた。父母は一階の奥の部屋で寝起きしていて、二階にはほとんど上がっていないのだろう。

二階の左側の部屋は昔は客間と言っていたがほとんど人が来ることはなく物置状態で、右側の部屋が兄と圭太郎の部屋だった。

板の端が剝がれそうになっているドアを開けると、古い家のにおいがした。

この部屋に入るのは、何年ぶりだろうか。つばさを連れてこの家を訪れても、泊まることはなかったし、二階にも上がらなかった。

高校生のときに貼ったポスターが、そのまま壁で色褪せていた。机とカラーボックスにも、教科書や雑誌が残っていた。その手前に父母の荷物が入った段ボール箱や衣装ケースがいくつか積んであった。

圭太郎は灰色のカーペットにしゃがんで、カラーボックスを窓の前に寄せた。

覚えているとおり、壁には凹みがあった。押し入れの襖も何か所か破れたままだ。カーペットにも煙草の焼け焦げがついている。

圭太郎はしばらく座り込んでいたが、立ち上がって階段を下りた。

和室の父親は黙り込んでいて、母親は座卓を拭いていた。

「おれ、兄貴に殴られてたよね」

唐突に圭太郎が言うと、父親と母親は圭太郎を見た。

「ちっちゃいときから、ずっと暴力を振るわれてたよね？」

「そりゃあ、男兄弟なんだもの。けんかぐらいするわよ」

特に表情を変えず、布巾を持つ手を動かしながら母親は言った。

「けんかって、兄貴は七つも上じゃん」

圭太郎は、自分のこめかみを指した。

「ここ、切って血だらけになって、四針縫った」

「誰だって縫うぐらいの怪我するだろ、子供んときは」

「背中蹴られて階段から落ちたのも見たよね」

「あいつの話はやめろ。もううちとは関係ないんだ」

「おれには関係あるよ。万引きさせられたりもしたしさ。母さんが謝りにいっただろ。あのときがバレただけで、何回もあったんだけど」

父親も母親も、黙って首を傾げるだけだった。

「なんで止めてくれなかったの」

「なんの話してんだ。わけのわからんことを」

父親は大げさにため息をついた。

「わからなくないよ。おれは、兄貴に、殴られたり蹴られたり脅されたりしょっちゅうしてて、めちゃくちゃ怖かった、って話。考えないようにしてたけど、おれはものすごくいやだったって、わかったんだよ」

圭太郎は諦めて、二階へ戻った。

荷物を持っていく、というのは嘘ではなかった。

カラーボックスの下段を探すと、それはすぐに見つかった。

えんじ色の布張りの表紙に金色で校章が箔押しされた、中学校の卒業アルバム。

最初のページには、校庭で人文字を描いた空撮があり、そんな予算あったんだ、とどうでもいいことが浮かんだ。学校行事が早送りでまとめられたページを過ぎ、その次に一人一人の顔写真が並んでいる。

まず校庭の大きな欅の前に並んだ集合写真があり、その次に一人一人の顔写真が並んでいる。

ルーの背景に、紺色のブレザーの似たような姿が、出席番号順に配置されていた。

「垢抜けない」って形容はこういうのに使うんだろうな。当時は遅刻しそうなのに前髪を立てたりシャツのボタンを開けるのにこだわってみたりしていたはずだが、そこに写る自分は子供っぽいくせに妙な暑苦しさのある、そこらへんの男子中学生の一人に過ぎなかった。

名前を順に辿り、中村、とその写真のところで指が止まった。

そこにいるのは、自分の記憶よりもずいぶんと幼い女の子だった。

ちょっと大人っぽい雰囲気の、と貴美子に伝えた自分の記憶とは違っていた。確かに、顔は間違いない。他の誰かと勘違いしていたわけではない。しかし、その女子生徒もどこにでもいる中学生だった。緊張しているのか少し困惑したような目で、こちらを見ている。髪ももっと明るい茶色だと思っていたのに、落ち着いた色で長めの前髪が微妙なところで分かれている。困惑したような顔なのは、この髪を気にしていたからかもしれない。照明の加減か、アルバムに写るときは黒くするように言われたのかも、などとまだ思ってしまう自分が馬鹿らしかった。

他のページを探した。体育祭のところに、城田真衣とピースサインで写る姿を見つけた。

その「中村さん」もやはり、自分の記憶の「中村さん」ではなかった。大人っぽくて自分なんかと違って世の中のことをわかってる感じ、など全然なかった。中学三年生で、つまり子供だった。

圭太郎は、ようやく、理解した。

「怖い」と、中村さんが言ったこと。それを、自分がやったのだということ。

自分は嫌われた、軽蔑されたのだ、と思っていた。そうではなかったことが、二十年経ってわかった。おれは、中村さんの生活をおびやかした。安心して過ごせる日々を壊して、そのことに気づきもしないで、自分が傷ついたのだと思っていた。

圭太郎はアルバムを閉じて脇に抱え、部屋の照明を消して、一階に下りた。

父親はキッチンのテーブルでビールを飲み始めていて、圭太郎と話をする気はないようだった。

玄関で、圭太郎は母親と、それからその向こうにいる父親に向かって言った。

「あのさ、いい息子ではないかもしれないけど、おれは、父さんと母さんとちゃんと関わりたいと思ってるよ。つばさだって、それから貴美子だって、落ち着いて話せるならまたここにも来たいと思うから」

返事はなかった。


バスで駅まで戻り、再びパン屋の前まで行ってみたが、城田真衣の姿はなく、レジにいるのはその母親らしき人だった。圭太郎の母よりは年齢が下だと思うが、小柄なのもあって弱々しく見えた。他人から見たら、自分は年老いた両親にひどい仕打ちをしているのだろうな、と思う。思うが、今はできることをするしかない。自分が育てると決めた子供と、いっしょに育てようと決めた人と、これから暮らしていくために。


家に着いたのは、八時前で、貴美子とつばさはもう晩ごはんを食べ終わっていた。

「おかえり」

と玄関先まで走ってきたつばさを抱え上げると重かった。

貴美子は今日は在宅勤務で、自分が好きな牛すじと大根の煮込みを作っていた。ほとんど食べちゃったんだけど、と圭太郎に取ってあった分をテーブルに出した。圭太郎は城田の店で買ったパンを貴美子に渡し、フォカッチャを牛すじと食べた。フォカッチャ自体はおいしかったし合わなくはないが牛すじならもう少しあっさりしたパンのほうがいいと思った。貴美子は、最近近所のスーパーにときどき牛すじが入るようになったので、圧力鍋がほしいなあ、と言った。電気圧力鍋はこのごろ新製品が多く出ていて、圭太郎も興味があった。

ソファで鳥の図鑑を見ていたつばさが、圧力鍋ってなにと聞いたので、圭太郎が説明した。つばさは図鑑が好きだが、貴美子が仕事で使う壁紙や床材のサンプルカタログも好きなので、たくさんのものが分類されて並んでいるのがおもしろいらしい、と貴美子と圭太郎は話していた。

実家でのことは、まあ、なんか予想通りだったけどそれなりに、と適当な報告をした。時間を置いて落ち着いてくれたらいいんだけど、と貴美子は言った。

圭太郎が台所を片付け、貴美子がつばさと風呂に入った。圭太郎がテレビでニュース番組を見るともなしに見ていると、つばさを寝かせてリビングに戻ってきた貴美子が、

「来月、関西に出張に行きたいんだけど」

と言った。勤務先のリノベーションの会社が、関西にも事業を拡大するために現地の提携先をいくつか回って打ち合わせをするとのことだった。

「できれば一泊して、京都と大阪と神戸に行きたいのね。それから、神戸で少し時間があったらと思って」

一月十七日、早朝に貴美子が起き出してテレビを見ていた後ろ姿を圭太郎は思い出した。

「なにかあるわけじゃないんだけど、ただ、歩いて、行ってみたいと思って」

どこに行ってみたいのか、圭太郎にははっきりとわからなかったが、貴美子も具体的にどことは決めていないようだった。

その日に休みを取るようにするよ、と圭太郎は答えた。うん、ありがとう、とつばさと寝る部屋に戻りかけた貴美子を、圭太郎は呼び止めた。

「あのさ、これ……」

リュックに手を突っ込み、中学の卒業アルバムを出した。

「えー、こんなのあったの。圭ちゃん、どこ？　これ？　わー、なんかかわいいねえ」

予想外に貴美子がおもしろがって見始めたので、圭太郎は言いかけていた言葉を飲み込みそうになったが、今日、まとめて言ったほうがいい、と自分に言い聞かせた。貴美子が開いているページの、女子生徒の写真に指を置いて、それが誰なのか伝えた。

「……なんか、圭ちゃんの話から想像してたのと雰囲気違う」

しばらくじっと見ていた貴美子は、写真の女の子と目の前の圭太郎を見比べながら言った。

「おれもびっくりした。だから、おれのあのときの話も、全然違うのかもしれない。自分に都合がいいように、自分が悪くないように、改竄（かいざん）してたのかも」

「書類みたいな言い方」

貴美子は、そう言ったあと、しばらく考えてなにか思い出そうとしているようだった。

「書類や記録だったら、調べたら元のが出てくるかもしれないし、どこを書き換えたのか突き合わせられるかもだけど、自分が実際に体験したことなのに、自分がやったことなのに、なんでわからないんだろうね」

その目が見ているのはアルバムではなくどこか別のところだと、圭太郎は思った。

貴美子は、ゆっくり呟くように言った。

「なんで、わからないなんて言えてしまうんだろうね」

圭太郎の頭の中で、その言葉は寝付くまで繰り返し聞こえた。

結局、兄の話はしなかった。

二月になった日、圭太郎が出勤すると、店主の三木拓真が沿線の三つ先の駅近くに新しく出店する、と話した。テイクアウトのデリがメインで、店内にはワインも飲めるカウンターを数席だけ作るとのことだった。昨年末あたりから、新店の計画があることはなんとなく聞いていた。

「それで、小坂さんにその店の調理をお任せしたいんです。小坂さんは、お客さんの層に合わせてカジュアルにアレンジするのがうまいから、ここよりも若いファミリーが多い立地でいい感じのお店にしてもらえるんじゃないかって考えていて」

冬の柔らかい日差しが差し込む店のテーブルで、三木拓真は店舗のイメージをタブレットで見せ、いつも通りの爽やかな笑顔で話した。

期待をされるのはうれしいことだったし、テイクアウトのデリが中心の形態も今の自分には合っている気がした。客と話すことが飲食業を続けてきた中で楽しみだったのだが、この二年はそれが少し疲れることもあった。

しかし、その立地だと自転車通勤が難しいかもしれない。店をほぼ任されるということで勤務時間が長くなったり融通が利かなくなったりすると、貴美子の仕事との調整もどうなるか。四月からはつばさが小学生になる。学童保育などの情報は保育園の他の保護者や子供のいる知人から集めてなんとかなりそうとは思っているが、実際のところはその生活が始まってみなければわからないというのは、つばさが生まれてから何度も経験してきた。

「テイクアウトの店だと気が進まないですか？」

圭太郎の反応が微妙なのを気にして三木さんが聞いた。

「いえ、それは全然、むしろやってみたいんですけど、……家族と相談してからでいいですか」
「ああ、そうですよね、奥さんもフルタイムですもんね。ぼくのほうも、もうちょっと計画詰めて、できれば店舗のプランナーとの打ち合わせに小坂さんも参加してほしいんで」

圭太郎は曖昧に頷き、ランチの準備の業務に戻った。

前に勤めていた店のシゲさんは、地元で奥さんと小さい店をやるつもりだったが、自粛要請という名の規制が終わったと思ったらまた出されたり飲みに出かける中高年が減っているうえに、駅に近い場所の賃料は高止まりしたままで、警備のアルバイトを続けている、と少し前に確定申告の関係で連絡をしたときに聞いた。店をやりたいとは思っているが、この状況がまだ続くなら、別の仕事をやらねえとなあ、と電話の向こうの声は諦めが混じっていた。

これまでに働いた先で知り合った人や飲食業関係の知人の中には、地元に帰った人もいるし、転職した人もいる。地方は地方で観光客や出張の会社員、接待やら宴会もなくなって、東京以上に厳しいところもある。当初は一年を乗り切ればと、貸す側も借りる側も予想していた緊急の資金援助制度などが、状況は厳しくなっているのにこれから返済期限がやってくるので返せない事業主が続出すると言われている。かと思えば、前の店があった場所は新しいビルの建設が進んでいるし、この店の周りにも空いた場所にはまた新しい店が入る。マイナスのことばっかり考えても仕方ないから制度や状況にうまく乗っかってやっていけば先は開けるんですよ、と三木さんはよく言っていて、それもそうなのかもしれない、と圭太郎は思うが、極端な状況の中で自分がどこに位置しているのか、うまくつかめないままだった。

ランチタイムは忙しかった。

ようやく一息ついて、客席のほうを見た。遅めの時間に来ていちばん高いランチコースを頼んだ、この店にはめずらしくスーツ姿の五十代くらいの男性二人が、レジ前で三木さんに話しかけていた。

「いやー、ここの料理はほんとにうまいね。こういういいお店ができるから、若い人も集まってきてくれるんですよ」

「ほんとに、それは……さんみたいな人たちが街のためにがんばってくれてるからですよ。ねえ？」

「いつもありがとうございます」

　背の高いほうの男は、ときどきランチに来るので知っていた。地元選出の都議会議員の弟で、親戚がこの商店街の会長だ。数十年前は畑も多かったこのあたりの土地の多くはその一族の所有だったらしい。周辺のビルやアパートの名前もその苗字や一部が使われている。

　都議の弟が連れてきたのは今度始まる商店街のイベントのＰＲを請け負う広告会社の人だと、彼らが店を出てから三木さんは圭太郎に言った。

「なんだかんだいって頼りになるのはあの人たちですから。現実的にやってかないとね」

　昨年行われた衆議院選挙と都議会選挙の前、圭太郎は、コロナ禍での対策ということで営業時間などころころ変わる規制に振り回され、「自粛」と呼ぶ実質的な圧力が繰り返され、さらには感染源であるかのように喧伝されてきた飲食店やその集まりである商店街の人たちは与党には投票しないだろうと思っていた。与党が議席を減らして、影響を受けた業界に支援や対策があることを圭太郎は期待していた。しかし、結果は違った。都議会選挙では都知事が特別顧問を務める政党に対しての批判が示されたが、その分、政権を握っている党が議席を伸ばした。それ以前に、投票率が低かった。こんなにも政府や行政の施策で生活に影響が出ているのにとしょっちゅう憤っている貴美子を筆頭に、知人やフォローしているＳＮＳの反応と選挙結果とのあまりの違いに驚いた。自分の見聞きする範囲が偏っていて、ＳＮＳに書き込んでなにかやった気になっていただけだと気づいた。

一方で店の客たちの妙に景気のいい話が聞こえてくると、「現実的な事情」を目の当たりにして世の中ってそんなもんなんだなとも思う。

家でそう言うと貴美子に怒られるから言わないが、個人で商売をしていると「現実的な事情」には度々直面する。三木さんの言うことが「賢い」になるのだろうと思う。

だからといって、さっき来たような人がほんとうに自分たちのためになることをやってくれているのかも、疑問ではあった。「実行する権力のある人につながっておくのが現実的」と皆が思い込んでいるだけな気もした。

「現実的」って言うときの「現実」ってなんなんだろうか、と野菜を刻みながら圭太郎は思う。しかし、貴美子といっしょに暮らすようになって「なんで？　選挙行かないって意味がわからない」と言われるまで投票に行ったことはなかったし、政治のことなど自分が関わったり考えてもなにも変わらないと当たり前に思っていたから、偉そうなことは言えない。

それに、自分が投票に行った去年の選挙の結果を見ても、「自分が関わってもなにも変わらない」のほうが正しいのではないかと思ってもいた。結局のところ、金を持っている、つまりは権力を持っている人たち同士が決めてしまうのだから、その近くにいて少しでも得をしたほうが、損をできるだけ減らした方がいいのではないか。実際にこの店は、そういう中心の近くにいる人たちがやってきて、知り合いを連れてきて、メディアで紹介されて、業界がこれだけ厳しい中で新店舗を出すのだ。そして自分もその店だから比較的いい条件で働いているし、メニューを任せるなどと言われれば、それが評判になってもっと条件がよくなったり自分の店を出せたりするかもしれないとポジティブ過ぎることが勝手に思い浮かんでしまう。

午後十時に店を出て自転車で走り出すと、商店街にも駅前にもガールズバーの女の子たちがちらほら立っていた。自宅の駅の周辺にも相変わらず女の子たちはいた。

女の子たちの服装はばらばらで、どこかの大学の教室を覗いたらこんな感じじゃないかと思うカジュアルな出で立ちだった。たとえるなら雑誌が違う、といっても彼女たちの年代ではもう紙の雑誌なんて読まないのかもしれないが、スポーツブランドのパーカにスニーカー、明るい色の巻き髪にふんわりした色と生地のワンピース、上下黒のタイトなセットアップにピンヒールと、まったく違う傾向のファッションの彼女たちが教室の休み時間のようにときどき笑って会話をしている。それが不思議でもあったし、その若さや賑やかさになぐさめられる気もした。ただし、皆寒そうだった。ダウンジャケットを羽織っていたりするものの、肩をすくめ手をこすり合わせているのを見るとどのくらいの時間この薄暗い商店街に立っているのか心配になった。

マンションの自転車置き場でロードバイクに鍵をかけながら、貴美子に報告したらきっとまた世の中の状況に憤るだろうな、と思う。圭太郎は貴美子が怒ってくれるのを期待していた。

貴美子が若い子たちの置かれている状況や子供や弱い立場の人を考えもしない「おじさんたち」を非難するのを聞き、まあまあ、そこまで言わなくても、などと言いつつも頷きたかった。それで自分も、ガールズバーに通う男たちや家事や子育てをしない男たちとは違うのだと感じられる。何かを考えた気になって、正しくなりたかった。それで楽をしたかった。ツイッターで誰かの言葉をリツイートして自分も何かをしたつもりになるみたいに。

そのことに気づきながら、圭太郎は三階まで階段を上った。

二月の下旬に、貴美子は関西へ出張に出た。

一日目に京都と大阪、二日目に神戸の不動産会社と設計事務所を回るスケジュールで、圭太郎はその二日間に休みを合わせた。

初日の夜は大阪のビジネスホテルから七時ごろに連絡があって、つばさといっしょにビデオ通話で話した。新規感染者数が多いので会社から外食はしないようにと言われて、せっかく何年ぶりかの遠出なのにコンビニで東京と同じもの買って食べてるよ、とクリーム色の壁の四角い部屋で貴美子は言った。つばさはわたしも行きたいとかたこ焼きをお土産に買ってきてとか楽しそうに話していて、さびしがる様子はなかったので圭太郎はほっとした。

つばさを風呂に入れて、寝かせる準備をしていると、つばさが、

「パパは出張行かないの？」

と聞いた。

「パパの仕事はすごく遠くには行かないなあ。近い中の遠いところだったらあるかもしれないけど」

「ふーん。ママはまた出張行く？」

「行くかもね。ママがいないとさびしい？」

「さびしいけど、今日とか明日だったらだいじょうぶ。ママもパパもいないと困るけど」

「それは困るね。つばさを一人にしたらだめだから、そんなことはしないよ」

布団に座り込んでいるつばさは、圭太郎をじっと見た。

「小学校は一人で行くんだよね」

「近所のお友達と行くし、学校に行ったらもっとお友達がたくさんいるよ」

「たまには一人になりたいなあ」

誰かの言葉を真似するような言い方に、圭太郎は笑ってしまった。

「そのうちに、一人でいる時間もあるよ。もうちょっと先だけど」

「そうかなあ」

つばさはわかっているのかわかっていないのか、なにか考えるような顔をしたが、そのあとはしばらく今日保育園で仲のいい友達から聞いたハムスターの話をして、それから眠った。

つばさが眠ってしまうまでその顔を見ていた圭太郎は、つばさが生まれてからほぼ毎日ずっといっしょにいたのか、と初めて気がついた。親戚の葬儀で群馬へ行ったぐらいで、出張もなければ家族以外との旅行などもなかった。赤ちゃんのころは日々の仕事やら家事やらをなんとかやっていくのに精一杯で記憶も薄い時期があるが、気がついてみればこんなに話ができるようになっていて、絵本も自分で読めるし、春になれば計算したり作文を書いたりもする。このごろは外で赤ちゃんや二、三歳の子を見かけると、あのくらいのつばさにはもうならないんだななどと思ったりする。

自分は六年前とたいして変わらないつもりなのに、子供は一日ごとに成長していって後戻りはしない。それを見て、そばで体験するのは思いがけないことで、たぶんとても幸運なことだった。

圭太郎は、貴美子につばさの寝顔の画像を送った。

翌日、圭太郎は洗濯と掃除をして買い物に行き、午後は店で作っているデリを何種類かつばさの好みにアレンジして作った。

貴美子から電話がかかってきて、キャベツとソーセージの蒸し煮を作りかけていたコンロの火を止めた。

「天気はいいんだけど、空とか白っぽい感じで海は見えないなあ」

昨夜と違って音声だけの通話なので、その景色は見えなかった。貴美子は、西宮（にしのみや）の高台にある公園にいると言った。仕事は午前中で終わり、三宮駅の周辺を歩いたあと、地元の同級生に聞いて転校したあの子が引っ越した先はこのあたりじゃないかと言われた西宮に来た。歩いているうちに震災の慰霊の石碑がある公園にたどりついた。神戸だと思ってたけど西宮だったみたいで、だけどこのあたりも大きな被害があったんだよね、と貴美子はそこから見えるものを説明したが、圭太郎には地理的な位置はぴんとこなかった。慰霊碑には亡くなった人の名前が記されていて、その子の名前はなかったと貴美子は言った。結局はどこに引っ越したのか、そのあとどうしたのか、なにもわからない、と。

「仕事先の周りとか歩いてみたんだけどね」

貴美子の声以外は、ときどき風が当たるような音がするだけで静かだった。公園なのに遊んでいる子供はいないのだろうか、と意識の片隅で圭太郎は思った。

「建物とか街並みとか見ても、なにもわからないの。それはそうだよね。テレビとか写真とかで見ただけで、初めて来た場所だし、なにが変わったのか、どこが変わらないままなのか、全然、わからないし。

ここであんなに大きな地震があったっていうことや、建物や高速道路が倒れて、家が潰れて、火災が起きて、そんなことがあったっていうのは、今、ここを歩いているわたしの目には見えなくて」

貴美子は、一つ一つ言葉を探すように、ゆっくりとしゃべった。

「あの子がどこにいたのか、今はどうしてるのか、たぶんずっと、わたしは知ることができない」

うん、と圭太郎はそう言うことしかできなかった。

「戻ってやり直すことはできないし、なにか偶然が答えをくれるようなこともない」

「答えって？」

「どこかで再会するとか、実はそれにもなにか意味があったとか、そういう感じの」

圭太郎の頭に浮かんでいたのは、貴美子が今いる公園を想像した景色と、中学校の教室だった。体育祭の準備をしていたあの日の教室で、そこにいる中村さんはアルバムで見た写真の彼女と重なるようで重ならず、そこだけぼやけてしまっていた。中村さんに謝る機会はもうないのだ、と圭太郎は思った。とっくになかったのに、いつか謝れると、謝れば受け入れてもらえると、期待していたことを先月地元から帰ってくる電車の中で理解した。

「だいぶ前に、貴美ちゃんと会う何年も前のことなんだけど、あ、そうだ、震災のちょっと前、二〇一一年の」

「うん？」

「そのときバイトしてたカフェで、ときどきイベントがあって、弾き語りとかトークとかそういうの。それでそのときはなんか、舞台に出てる人と小説家の人で詩の朗読をしてたんだけど、出演者の人が本を忘れていったんだよね。次の日に取りに来るって電話あったから、持って帰って」

自分でもなぜその話をしようと思ったのかよくわからなかった。

「圭ちゃんが詩集を？」

「あー、自分でもそう思うけどさ、気になって。イベントで朗読してたのは、戦争の後片付けを誰かがやってるって内容で、確かポーランドの詩人で」

この一、二週間、急に「戦争」という言葉がテレビやSNSに現れるようになり、それで思い出したのかもしれなかった。

「イベントで聴いた詩もよかったんだけど、本の中に『一目惚れ』って詩があって、自分たちは突然出会ったと思ってるけどほんとうはその前にどこかで会ってたかも、っていうか、かすってたみたいなことがあったかも、って書いてあって」

「うん」

貴美子も、圭太郎がなぜその話をするのかよくわからなかったが聞いていた。二月の高台の公園は寒かった。

「貴美ちゃんに一目惚れはしてないけど」

「わたしもだよ」

貴美子が少し笑った。

「どこかですれ違ってたり、バイトした店に飲みに来てたりしたかもな、って」

「それだったらあるかもね」

「それでこの話、どうつながってるのか、うまく言えないんだけど、間違ってなかったとか、それでよかったとかじゃなくて、いいとか悪いとかじゃなくて、よくないこともいくつもあって、なんかどこかで近くにいたことがあってそれが今とつながってるんだったら、って考えるのは、考えてしまうかなって、なに言ってんのかますますわかんないけど」

貴美子はしばらくなにも言わなかった。圭太郎は、自分が今した話が、貴美子が話してくれたことをかき消すことになってしまったかもしれないと後悔し始めていた。

「その本見せてよ」

ようやく貴美子が言った。

「ちゃんと返したから持ってない」

「買ってくるか、図書館で借りるとか。そんな中途半端に言われてもわけわかんないし」

「うん。ごめん」

「また、帰ったら、もう少し話す」

「うん」

うろ覚えのキーワードをいくつか入れて検索し、二週間後にようやく図書館で圭太郎はその詩集を借りた。図書館に来たのはつばさがもっと小さいときに絵本の読み聞かせ会に何度か連れて行って以来だった。

受け取った本を開いて、圭太郎は最初のページから読んでいった。

「一目惚れ」の詩は、五七ページから六〇ページだった。

圭太郎が貴美子に言いたかった一節はこう書いてあった。

以前知りあっていなかった以上
二人の間には何もなかったはず、というわけ
それでもひょっとしたら、通りや、階段や、廊下で
すれ違ったことはなかったかしら

二人にこう聞いてみたい
いつか回転ドアで顔を突きあわせたことを
覚えていませんか？
人ごみのなかの「すみません」は？
受話器に響いた「違います」という声は？
――でも二人の答はわかっている
いいえ、覚えてませんね

しかし、この電話のときは圭太郎はまだその言葉を伝えることができなかった。

「そろそろ、お迎えの時間じゃない？」

遠い場所の海が見えるかもしれない公園にいる貴美子が言った。

「あ、ほんとだ。じゃあ、気をつけて」

貴美子とつばさと暮らしている部屋で圭太郎は言った。

「うん。着く時間わかったら連絡するね」

電話を切って、ダウンジャケットを着て家を出た。チャイルドシートのついた電動自転車は、通勤で乗るロードバイクよりかなり重かった。重くていい、と圭太郎は思った。

冷たい風の中を走っていると、圭太郎はようやくじわじわと貴美子と話したことの底にあるものを実感しだした。

先日実家で父と母が圭太郎に向けた顔が思い出された。圭太郎が言った子供のころのことに対して、なんでもない、よくあることだと取り合わなかった。彼らはほんとうにそう思っていて、圭太郎がなぜ言っているのか考えようともしなかった。中学三年のあのとき、彼女から見ればおれもそんな顔だったんだな。なんでもないのに、たいしたことじゃないのに、と、なにも考えていなかった。二十年も。ただそれにようやく気づいただけなのに、まだよくわかってもいないのに、貴美子が聞いてくれたからって、ちょっといい感じのことを言おうとしたりして、このあと子供を迎えに行って、そうやってなにごともなく生きていく自分も容易に想像がつき、まだ全然なのに。

図書館で借りて十一年ぶりにその詩を読んだ圭太郎は、自分は貴美子に出会えてよかったと伝えたかったのだと思った。そして、覚えていなかった、たぶん十一年前はそれほど心を引かれなかった最後の一節のほうを、じっと見つめた。

始まりはすべて
続きにすぎない
そして出来事の書はいつも
途中のページが開けられている

12　二〇二二年二月　柳本れい

「撮られるのってほんとやだよね」

カメラの前に立つ今日の被写体が言った。

柳本れいは笑ってしまい、いったんカメラを体から離した。

「わたし、自分が写ってる写真、全然持ってないよ」

「そうなるよねえ、撮るほうは」

「いやあ、なんか妙に緊張するなあ」

被写体は、れいと専門学校で同期の小川恵子(おがわけいこ)だった。取材場所である出版社の会議室に入ってきて、すでに準備を始めていたれいに気づいた瞬間、えーっ、と声を上げた。互いに共通の知人から話を聞いたり、小川恵子はれいの名前を雑誌のクレジットで見かけたり、れいは小川さんが写真関連の事業で注目されている記事を読んだりしたことがあったが、会うのは同期の写真展以来の二十年ぶりだった。

「なんかいいですねえ、やりたいことを続けてきて仕事で再会できるのって」

まだ二十代の担当編集者の女性が、二人が盛り上がる姿を見てしみじみと言った。

二月の初めの火曜日、この取材は働く女性向けの雑誌の「好きなことを生かして仕事を続けてきた女性たち」の特集ページだった。小川さんは写真撮影の仕事をフリーランスで続けながら、知人が起業した会社でアルバム制作のアプリを開発し、家族や個人の行事に彼らの撮りたいイメージに沿った写真家を選んで派遣するマッチングサービスも昨年から始めた。専門学校を卒業して大手チェーンの写真スタジオで三年働いた後で大学でマーケティングを勉強し、そこで出会った男性と結婚、子供は中学一年と小学四年、仕事を続けるために実家の近くに引っ越し、下の子と同じ小学四年の子供がいる妹とも協力し合いながら、仕事を続けている、とインタビューで一通り聞いた。

専門学校のときも、小川さんはとにかく行動力があり、グループ展を企画したり人気の写真家をその展示のトークゲストに呼んだりもした。いちはやくデジタルカメラや関連機器を買い、ミニ写真集を作って個性的な書店や古着屋で販売して、そのときはれいも何ページか写真を載せてもらった。生命力が有り余ってる、などと、クラスメイトや講師から冗談交じりに言われていて、動いてないと落ち着かなくて、と笑っていた二十年以上前の小川さんと目の前の小川さんはそのままつながっているとれいは感心していた。

「じゃあ、ちょっと体を斜めに向けて、窓のほうを見てもらえますか」

れいが指示すると、カメラのモニターの中の小川さんはぎこちない仕草で姿勢を整えた。裾がアシンメトリーになっている黒のジャケットがよく似合っている。

「じっとしてるのが苦手だから」

「あ、今の表情、いい感じ」

「ほんとにぃ？」

「ほんとほんと」

デジタルカメラのシャッター音が静かな会議室に響いた。この音にもすっかり慣れた、とれいは思った。

取材を終えて、小川さんはこのあと取引先の写真スタジオを二か所回るとのことで、れいと駅までの道を歩いた。

寒いせいもあるが、オフィス街の道を歩く人はまばらで、出勤する人はまた少し減っているのかもしれなかった。二、三度行ったことのある角のラーメン店には閉店の知らせが張ってあった。

「柳本さんが写真の仕事続けてるのもすごいなってずっと思ってて。同期で、特に女子は少ないじゃない？」

「そうだねえ、なんか気づいたら二十年やってるなあ。やり続けてるとなんとかなるもんだなって、最近は思う」

「うん、わたしもそういう感じかも。どうにかこうにかやってたら、何年も続いてた」

薄いピンク色のマスクをつけた小川さんの横顔は、頼もしく見えた。

広告だったりスポーツのカメラマンだったり職業として写真を続けている同期は何人もいて、専門学校という、美術系の大学よりは就職を重視した場だったことも理由かもしれない。その中で、展示や卒業制作のときに誰もが注目するような写真を撮っていた人が皆写真家になったわけではない。作品としての写真と仕事としての写真とは、完全に別ではないが同じでもない。仕事として続けることは、いい作品を撮ることや自分が撮りたい写真を撮ることと、重なっていれば幸運だし、そうでなければ自分がどの部分をどの割合でやっていくかになる。二十年仕事として続けて、展示をやったり作品集を作ったりもしてきた経験からは、どのやり方が上でも下でもないし、いいとかよくないとかいうことでもないと、れいはよくわかった。

「下の子の小学校、別の学年だけど学級閉鎖になりそうで、うちにもいつ来るか。職場の人も先月から陽性も自宅待機も続出で、今回は学校行ってる子供がいると避けられなそうって言ってる」

地下鉄への階段を降りながら、小川さんは話した。地下通路の天井にはビニール傘のビニール部分と透明のチューブを組み合わせた漏水を流すための装置がくっついていて、チューブの先は踊り場のポリバケツに向かっていた。現代美術のインスタレーションみたい、と見るたびにれいは思う。そして、こんなに水が流れて染みこんでいる地面の上や中で、自分は毎日を暮らしているのだとも思う。

「子供がいて、企業でも仕事をしてるってものすごく大変で、絶対自分は無理だろうなって思うんだけど、この二年、わたしはほんとに人と接する機会が少なくて。すごく寂しいとかではないんだけど、やっぱり今の日本だと子供がいなくて組織にも所属してないと、社会と関わってないというか、世の中のこと、何が起きてるのかわからないままとっても狭い世界で生きてる感じがしてしまうんだよね」

れいがそう言うと、小川さんはえー、と大きな声を上げた。

「撮影でいろんな人に会ってるじゃない。普通だったら会えないすごい人。こないだわたしがすごい好きなミュージシャンのポートレート撮ってたよ」

「それはねえ、ほんとに幸運というか、この仕事しててよかったと思うことの一つ。でもその場だけだし、わたしは直接話す機会も少ないから、なにか先につながるわけでもなくて」

れいと小川さんは乗る線が違うので、改札の前で立ち止まった。人が行き交う地下通路には改札機の音や電車がホームに入ってくる音が反響して、互いの声は聞き取りにくかった。

「連絡してみたらいいんじゃない？　お話をうかがいたいとか、なにかイベントをいっしょにやりませんかとか」

小川さんのまっすぐな視線は二十年前と変わらない、とれいは思った。

「いやー、急にそんなこと言って、びっくりされるっていうか迷惑かもだし」

「それはもちろん、ちゃんと企画とか話す理由とか考えて失礼のないようにやらないといけないけど、やってみないとわからないじゃない。やらない後悔より、やって後悔」

「……って、いつも言ってたね」

「そうじゃないと、進めないから。わたしはね。そうそう、今考えてる企画があって、柳本さんに相談するかも、していい？」

連絡先を交換すると、小川さんは颯爽とした足取りで改札の向こうへ歩いて行った。


祝日は、葉子さんの家の写真館に二件の予約が入っていた。

駅からの道は、住宅街の狭い路地に入ると前日の雪がまだあちこちに残っていて、日陰の凍ったところでれいは少し滑りそうになった。

一人目は四月から仕事を続けつつ大学院に通う、れいより三つ年下の女性だった。ほんとうは去年の春からと計画していたのがコロナ禍の先の見えない状況で断念した。イベント機材を扱う会社に勤務しているので収入も減り、ほとんどあきらめていたのだが、占いで絶対行ったほうがいいと言われてひたすら節約して貯金し、やっと実現できることになったのだ、と話した。

「占いで言われたっていうか、そう言ってくれるまで占いをはしごしたんですけどね。三つめで言われたから、まあまあよくないですか？」

と、彼女が言うと、れいの隣で撮影を見ていた遥が、気合いの勝利ですね、と笑った。

二人目は、三十代半ばの男性で、会社の仕事がほぼリモートになってから南房総の実家に戻っていたのだが、古い映画が好きで映画館に通うためにまた東京に住むことにしたとのことだった。写真のリクエストは、小津安二郎（おづやすじろう）の映画の佐田啓二（さだけいじ）ふうということで、葉子さんが張り切って髪や眉を整えた。

「今は配信で観られるのも増えて、実家の部屋もプロジェクターと音響整えたんですけど、映画館で二時間なら二時間、別の世界に旅する感覚がやっぱり好きで。それに、知らない人たちと同じ空間でじっと同じ画面を見るのも、離れてみるとすごい不思議な経験に思えてきたんですよね。隣の席の人と話したりしないけど、一人で部屋で観るのとはなんか違って」

部屋の古い窓枠がイメージに合っているとのことで、彼が窓際に佇む姿を撮影した。

撮影を終えて、一階の食卓でれいが買ってきたアップルパイを切り分けた。遥がいつのまにかコーヒーが好きになったらしく、葉子さんの指南を受けながらペーパードリップでコーヒーを淹れ、部屋中にいい香りが漂った。

「わたし、学校って好きだったんだよね」

れいがそう言ったのは、大学院に通うという話を聞いたからでもあったし、小川さんに会って専門学校時代のことを思い出していたからでもあった。

「行ったら誰かいるじゃない？　昨日と同じ人がいて、たぶん明日もいて、だから今日話せなくてもまた次でいいか、って安心感があって」

「休校になってたとき、それはちょっと思った。でも学校はじまっちゃうと、その感じ忘れちゃったかも」

遥は、自分が淹れたコーヒーの味に満足そうな顔をしていた。そうか、突然休校になった時期があったんだっけ、と、れいはやっぱり自分と世の中との関わりのなさを思った。

「それなりに人間関係が難しいこともあったし、中学とか行きたくない時期も何回もあったけど、でもなんか、別になにを話すってわけでもないけどずっと人がいるの、貴重だよね」

れいにとっては、この葉子さんの家がそんな場所に近かった。月に二度ほどだが、誰かがいる場所が一つでもあることは、たぶんとても重要なことだった。

アップルパイをつついていた葉子さんは、

「えー、わたし、短大卒業して二年だけ事務職で働いたことあるんだけどさ、そのときの上司がものすごく合わない人で。それなのに毎日出勤すると隣に座ってて、しばらくして、あっ、会社って席替えがない！　って気づいた時の絶望感！」

遥が声を上げて笑った。

「そして春休みがない！　っていうのも衝撃だったなあ」

葉子さんが続けると、遥は大げさなほど驚いた顔になった。

「そうか！　春休み、ないんだ！」

「大学は春休みも夏休みも長いから、ぞんぶんに楽しんで」

「あと五回かあ」

「今どきは三年生は就活で忙しいし、卒業したあとはもう就職先次第だから、実質は三回かもねえ」

「えー、三回しかないの。人生ラス三の春休みかあ……」

遥は、昨年末ごろからまた葉子さんの家を訪れ、ときどき写真館の手伝いもするようになっていた。手伝い、といっても、背景のスクリーンを替えたりレフ板を持ったりするくらいだが、〝仕事〟

をする感覚は楽しいらしく、合間に撮影の仕方を教えると熱心にやってみていた。

葉子さんは自分が余計なことを言ったから遥が来なくなったのではないかと気に病んでいたが、受験や学校の行事が続いたのが主な理由で、希望していた大学に推薦入学が決まって落ち着いたらまた遊びに来るようになった。

さらに話を聞いてみると、仲のいい級友が精神的に不安定になり、何人かの友人たちといっしょに話したり外に連れ出したりしていたということだった。級友は、元々家族の関係がよくなかったところにコロナ禍の影響で父親は収入が減り、その分を母親が仕事を掛け持ちすることになったころから言い争いが増え、母の疲れている姿を見ると進学もあきらめなければと思いこんで、かなり参っていたらしい。

先月、葉子さんがれいと二人で話したとき、結局わたしは自分のことしか考えてなかったのよね、と葉子さんは言った。遥が話してくれるまで待つことができなくて、自分であれこれ勝手に考えて勝手に落ち込んで。もし自分に子供がいたら、こんなふうにいろいろ決めつけて怒ったり心配と言いながら干渉したりしてたかもねえ。

葉子さんの話に頷きながら、れいは幼いときの母のことを思い出し、母も母で必死ではあったのだろう、と考えた。それは子供のころも感じていたが、この数年は視点が母のほうに近づいている。今自分に子供がいたとして、穏やかに子供を育てたり生活を送る余裕なんてきっとないだろう。

遥は、自由な校風の高校に通っていて、進学先が決まったこともあり、耳の後ろあたりに金髪のインナーカラーを入れていた。顔つきも大人びてきたし、最初にここで会った二年前からは雰囲気が変わった。四月には遥は大学生になり、自分のやりたいことを見つけるなり新しい友達ともっと広い世界を楽しむなりして、どんどん変わっていくだろう。

自分は三十歳くらいからほとんど変わらない生活を送っている、とれいは思う。意識が変わらないというか、三十歳くらいから考えることはあまり変化がないと感じている。体力の衰えを実感したりふとした拍子に鏡に映る自分に年をとったなと思うことはあるが、その変化と中身の変わらなさというか、はっきり言葉にすると成長のなさに落ち込むこともある。

家族がいたら、家族のことで仕事や生活が左右されて、今みたいには写真を続けられなかったかもしれない。先月感染者数が急増してから担当の編集者が急に来られなくなったり、撮影予定だった写真家の代わりを頼まれたこともあった。自らが責任を持たなくてはならない家族がいることはとても困難を伴うけれど、この二年間、なんとなく世の中から切り離されたような感覚でいる自分にとっては、その責任はある程度必要なことにも思えた。

地域の活動なんかもあるのだとは思うが、れいは自分から積極的に参加する性格ではないのは重々承知していた。この写真館も葉子さんに誘われたからだし、賞をもらった展覧会に応募したのも専門学校の友人たちで出そうという話になったからだった。

相変わらずテレビは観る気にならず、ＳＮＳで流れてくる誰かの短い言葉からニュースや世間の話題を知るのだが、もし人と交流するのが難しい状況がもっと続いたら、自分はこの止まったような、それと同時になにも目印がなくどんどん流れ去って過ぎていくような時間の中に宙ぶらりんに取り残されてしまうのではないかという不安を、このところ感じる。

もちろん、フリーランスの写真家という仕事がいつまでできるかとか、年をとって一人で暮らすことがこの国では難しいとかは、それ以前から身にしみて感じていた。この二年の状況は、それ以上になにか自分と周囲のつながりのなさというかずれみたいなものを、ますます大きく深くしているようだった。

小川さんからは早速メッセージが来て、同期の何人かに連絡を取ろうと書いてあった。れいは、小川さんに自分がなにか提案できることがあったらと考えたが、思いつかないまま日が過ぎた。

二月半ばの土曜日、れいは演劇を観に新宿へ出かけた。

友人との飲み会で知り合った、若い女性の俳優が久しぶりに出演するとＳＮＳで告知していた。コロナ禍になってから演劇を観る機会はなかったし、ホロコーストについてのドイツの裁判を題材にした物語で興味もあったので、観に行くことにしたのだった。

午後の新宿は、予想したより人が多かった。「まん防」と略されるよくわからない飲食店やイベントの規制や相変わらずの「自粛要請」は続いているし、新規感染者数も多いままだが、昼間の繁華街の人出はそれを感じさせない。皆慣れてしまったのかもしれないし、出かけたり人に会ったりしないとつらいのだとも思う。れい自身もそうだった。

着いたのが開演時間の十分前だったこともあって、劇場に向かうエスカレーターは混雑していた。二週間ほど前にチケットを予約したとき、もうほとんど席が埋まっているのを見て少し驚いた。世の中は自分が思っているよりも先に進んでいるのかな、と思ったりもした。

小説が原作の裁判劇ということで、二時間と少しの公演は歴史と実際の裁判の経過が凝縮されたもので、れいは久しぶりにじっくり演劇を堪能した。

以前なら公演が終わった後に出演者がロビーに出てきて少し話したり、楽屋にスタッフを訪ねたりしていたが、今の状況になってからは制限が厳しく、出演者には会うことができない。

俳優の友人に感想をじかに伝えられないのは心残りだったが、あとでメッセージを送ることにして、れいは劇場を出た。

隣のビルにつながる長い渡り廊下からは、左側に新宿の高層ビル街やＪＲの何本も併走する線路、右側に新宿御苑の木々が見える。れいは、ここからの眺めが好きだった。隣のビルのトイレも、すごく眺めがいいのだった。

アメリカのドーナツチェーンの日本初の店ができたときは、行列が橋を渡って反対側まで続いていたのもここから見た記憶がある。あのときは誰といたっけ。もうちょっと落ち着いたら買いに行こうと話して、結局その誰かとは行かなかった気がする。

劇場のあるビルは大型の書店が入っていて、隣のデパートには映画館があり、撮影が終わったあとに立ち寄ることも多かった。書店だったフロアは今は手ごろな価格の家具と雑貨の大型店になり、映画館のあったフロアは同じくリーズナブルなカジュアル衣料店がある。テナントが変わったときは日本の経済状況の変化の象徴として取り上げる記事もよく見かけた。店は入れ替わり、ドーナツ店がそうであるように新しくできてすでにない店も多い。

最初にアシスタントで仕事についた写真スタジオはここから二駅のところだったし、友人が代々木に住んでいたから、二十代から三十代の前半くらいまではこのあたりを訪れる機会は多かった。

友人の家は線路沿いで築五十年近い雑居ビルの四階で、エレベーターもなく、薄暗い怪しげな建物だった。友人は一時期は写真を撮ったりもしていたが飲食店で働いたり知り合いの仕事を手伝ったりといい加減な暮らしをしている人で、部屋にもなんのつながりなのかよくわからない人たちが入れ替わり立ち替わりいた。あの部屋でよく居合わせた人たちは、今ではもうほとんどどこで何をしているのかわからないけれど、元気だろうか。どこにいるだろうか。

五年ほど前に休刊になった雑誌の編集部もこの近くにあった。打ち合わせでその隣のビルの古い喫茶店によく行った。バタートーストがとてもおいしくて、閉店したときはそれがもう食べられないのが残念だった。

写真を撮り始めたころは、景気が悪い悪いと言われていたが、その前の豊かさの残りがまだあったせいか今よりもずっと余裕があった、と振り返ってみて思う。友人たちはアルバイトだったり、何をやっているのかよくわからない人もいたりして、お金があったわけではないが、それなりになんとかなるだろうという空気がまだ濃かった。

あのころ、れいは、なんとなく世の中は少しずつよくなっていくのだと思っていた。はっきり言葉にして意識する必要もないくらい、世界はもっと変わっていくと思っていた。いい方向に。それは景気がよかった時代の名残もあったし、一九八九年にベルリンの壁が崩壊して冷戦が終わり、自由で民主的な世界になるという推測を世の中の人がなんとなく共有していたからかもしれない、とこのごろ思う。

壁の上に立ち、自由が訪れたことを喜び合う人たちの姿を、テレビでも繰り返し観た。あの感じはいつぐらいから変わったのだろう。ニューヨークの高層ビルに飛行機が突っ込み、報復の戦争が始まったときだろうか。日本ではもう少し前にそれまでは想像もしていなかった巨大な地震が起こり地下鉄でテロがあったころにもうすでに変わりはじめていただろうか。生きて働いている人を「雇用の調整弁」などと呼んでニュース番組で何度も言っていた「改革」がこんなに厳しい暮らしにつながっていたことに、皆が気づき始めたのはいつ頃だっただろう。

なんとなく世の中は少しずつよくなっていくのだと思っていた。

より正確に言えば、自分がなにもしなくても、なにも言わなくても、よくなっていくと思っていた。誰かがちゃんとやってくれると思っていた。世の中はだんだんよくなってきてるところもあるよねと言うときに、苦しんできた人や変えようとしてきた人のことをそれほど切実に考えてはいなかった。

いつかのあのニュースやできごとが今のこのことにつながっていて、いつかのあのできごとはもっと前の別のことにつながっていたと、自分が実際に経験してやっとわかりはじめた。

十年、二十年、長い時間が経ってから、ようやく。

買いたいものも思いつかないまま、れいは隣のビルの東急(とうきゅう)ハンズのフロアをなんとなく見て回りながら地下まで降りていった。

並ぶ品物はあまり意識には入らず、思い浮かぶのは数え切れないほど訪れた新宿の光景と、シンボルスカの詩集の言葉だった。

シンボルスカの詩の言葉が繰り返し浮かぶのは、今の状況に当てはまる言葉がいくつもあるからだった。過去に、何十年も前に書かれた言葉が今にぴったり当てはまるように思うのは、人間が同じようなことを繰り返しているからだろうか。戦争を経て書かれた言葉が心に入ってくるのは、今もそのときと変わらない状況があるからだろうか。

シンボルスカが書いた世界の続きを、わたしは生きている。れいは、このところ何度もそう思った。

二月の後半、部屋で晩ごはんを食べ終わり、片付けようとしたところで、携帯が鳴った。

見ると、母の名前が表示されていた。れいは一瞬動きが止まり、何秒か迷ったあと、電話に出た。

「なんかやってたの?」

相変わらず前置きなく母は言った。

「ううん、別に何も」

「一応言っといたほうがいいかと思って連絡したんだけど」

なにか悪いことが知らされる、とれいの頭は自動的に考え、身構えた。

「れいのお父さんの人、死んだよ」

しかしそれは意外な言葉ではあった。言葉を返せないれいを待たずに、母は続けた。

「半年ぐらい前らしくて、なんで死んだのか詳しいことはわからないけど、病気してたみたい」

「何歳だっけ？」

「七十……二、かな」

若い、ということになるのかな。このあいだも誰か有名な俳優が七十代半ばで死んだニュースに「まだ若いのに」というコメントがいくつもついていた。

「だから、これかられいに父親だって名乗る連絡とかあったら詐欺だから」

「なにそれ」

と、言ったものの、れいは実際、父がいつか自分を脅しにきたり金をせびりにくるのではないかと長らくうっすらとした不安を抱えていたので、知らせてくれたのはよかったかもしれなかった。

「特殊詐欺とかあるじゃない、いろいろ」

「その詐欺、普通は親に子供の名前を騙（かた）ると思うよ」

「子供だったらお金出しちゃうのなんでなんだろね。しかも不始末を聞いてすぐ信じるなんて」

「いや、そういう話は別にいいんだけど」

「なにもないけどね。わたしにもあんたにも」

「うん。まあ、知っといたほうがいいにはいいかな」

「わたしはここで一人で死ぬ確率が高いじゃない？　お隣さんには廊下側の窓のカーテンが閉めっぱなしだったらあんたに電話してもらえるように頼んであるんだけど」

母はいつもと変わらず、自分が言いたいことを思いつくままに言う。

「ああ、うん」

「一人で死ぬのはいいんだけどね、特殊清掃とかテレビでやってるでしょ？　あれであんたにお金の負担がいくと悪いから」

「まあ、そういうのは、そのときのことだから」

「あんたも一人なんだから、いざというときのことは誰かに頼んどきなさいよ。葬式代ぐらいは貯金もして」

「そうね」

「自分にはまだ関係ないと思ってるだろうけど、一人ってのはそういうことだから」

「そうね」

「もう、相変わらずぼんやりしてるね、他人事みたいに。まあとにかく、そういうことだから」

そのあと、母は近所の話などをやはり思いつくままに言い、電話を切った。

とりあえずお茶を淹れ、ソファに座った。もう長い間自分とは関係がないと思っていた人が死んだと聞かされても、どうすればいいのかわからなかった。こういうとき普通はどうするんだろう、と考えてみたが、仏壇的なものもなければ墓もわからないし、祈るのも妙な気がした。

「普通は」と思ってから、さっきの電話の母とのやりとりを思い出した。

特殊詐欺に特殊清掃。騙されてお金を取られることも一人で死んで傷んでいくのも「特殊」なのか。「特殊」じゃないのはどんな生活で、どんな人だろう。血縁の家族と円満に暮らして、リテラシーが高くて騙されず、誰にも「迷惑」をかけずに、葬儀代ぐらいは遺して死ぬことが「普通」なのだろうか。

考えても、父が死んだことに対してやるべきことは思いつかないので、ともかく部屋を片付け始めた。

翌日も、れいは部屋を片付けた。

撮影の仕事が今日明日とないので、思い切って部屋のものを処分しようと思ったのだった。

溜まっている掲載誌も古いものは整理しようと思ったのだが、カッターで写真が載ったページと表紙を切って、そうするとついでにほかのページも見てしまう。見始めると片付けが進まないばかりか、やっぱりこれはとっておこうなどときりがなくなるのはわかっているが、やはりぱらぱらとページをめくってしまうのだった。

ちょうど一年ほど前に刊行された雑誌を見ると、そのころの撮影でのできごとや話したことが思い出された。

去年の今ごろは、ワクチンの接種が進めば年末ぐらいには元の生活がだんだん戻ってくるのかなあ、と考えていた。一年後に感染者がこんな数字になっているとは予想していなかった。

ページをめくっていると、十年前に石巻をいっしょに訪れた作家、森木奈央のインタビューがあった。新刊紹介のページはたいていチェックするのだが、「ひとり時間の使い方」という特集ページで、見落としていたようだ。

森木奈央とは、震災後の石巻を訪れたあと、何度かメールのやりとりをしたものの、直接会う機会はないまま、ながらく連絡はしていなかった。

　昨年三年ぶりに刊行した長編小説は、忘れていた過去が今の自分や周りの人間関係にどう影響しているかをテーマにした話だ、と説明されていた。これを書こうと思ったのは、コロナ禍で一人で今までのことを見つめ直す時間ができたのもあるし、東日本大震災から十年が経つこともありました。実は、震災の一年後に津波で大きな被害を受けた場所を訪れたのですが、そのとき見たことについてはいまだになにも書けないんです。一行も。なにか書くつもりで行ったわけではないのですが。私は大学生の時に阪神・淡路大震災を経験していて、でもうちの周りは被害がたいしたことなかったから、そんな自分には書けないと思っていたんですね。でも二〇一一年に東京で震災を体験したとき、自分には書けないと思っていてもなにか少しでも書くべきだったと思ったんです。直接大きな被害を受けたわけではなくても、なにか少しでも伝えられることがあったんじゃないかって。それなのに、また書けないんですよね。十年経っても、なにをどう言葉にしたらいいのかわからなくて。その思いが、今回の小説につながっていると思います。

れいは、ページを閉じて、とっておくほうの本の山にそれを重ね、次の雑誌を手に取った。しばらく作業を続け、もう一度、森木奈央のインタビューを読んだ。

それから、ノートパソコンを開いて、メールソフトを検索して森木奈央のアドレスを見つけた。

森木奈央様

大変ご無沙汰しています。

以前、石巻にご一緒した柳本れいです。

お元気でお過ごしでしょうか。

そのあと、どう書けばいいか逡巡（しゅんじゅん）してしまい、何度か書いては消しを繰り返すうち、自分の文章の言葉遣いが変なように思えてきて、挨拶文以下は消した。

それを下書きフォルダに入れて、ノートパソコンを閉じた。

窓を開けると、日が暮れたあとの冷たい空気が流れ込んできた。

裏手の保育園の園庭には誰もいなかった。

とても小さく見える。こんなに狭いところで、いつもあんなに賑やかな声が溢れているのだなあ、とれいはしばらく窓を開けたままそこを見ていた。


翌日は、お昼前にオンラインで打ち合わせがあり、そのあと、近所のスーパーへ買い物に出た。

東京のこの季節らしい晴れた空とほどほどの寒さで、しかしその冬らしさゆえに急に、この冬ももうすぐ終わるのだとの思いが湧いた。子供のころに比べれば、道に氷が張るほど冷え込む日はないし、年に一度くらいは雪が積もって交通機関が大混乱になる日があるが、確実に気温は下がらなくなっている。

桜の咲く早さに驚くのも、あまりに毎年のことなので、子供のころはいつごろ咲いていたのかわからなくなってしまった。

部屋に帰って、買ってきたものを冷蔵庫に入れ、簡単なお昼を食べた。

食べ終わってスマホでＳＮＳを開いた。戦争が、始まっていた。

ほんの数日前に軍事侵攻は回避されるのではないかとの推測記事を読み、どこかで安堵していた。起きてほしくなかったから、起きないという情報ばかり目に入れてしまったのかもしれない。

ノートパソコンを開き、ＣＮＮとＢＢＣのウェブサイトの動画を観た。

こうして、何かが起きて、画面を見続けるのは自分がこれまで生きてきた中で何度目だろう。地震があり、事件があり、テロがあり、戦争が始まり、そのたびにこうしてひたすら画面を見る。二〇一一年の震災のときからは、流れてくる報道の映像だけでなく、インターネットで情報を探すことも増えた。

しかし、それで何かが変わったことはない。

自分はいつも見ているだけだ。画面越しに、遠く離れた安全な部屋の中で、「情報」を見ているだけ、時間が過ぎていくだけだ。

誰かと話したいが、誰にメッセージを送ればいいだろう。直接の被害の心配がある人はいないし、ロシアやウクライナのことに詳しい人や深い関心を持っている人もすぐには思い当たらない。

れいは落ち着かないまま、明日の撮影の準備をしつつ、ちらちらと画面を見ていた。

スタジオのキャスターが概況を伝える声が続く中、キーウ市内の公園が映し出された。

カメラはどこかの建物に取り付けられた固定カメラだろうか。それともどこかの部屋にいる報道カメラマンが窓越しに撮影しているのだろうか。

望遠レンズが、公園の真ん中にズームしていった。

突然戦争が始まった街には、人影はほとんどなかった。

人けのない公園の真ん中に、十数人ほどの人が肩を寄せ合うように立っていた。

彼らは、祈っていた。

目を閉じ、頭を下げ、手を合わせ、何人かは祈りの言葉をひたすらにつぶやいていた。

二月のウクライナはどれくらい寒いだろう。氷点下なのは間違いなかった。

二〇二二年二月二十四日の午後、柳本れいは、一人の部屋で戦争の始まりを見ていた。

13　いつかの二月とまたいつかの二月

階段は狭くて急で、この建物の古さを表していた。新宿御苑に近い築四十年は経っている四階建てはどの階にも飲食店が入っていて、夜にトークイベントが開催されるカフェは三階に位置していた。

柳本れいは、三脚のバッグを肩にかけ、撮影機材の入ったキャリーバッグを左手に持って、その階段を三階まで上っていった。意外に筋肉があるよね、と言われるのはこの仕事をしているとよくあることだ。運動全般を敬遠していた十代のころより今のほうが体力があるんじゃないかとさえ思う。

年季の入った雰囲気を生かすためか、板チョコみたいな木製のドアは、おそらくこのカフェよりも前からここにあると推測された。

「こんにちはー」

れいが勢いよくドアを開けたので、その前にちょうど立っていた男が、少し驚いた顔でれいを見た。

「すみません、今日、撮影を担当する柳本です」

「あ、はいはい、えーっと、カメラマンさん来たよー」

店主である彼は、なにかの作業の途中だったのか気もそぞろな感じで、イベントの主催者を呼んだ。

店の奥にいた主催者は、こちらに向かって手を振った。

「あー、柳本さん！　ご無沙汰してますー。今日はよろしくお願いします」

テーブルの間を小走りにやってきた水元真鈴は、右側がオレンジ色、左側が紫色のアシンメトリーなローゲージニットにタータンチェックのロングスカートを合わせていた。そうそう、こういう明るくておもしろい服の着方をする人だった、とれいは思った。最初は演劇のポスター写真の撮影で知り合い、真鈴と仕事で会うのは三度目か四度目だった。

「寒いですよねー、外」

「あー、でも日が暮れるのがだんだん遅くなってきたなって」

「それほんと重要！　わたし、寒いのは全然いいんですよ、むしろしゃきっとするじゃないですか、でも天気悪いのと昼が短いのはめちゃめちゃだめで。光合成で動いてるんちゃう？　って友達に言われたりして」

しゃべりながら店の奥のステージになる場所へ案内する真鈴のうしろをれいはキャリーバッグを引っ張ってついていった。そうそう、服もしゃべるのも明るくておもしろい、接するのが気楽な人。

左側にある窓からは、まだ少しだけ夕暮れの青さが残る空が片隅に見えた。向かいのビルも同じように飲食店が入っていて、看板を照らすライトはまだ点灯していなかった。

真鈴は、今日のイベントの進行をざっくり説明し、出演者の二人がトークをしている姿と、途中で少し演奏もするのでそのときは全体の雰囲気が伝わるように客席も入れて撮影してほしいと伝えた。

れいが機材をセッティングしていると、今日の撮影をれいに依頼した編集者の男性が到着し、真鈴とともにドア横に受付のテーブルを準備し始めた。

れいは、アングルを探して店の中をあちこち動き回った。

「お客さんのテーブルはこのあたりまでですか?」

「あ、そうですね、その柱の前あたりです」

いつだったか、前にこの店に来たときは客だった。イベントではなく通常の営業だった。友人たちと近くのベトナム料理屋で看板料理のしゃぶしゃぶを食べたあと、遅い時間でもお茶が飲めるここに来たのだった。ステージになる一角は十五センチほど高くなっていて、あのときはその場所のテーブルにいて、段差でつまずきそうになったのを思い出した。

携帯電話の着信音が響いた。

振り返ると、真鈴にかかってきたようでしばらく話していた。それから、

「ちょっと、場所がわからないみたいだから迎えに行ってきます」

と、出演者の一人を迎えに出た。

真鈴がドアを開けて出るのと入れ違いに、男性が入ってきた。

「お疲れ様でーす」

この店で週に二日だけアルバイトをしている小坂圭太郎は、ダウンジャケットを脱ぎながらカウンターの中に入った。

「あ、今日ってイベントあるんすか」

「えー、先週帰るときに言ったじゃないですか」

「や、覚えてましたよ、なんとなくだけど。今、思い出した」

「それはいいんで、テーブルと椅子、並べるの手伝ってもらえますか」

「はいはい」

カウンター横のごく狭いバックヤードに入りかけた圭太郎は、れいに気づいて会釈し、れいも返した。

れいは三脚を客席のうしろに立て、ステージの写りを確かめた。イベント中はつくスポットライトが今は消えているので、薄暗い。スタートしてから再調整しなければならないだろう。

テーブルと椅子がステージに向かって並べ替えられ、気の早い客が二人入ってきた。

そのあとに、真鈴、それから息を切らした女性が続いた。

「ごめんなさい、わたしほんと、方向音痴でこないだも駅からすぐ近くのはずなのになぜかタクシーに乗ってとんでもないとこまでいっちゃって」

登壇者で作家の彼女は、コートを脱ぐと白い花びらからろこみたいな布が重なったワンピースを着ていた。その後ろにもう一人男性がいた。

「それでよく外国に住んでましたね」

もう一人の登壇者で俳優でバンドもやっている男性だったが、店の前でちょうど会ったらしい。

「それが！　意外になんとかなっちゃうんですよ。とにかく人に聞きまくる。わからなくて当たり前って意識があるからか、日本にいるときより話しかけるハードルが低くなるみたいなんですよね」

「あー、なんかわかります」

三人は賑やかに話しながらステージ脇のテーブルに座り、圭太郎が運んできたコーヒーを飲んだ。

お客さんたちが入り始め、れいはいったんカウンターの隅へ移動した。

「なにか飲みますか？」

圭太郎が声をかけた。

「あ、ありがとうございます。だいじょうぶです、今は」

カウンターに背を向けてもたれているれいが手に持ったカメラを、圭太郎は見た。デジタル一眼レフの最新の型だとわかったのは、先月店に来たカメラマニアの客が自慢していたのと同じだったからだ。

定刻より少し遅れて、イベントが始まった。平日の夜だからか、うしろのほうは空席もあったが、全体に和やかな雰囲気だった。

俳優の男性がときどき弾き語りをし、作家の女性は自作の朗読に加え、何度も読み返しているというポーランドの詩人の詩集から一篇の詩を朗読した。


イベントが終わり、客の何人かが出演者と話していた。

れいが機材を片付けていると真鈴が礼を言いにきたので、れいはカメラのモニター画面で撮った写真を何枚か見せた。

「わー、すごいいい雰囲気に写ってますね。柳本さんにお願いしてよかった」

「トークも演奏も楽しかったです。それに、あの朗読してた詩がとてもよくて」

「そうですよね、あれは……」

「真鈴」

真鈴にうしろから声をかけたのは、イベントが始まった直後、最後に入ってきた女性客だった。客席のライトが落とされている中、遠慮がちに隅の席に座った彼女を、れいは覚えていた。

「ゆうちゃん！　今日はありがとう」

「うん、楽しかった。声かけてくれてありがとう」

彼女は、仕事帰りっぽい黒のジャケット姿だった。

「姉なんです。今日、席が空いてるからって急に呼び出しちゃって」

真鈴が、水元優子をれいに紹介した。

「わたしはいつも暇やと思ってるんでしょ」

「ちゃうよー、今日は、ゆうちゃん興味ありそうかなって思ったし」

「そうやね、すごいよかったわ」

顔はあまり似ていなかったし、服装や雰囲気はかなり違っていたが、大阪弁で話す二人は姉妹特有の距離感だなあ、とれいは思って見ていた。

もし、きょうだいか、ほかに誰か家の中のこと、家族のことを話せる相手がいたら、話さなくても同じ経験をして、あったことをそのまま知っている人がいたら、なにか違ったのだろうか、と今までにもきょうだいのいる友人たちに接して思ったことがほとんど自動的にれいの頭に浮かんだ。

「あっ、じゃあ、せっかくだから写真撮りましょうよ。あとで送ります」

「ほんとですか？　わー、ゆうちゃんとプロの写真家に撮ってもらうんなんか、七五三以来ちゃう？」

「いや、もうちょっとあるんちゃう。入学式とか卒業式とか」

「えー、思い出されへんわ」

二人はしゃべりながら、まだスポットライトがついたままのステージの前に並んだ。

れいはカメラを構えた。

レンズ越しに見ると、真鈴と優子は佇まいが似ていた。家族らしい似方、と思った。

「姉は、わたしと違ってなんでもよくできて、ちゃんとしてるんです」

「なによ、ちゃんと、って」

「ほめてるんやん」

「そうかなあ」

あらたまって写真を撮られる機会は少ないし、それも妹と並ぶのは照れがあったので、優子は落ち着かない気持ちだった。

重そうなカメラを構える写真家の女性は、姉妹の少し緊張した表情を緩めようと、視線の方向を指示したり、あ、今の顔いいですね、などとプロらしい言葉を発していた。

自分にもなにかあんなふうに、確かな技術や人に胸を張れることがあったらよかったな、と優子は思って、すぐこんなふうに人と比べるのがよくないよね、と思って、ああまた落ち込むループに入りそうやなあ、と思った。

それに、うまく進んでいない仕事のことが気にかかっていた。トークも演奏も朗読もよかったのはほんとうだが、こんなところで座っていていいのかな、という気持ちがずっとあったし、今も消えていなかった。就職を機に東京で暮らして七年になるが、自分はいつまでここにいられるだろうかという不安がどこかにずっとある。

写真を撮ってもらったあと、真鈴は会場の片付けを手伝い始めた。

「真鈴は、東京が合ってたんやね」

長い電源コードを巻きとる作業を中断せずに、真鈴は優子を見た。

「そうかな?」

「毎日、次々やることがある感じ」

「次々ありすぎやのにいっぱいいっぱいの生活やん」

「真鈴はずっと動いててじっとしてないやん」

「あー、そういう意味では合うてるんか」

話しながらも真鈴はコードを片付け、スピーカーを片付け、帰っていく人たちに声をかけていた。優子は、所在なく、カウンターの端のほうに寄ったり、柱の陰に寄ったり、少しでも邪魔にならない場所へ細かく動いた。

「なにか手伝おうか」

「だいじょうぶだいじょうぶ。ゆうちゃんこそ、毎日残業で疲れてるやろ？　あっ、なんか飲む？　すいませーん」

その声に、カウンターの中で片付けをしていた圭太郎は顔を上げた。

「まだドリンクいけますー？　ゆうちゃん、なにがいい？」

優子は、面倒なのではないかとバイトらしき若い男の表情をうかがったが、彼は、いいっすよ、と平坦に答えた。

「すみません……、そしたら……、カフェラテをお願いします」

「ラテですね。そちら座ってもらってかまわないですよ」

圭太郎はカウンターの入口側の席を視線で示し、優子はそこに遠慮がちに座った。

イベント時用の紙コップに淹れたカフェラテを圭太郎が持って行くと、姉妹は写真家のカメラのモニターで写真を見せてもらっていた。

圭太郎は、カメラを覗いて賑やかに話す彼女たちを見て、女の人たちはなんだか楽しそう、と思った。

女の人には、自分にはわからない楽しいことがきっとたくさんあるのだろうと思った。

「小坂くん」

店のマスターの声に圭太郎は振り返った。斜め後ろに立つマスターは、客の帰った店内を見回しながら言った。

「イベントの時、ちょっとフード出そうかと思うんだけど」

「おれの担当ってことですか？」

「まだなにも言ってないよ。そんな面倒そうな顔するなって」

マスターは苦笑いした。

「こういう顔なだけですよ。なににするかによりますけど、きらいじゃないですよ」

「なにが？」

「料理作るのが」

「あー、そういう感じでもないね。もっと、皿に出せばいいだけぐらいのやつなんだけど、今ってなにが出ると思う？」

「ああ、そういう系ですか」

圭太郎は少し残念に思った。そして料理を作ってみたかったと思った自分に対して、へー、という気持ちになった。なるべく楽ならそれでいいってわけでもないのか、と発見したように思った。

ポケットに入れていた携帯電話が振動し、圭太郎は届いたメッセージを確かめた。

仕事が終わったあと友人の家の鍋パーティーに顔を出す予定で、その友人からだった。

〈仕事、どう？〉

〈もうすぐ終わりそう〉

〈おつかれー。今日はなんかおもしろいこととかあった？〉

圭太郎は、静かになった店内を見渡した。カウンターの隅に詩集が置いてあるのに気づいた。さっき帰っていった出演者が忘れたらしい。詩集を手に取ってページを開きながら、返信した。

〈まあ、普通かな〉

顔を上げると、帰り支度を整えた写真家が、お疲れさまでしたー、と頭を下げた。

十年前のことは、二十年前から見れば十年後で、現在は十年後から見れば十年前で、今は未来でもあるし、過去でもある。

れいは、冷え込んだ日から悪化した咽頭炎は治ったものの、咳が癖のようになってなかなか治まらず、蜂蜜の飴をひたすら舐めていた。

ふと飴の袋を見ると、

原材料名：はちみつ（ウクライナ、ベトナム、その他）

と書いてあるのに気づいた。

何割かは何年か前にウクライナで咲いていた花の奥にあった蜜の味を口の中で確かめながら、壁のカレンダーに目をやった。

そして、手元のスマホで検索してみると、今日はロシアがウクライナに軍事侵攻してからちょうど一年だった。

《初出》「すばる」2022年2月号〜9月号、11月号、12月号、2023年2月号〜4月号
《装幀》名久井直子
《カバー作品》Tatiane Freitas／The void created 2, 2023
《引用文献》ヴィスワヴァ・シンボルスカ／沼野充義訳『終わりと始まり』未知谷

柴崎友香（しばさき・ともか）
1973年、大阪府生まれ、東京都在住。大阪府立大学卒業。99年「レッド、イエロー、オレンジ、オレンジ、ブルー」が文藝別冊に掲載されデビュー。2007年『その街の今は』で芸術選奨文部科学大臣新人賞、織田作之助賞大賞、咲くやこの花賞を受賞。10年『寝ても覚めても』（18年に映画化）で野間文芸新人賞、14年『春の庭』で芥川賞を受賞。その他『パノララ』『千の扉』『待ち遠しい』『百年と一日』ほか、エッセイに『よう知らんけど日記』など、著書多数。

続(つづ)きと始(はじ)まり

2023年12月10日　第1刷発行
2024年11月30日　第3刷発行

著　者　柴崎友香(しばさきともか)

発行者　樋口尚也

発行所　株式会社 集英社
〒101-8050　東京都千代田区一ツ橋2-5-10
電話　03-3230-6100（編集部）
03-3230-6080（読者係）
03-3230-6393（販売部）書店専用

印刷所　大日本印刷株式会社
製本所　株式会社ブックアート

ISBN978-4-08-771856-0 C0093

定価はカバーに表示してあります。